U0090847

古典文學研究輯刊

三十編

第4冊

《水滸傳》縱橫新論（下）

周錫山 著

國家圖書館出版品預行編目資料

《水滸傳》縱橫新論（下）／周錫山 著 -- 初版 -- 新北市：
花木蘭文化事業有限公司，2024〔民 113〕
目 4+164 面；19×26 公分
（古典文學研究輯刊　三十編；第 4 冊）
ISBN 978-626-344-903-9（精裝）
1.CST：水滸傳 2.CST：研究考訂
820.8　　113009659

古典文學研究輯刊
三十編　第 四 冊　　ISBN：978-626-344-903-9

《水滸傳》縱橫新論（下）

作　　者　周錫山
總 編 輯　杜潔祥
副總編輯　楊嘉樂
編輯主任　許郁翎
編　　輯　潘玟靜、蔡正宣　美術編輯　陳逸婷
出　　版　花木蘭文化事業有限公司
發 行 人　高小娟
聯絡地址　235 新北市中和區中安街七二號十三樓
　　　　　電話：02-2923-1455 ／傳真：02-2923-1452
網　　址　http://www.huamulan.tw 信箱 service@huamulans.com
印　　刷　普羅文化出版廣告事業
初　　版　2024 年 9 月
定　　價　三十編 20 冊（精裝）新台幣 50,000 元

《水滸傳》縱橫新論（下）

周錫山 著

目次

第四十九回　吳學究雙掌連環計　宋公明三打祝家莊

總批

第一段，三打祝家，變出三樣奇格，知其才大如海。而所尤為歎賞的是，寫欒廷玉竟無下落。欒廷玉死，而用筆之難至於如此，可見小說是非常難寫的，要讀懂也是非常難的。

第二段，史進尋王教頭，到底尋不見；張青店中麻殺一頭陀，竟不知何人；至此忽然又失一欒廷玉下落，都是作者故作此鶻突之筆，以使人氣悶。

第三段，第二連環計，何其輕便簡淨之極！三打祝家一篇累墜文字之後，一定要用明快之筆來做調劑。

回後

第一段，吳用派戴宗回山寨，啟動攻打祝家莊的奇計。

第二段，西村扈家莊上扈成，請求宋江釋放妹妹扈三娘。吳用要他配合梁山，捉拿祝家莊上投奔你處之人。

第三段，孫立領了一行人馬，都來到祝家莊後門前。欒廷玉引一行人進莊裏來，與祝朝奉，祝龍、祝虎、祝彪三傑都相見了，祝家莊殺牛宰馬做筵席管待眾人飲酒。

第四段，到第三日，宋江又調軍馬殺奔莊上來了，祝彪出戰，花榮來戰。花榮賣個破綻，撥回馬便走。背後有人提醒祝彪，小心花榮神箭，祝彪回兵。

第五段，到第四日午牌宋江軍馬又來在莊前了，祝龍、祝虎、祝彪三子出戰，直奔林冲陣上。穆弘來戰祝虎，又沒勝敗。祝彪與楊雄對殺。孫立看見兩隊兒在陣前廝殺，活捉石秀而歸。

第六段，至第五日，宋江分兵做四路，來打本莊。欒廷玉引了一隊人馬出後門，殺這正西北上的人馬。祝龍出前門，殺這正東上的人馬。」祝虎也出後門，殺那西南上的人馬。祝彪出前門，捉宋江。鄒淵、鄒閏、解珍、解寶、孫新、樂和守定前後門等各處要害。

第七段，祝家莊四路軍兵出了門，四下裏分投去廝殺。孫立帶了十數個軍兵立在弔橋上；孫新發出暗號，眾好漢立即動手，開了陷車，放出七隻大蟲來，殺光祝氏全家，後門頭解珍、解寶便去馬草堆裏放起把火，黑天衝天而起。四路人馬見莊上火起，奔回來。孫立守在弔橋上，祝虎被剁做肉泥。

第八段，孫立、孫新迎接宋公明入莊。祝龍被李逵一斧劈死。祝彪直望扈家莊投奔，被扈成叫莊客捉了，綁縛下。正解將來，被李逵砍死。扈成見局面不好，投馬落荒而走，棄家逃命，投延安府去了。李逵正殺得手順，直搶入扈家莊裏，把扈太公一門老幼盡數殺了，搶光其家產，將莊院門一把火燒了。

第九段，宋江已在祝家莊上正廳坐下，眾頭領都來獻功，李逵錯殺扈家，功過相抵。

第十段，宋江要要把這祝家莊村坊洗蕩了。石秀因老人指路有功，請求赦免。宋江接見鍾離老人，赦免祝家莊，還賜糧米一擔。一面把祝家莊多餘糧米盡數裝載上車；金銀財賦犒賞三軍眾將；其餘牛羊騾馬等物將去山中支用。打破祝家莊，得糧米五十萬擔。全軍凱旋回山。

第十一段，知府帶人將李應抓走，半路，宋江帶著梁山眾人將他救下，帶回山寨。到了山寨，告訴他這是梁山的計謀，現已經將他家眷接上山來，莊院已經燒毀，李應只好入夥。

第十二段，山上大宴慶賀眾多新頭領入夥，宋江做主，將扈三娘嫁於王英做妻。

此回，宋江本要屠殺祝家莊全村，石秀稟說起這鍾離老人指路之力，「也有此善心良民在內，亦不可屈壞了好人。」（夾批：前文極寫石秀狠毒，至此忽然作石秀勸宋江語，作者正深表宋江之狠毒，更過於石秀也。）宋江聽罷，叫石秀去尋那老人來。石秀去不多時，引著那個鍾離老人來到莊上，拜見宋江、吳學究。宋江取一包金帛賞與老人，永為鄉民：「不是你這個老人面上有恩，把你這個村坊盡數洗蕩了，不留一家；因為你一家為善，以此饒了你這一境村坊人民。」（眉批：以上吳學究一掌連環計。）那鍾離老人只是下拜。宋江又道：（夾批：極寫宋江姦猾轉變。）「我連日在此攪擾你們百姓，今日打破了祝家莊，與你村中除害。所有各家，賜糧米一擔，以表人心。」夾批說：「忽然相忘，便放出狠毒，直要洗蕩村坊；忽然提著，便裝出仁心，又賜糧米一石。接連二事，絕不相蒙，頃刻之間，做人兩截，寫宋江內小人而外君子，真是筆筆如鏡。」金批對於宋江的權術和狠毒的批判非常有力。

第五十回　插翅虎枷打白秀英　美髯公誤失小衙內

總批

第一段，此篇為朱、雷二人合傳。但前半忽作香致之調，因為寫的是白秀英的故事；後半別成跳脫之筆，真是大才腕下，各種文字風格都能寫得精彩絕倫。

第二段，落落數筆，活畫出雷橫一個孝子，寫朱仝不肯做強盜，也只落落數筆，便直提出一副清白肚腸。而宋江則花樣繁多，實際上是以做強盜為性命。

第三段，此回評話中說評話，猶如鏡中看鏡，夢中圓夢；此回用妙筆、妙境成此妙裁。

第四段，豫章城雙漸趕蘇卿，妙絕處正在只標題目，如水中花影，簾裏美人，意中早已分明，眼底正自分明不出。

第五段，人老至六十之際，大都百無一能，惟知仰食其子。所以雷橫之母說：「若是這個孩兒有些好歹，老身性命也便休了！」

回後

第一段，雷橫蒙本縣差遣往東昌府公幹回來，經過路口，小嘍囉攔討買路錢，朱貴堅意留住。雷橫當下拜辭了下山。宋江等再三苦留不住。眾頭領各以金帛相贈，雷橫回縣去了。

第二段，宋江、吳用商議已定，安排新舊頭領各項職事。

第三段，雷橫回到鄆城縣後，路遇幫閒的李小二，介紹他去看白秀英的表演。雷橫進入勾欄，便去青龍頭上第一位坐了。白秀英演出精彩，大家喝彩。雷橫沒有帶錢，付不出賞錢，雙方爭執，雷橫打了白玉喬，觀眾一哄而散。

第四段，白秀英與知縣相好，白玉喬告狀，雷橫被捕示眾。

第五段，雷橫老母來送飯，與白秀英爭執相罵，白秀英打雷母，雷橫打死白秀英。

第六段，雷橫入獄，雷母託朱仝照應。朱仝押送雷橫，解上濟州。半路上，他放走雷橫，要他帶著老娘逃命。雷橫帶著老娘上了梁山。

第七段，朱仝回縣裏出首。知縣解朱仝到濟州來，刺配滄州牢城。

第八段，到得滄州，知府只留在本府聽候使喚。小衙內年方四歲，喜歡朱仝，每日來和小衙內上街閒耍。

第九段，時過半月之後，七月十五日，盂蘭盆大齋之日，朱仝抱小衙內望地藏寺裏去看點放河燈。雷橫突然扯朱仝到靜處，說梁山首領特地教吳軍師同兄弟前來相探，要請他上山，同聚大義。朱仝不肯，回來不見了小衙內，吳用說給隨來的伴當抱走。吳用和雷橫帶他尋找，離城約走到二十里，只見小衙內的頭已被劈成兩半個，死在那裏。

第十段，當時朱仝心下大怒，追趕李逵，趕入一個大莊院裏去了。原來這是柴進莊上。柴進說明是宋公明寫一封密書，令吳學究、雷橫、黑旋風俱在敝莊安歇，禮請足下上山，同聚大義。因見足下推阻不從，故意教李逵殺害了小衙內，先絕了足下歸路，朱仝無奈，只好答應，但他見了李逵，要和李逵性命相搏。柴進，雷橫，吳用三個苦死勸住。

此回說晁蓋、宋江回至大寨聚義廳上，起請軍師吳學究定議山寨職事。吳用已與宋公明商議已定，次日會合眾頭領聽號令。夾批說：「何至晁蓋不及與聞，筆筆寫宋江咄咄之色，令我更不欲讀。」

白秀英的定場詩，「新鳥啾啾舊鳥歸，老羊贏瘦小羊肥。」（夾批：定場詩只是尋常歎世語耳，卻偏直貫入雷橫雙耳，真是絕妙之筆。〇第一句言子望母，第二句言母念子，天下豈有無母之人哉，讀之能不淚下也？）人生衣食真難事，（夾批：四句並不聯貫，而實聯貫入妙者，彼固以四句聯貫一篇，不在求四句之聯貫也。〇第三句七字，說盡世界，又一樣淚下。）不及鴛鴦處處飛！（夾批：一二句刺入雷橫耳，第三句刺入合棚眾人耳，到第四句忽然轉到自家身上，顯出與知縣相好。只四句詩，便將一回情事羅撮出來，才子妙筆，有一無兩。）夾批又說「俗本失此一段」，可見是金聖歎所增添。

夾批接說：「此書每每橫插詩歌，如五臺亭裏、瓦官寺前、黃泥岡上、鴛鴦樓下，皆妙不可言。」這確是《水滸傳》的傑出藝術成就的體現。與《紅樓夢》相比，《水滸傳》的這些詩歌自然、真切，藝術水平和思想水平都遠高於《紅樓夢》中安插的詩歌。

白秀英表演精彩劇目的全過程，夾批批出原著的諸多好處：「詳處極詳，省處極省。」「全副搆欄語，句法字法都妙。」當白玉喬收錢時說：「手到面前，休教空過。」（夾批：四字不過口頭便語，乃入下卻偏是空過，故妙不可言。）白玉喬道：「我兒且走一遭，看官都待賞你。」（夾批：聲聲如畫。）白秀英託著盤子，先到雷橫面前。（夾批：青龍頭上第一座，絕倒。）雷橫便去身邊袋裏摸時，不想並無一文。（夾批：絕倒。〇只「並無一文」四字，費耐庵無數心血。蓋直於山泊下來時，便寫一句「得了一大包金銀」，以表雷橫不同貧乞人之並無一文；又遇李小二時，再寫一句「又值心閒」，以表雷橫亦不謂自己身邊並無一文。如此便令上文青龍一座，既不夢夢，下文又羞又惱，都有因由也。若俗手亦復解寫「並無一文」四字，何曾少缺一點一畫，而彼此相較，遂如金泥，才與不才，豈計道里！）雙方爭吵的對話，也寫得精彩有趣，金批都指出了種種好處。

此回描寫從東京來山東唱戲謀生的美麗女子白秀英唱的一首詩歌和她的

慘死，我在前言的第 2 節「《水滸傳》通過人的生存困境的描寫提供正反兩面的生存智慧」，已作了較為詳細的分析和評論，這裡不再重複，需要補充的是，第十二回雷橫初次出現時，小說在介紹他時，就說過：「雖然仗義，只有些心地褊窄。」對他的評價是恰如其分的，本回中雷橫的以上表現充分顯示了他的這個性格弱點。但金批在白秀英和雷橫母子的爭吵中，他偏向雷橫母子，一味指責白秀英，認為白秀英的怒罵和相打，「一路都寫花娘有死之道」，這是有偏見的。

第五十一回　李逵打死殷天賜　柴進失陷高唐州

總批

第一段，此是柴進失陷本傳，然篇首朱仝欲殺李逵一段，順風借力，巧為此回服務，用力至便。

第二段，柴皇城妻寫作繼室，可以作為柴大官人之不得不親往的緣由。接著分析柴皇城的困境和繼室的弱勢，說明柴大官人即使早知禍患，也無法解救。

第三段，權貴的親屬高廉、殷直閣在在地方上無所不為，這是封建社會帶有普遍性的社會弊病，聖歎深為憂慮。

第四段，此書極寫宋江權詐，可謂處處敲骨而剔髓，此回又增添新的內容。

第五段，寫宋江入夥後，每有大事下山，宋江必勸晁蓋：「哥哥山寨之主，不可輕動。」此作者特表宋江之兇惡，能以權術軟禁晁蓋，而後乃得惟其所欲為。

第六段，本書兩次寫劫寨的用意是因為欲破高廉，不得不遠取公孫。

第七段，此篇本敘柴進失陷，但又必誇張描寫高廉之神師，正以便於收轉公孫。

第八段，玄女如果真有天書，應該無不可破之神師了。但天書竟然無用，那麼宋江之所謂玄女也可知是假的，此前說：宋江和吳用「終日看習天書」，此回又說：「用心記了咒語。」豈有終日看習直到如今方才記誦咒語？可見這是一個騙局。

回後

第一段，朱仝說：「若要我上山時，你只殺了黑旋風，與我出了這口氣，我便罷！」柴進建議留下李逵在此暫住。

第二段，朱仝隨吳用，雷橫來梁山泊入夥，他的家屬也已被接上梁山。滄州知府發現小衙內被殺，痛苦不已，便行開公文，諸處緝補，捉拿朱仝。

第三段，李逵在柴進莊上，住了一個來月，柴進接到在高唐州居住的叔叔柴皇城的急信，他被本州知府高廉的妻舅殷天錫強佔花園，而嘔氣臥病，特來喚他。柴進帶著李逵等趕去。

第四段，柴皇城繼室告訴柴進事情的來龍去脈，李逵聽了柴進的訴說備細，大怒，要殺盡惡人。柴皇城要求柴進赴京告狀後去世。

第五段，第三日，殷天錫將引閒漢三二十人，來搶花園、房屋，又令手下動手，李逵大怒，打死殷天錫。柴進要李逵立即回梁山。柴進被抓到州衙內，打得皮開肉綻，關入牢中。

第六段，李逵回到梁山，朱仝要與他拼命，宋江逼李逵向他賠禮。

第七段，李逵報告柴進的家難和打死殷天錫一事，恰好戴宗回山報告，梁山決定出兵攻打高唐州。高廉聞訊，準備「飛天神兵」對敵。

第八段，兩軍對陣，林冲刺死統制官於直，秦明擊斃統制官溫文寶。高廉用妖術和神兵大敗梁山義軍。

第九段，宋江中軍人馬到來，打開天書看時，第三卷上有「回風返火破陣」之法，用心記了咒語並密訣，次日殺往城前，又被高廉打得大敗虧輸。吳用料定高廉今夜要來劫寨，預作準備。

第十段，高廉果然來劫寨，結果中了埋伏，身中一箭，逃回養病休戰。

此回開首巧解朱仝與李逵結仇，李逵留在柴進處的情節設計的妙處，正好讓他打死殷天錫，開展新的情節。夾批評論朱仝要殺李逵才肯上山說：「奇談駭事。〇文章妙處，全在脫卸。脫卸之法，千變萬化，而總以使人讀之，如神鬼搬運，全無蹤跡，為絕技也。只如上回已賺得朱仝，則其文已畢，入此回，正是失陷柴進之正傳。今看他不更別起事端，而便留李逵做一關捩，卻又更借朱仝怨氣，順手帶下，遂令讀者深歎美髯之忠，而竟不知耐庵之巧。真乃文壇中拔趙幟、立赤幟之材也。〇每見讀此文者，誤認尚是前回餘文。小說之不能讀，而欲讀天下奇書，其誰欺？欺小衙內乎？」眉批再提醒說：「看他過接法。」

朱仝入夥後，宋江便請朱仝、雷橫山頂下寨。夾批說：「陡然將朱、雷一結，令兩龍齊來入穴，看他何等筆力。〇閒中忽大書『宋江便請』四字，見宋江之無晁蓋也；又大書『山頂下寨』四字，見宋江之多樹援也。一筆一削，遂擬春秋，豈意稗官，有此奇事！」眉批說：「不但結朱仝，並結雷橫，謂之兩頭一結法。」指出不令人起眼的平平常常四個字，其中富含深意，和為人物的發展做小結的巧妙的「兩頭一結」法。

中間寫到李逵打死殷天錫後逃回梁山，宋江著急，吳學究道：「兄長休驚。等戴宗回山，便有分曉。」（夾批：未審虛實，輕動大軍，既不可；差人往探，稽延時日，又不可。忽然斜插一句，有意無意，便似恰好湊著者，巧心妙筆，獨我能知之耳。）李逵問戴宗下落，吳用道：「我怕你在柴大官人莊上惹事不好，特地教他來喚你回山。他到那裏不見你時，必去高唐州尋你。」夾批說：「反作一注注開去，以自掩其筆墨之跡，妙絕。○每每有一段事，前文不能及，因向後文補敘出者，此自是補敘之一例。今此文乃是前文實實本無，而一時不得不生出此一法，以自敘其兩難之筆，謂之隨手撮出例，並非補敘之一例也。）分析其組織和交待情節的高妙手段。

後面又用「楊林、白勝亂放弩箭，一箭正中高廉左肩」的方法延宕情節的發展，為搬取公孫勝留作空間。夾批說這段描寫「妙絕。○上文吳用只合云：那廝會使『神師計』，必須請將公孫勝來方可。卻忽然又算兩軍並殺方急，若必須請將公孫勝來，則又將如何按住高廉一面耶？左思右想，陡然算到不如射他一箭。然日裏方奪路逃命之際，情勢必所不及，故又左思右想，算出預備劫寨一番。此皆良工心苦，獨我能知之也。○後文又劫寨者，蓋言高廉慣要劫寨，以遮掩此文筆墨之跡，切勿為古人所備，則稱善讀書人矣」。揭示原著設計情節發展的藝術匠心。

此回著力描寫李逵的性格。李逵批評專制政權不按規則辦事，說「條例！條例！若還依得，天下不亂了！（夾批：快論確論。）我只是前打後商量！」夾批讚譽李逵的爽利、心急和針對無理可喻的惡勢力的有力方法說：「五字是李大哥生平，亦是一大篇題目，不得作一句閒話讀也。」柴進要他立即避歸梁山，李逵道：「我便走了，須連累你。」夾批說：「至性人語。○純是一團道理在胸中，方說得出此八個字來。怪不得他罵人無道理也。○必如此人，方能與人同生同死，他人只是閒時好聽語耳。」對李逵的本質做高度肯定。在分析李逵時，依舊捎帶揭露宋江的虛偽和權術。宋江勸導李逵的話，吞吞吐吐，最後說：「且看我面，與他伏個禮，（夾批：看他句句不連。）我卻自拜你便了。」夾批分析：「彎彎曲曲，一句一換，直換到此句，不得不令李逵心肯，寫盡宋江權術，當面轉變而出。○耐庵何難為宋江作一片理直氣暢語，足使李逵心服，而必故為如此屈曲斷續之辭，此蓋所以深明宋江之權術，乃至忍於欺天性一直之李逵，而又敢於李逵面前，明明變換以欺之，所謂深惡痛絕之筆也。」李逵吃宋江央及不過，便道：「我不是怕你；為是哥哥逼我，沒奈何了，與你陪話！」夾批分析：「一『逼』字，『沒奈何了』四字，寫李逵服宋江，畢竟不是心服，妙筆。」深入李逵的潛意識中，解剖其內心。

此回夾批呼應總批，分析專制社會中權貴與親屬作惡多端，無所不為，欲壑無限，「而欲民之不畔，國之不亡，胡可得也」！

此回又描寫高廉的妖術：高廉見連折二將，便去背上掣出那口太阿寶劍來，口中念念有詞，喝聲道：「疾！」夾批說：「『念念有詞，喝聲道疾』八字，耐庵撰之於前，諸小說家用之於後，至今日已成爛熟舊語，乃讀之便似活畫出一位法官。字字有身份，有威勢，有聲響，有稜角，始信前人描畫之工也。」既高度評價《水滸傳》的藝術創造力，又指出後來的小說都模仿這個描寫，成了俗套。即使在這樣的情況下，再讀《水滸》，依舊感到寫得好，這更可見《水滸》巨大的藝術創造力。「只見高廉隊中捲起一道黑氣。那道氣散至半空裏，飛沙走石，撼天搖地，括起怪風，逕掃過對陣來。林冲、秦明、花榮等眾將對面不能相顧，驚得那坐下馬亂攛咆哮，眾人回身便走。高廉把劍一揮，指點那三百神兵從眾裏殺將出來。背後官軍協助，一掩過來，趕得林冲等軍馬星落雲散，七斷八續；呼兄喚弟，覓子尋爺；五千軍兵，折了一千餘人，直退回五十里下寨。」夾批讚譽：「先將兩番小喜作一波折，然後轉出一番大敗來，看他處處不作直筆。」高廉半夜劫寨時，又用妖法，撤兵時，眾軍四散，冒雨趕殺。高廉引領了神兵，去得遠了。……少刻，雨過雲收，復見一天星斗。月光之下，草坡前搠翻射倒，拿得神兵二十餘人，（夾批：如畫。）解赴宋公明寨內，具說雷風雲之事。宋江、吳用見說，大驚道：「此間只隔得五里遠近，卻又無雨無風！」眾人議道：「正是妖法。只在本處，離地只有三四十丈，雲雨氣味是左近水泊中攝將來的。」夾批說：「便寫得一似真有此事。」聖歎明顯不信此類怪力亂神之類的妖術。

第五十二回　戴宗二取公孫勝　李逵獨劈羅真人

總批

第一段，此篇純以科諢成文，在寫法上略於高廉，而詳於公孫，這是避實取虛之法。李大哥特以妙人見借，以李大哥插科打諢，來襯出真人；襯出真人，又用來襯出公孫勝。

第二段，此篇又處處用對鎖作章法，乃至一字不換。

第三段，此篇如拍桌濺面一段，不省說甚一段，都是作者嘔心失血而得的佳作。

回後

第一段，吳用再派戴宗去薊州尋取公孫勝來，以便破得高廉。戴宗要求派一個做伴的同去，李逵要求同去。二人離了高唐州，取路投薊州來。

第二段，李逵路上偷吃葷腥，被戴宗作弄，只得老實聽話。

第三段，戴宗、李逵遍尋公孫勝不著，在素麵店碰巧遇到公孫勝的鄰居，打聽到他的下落。戴宗與李逵立即投九宮縣二仙山來，曲折尋到公孫勝家中。

第四段，戴宗入內詢問，其母說公孫勝外出雲遊未歸，戴宗命李逵進去砍翻一面牆壁，嚇倒老母，逼得公孫勝現身。公孫勝與兩人相見，不肯回歸梁山，戴宗一再懇請，他要徵得師父羅真人首肯。

第五段，公孫勝帶著戴宗、李逵上山，拜見羅真人。羅真人不允，三人下山回來。

第六段，當夜戴宗、李逵睡在公孫家的淨室中，李逵氣憤，半夜摸到山上，殺了羅真人和一個道童，回來再睡。

第七段，次日早晨，公孫勝再帶兩人上山，懇求羅真人應允。李逵見了羅真人大吃一驚，羅真人則說看在李逵面上同意，又用手帕將李逵送到薊州府廳屋上，骨碌碌滾將下來。

第八段，李逵從半天裏跌進衙門，正值府尹馬士弘坐衙，他被當作妖人李二痛打，關入牢中。李逵恐嚇牢子，騙得酒肉享受。

第九段，戴宗苦苦哀求羅真人救回李逵，羅真人命黃巾力士將李逵取回。公孫勝臨行時，羅真人面授機宜。

此回中，幾個小小場面，雖是過渡的情節，都寫得富有光彩。例如戴宗、李逵吃麵的情節，卻用五段文字精心描繪，事件進展撲朔迷離，而且寫得段落分明，細節豐滿，轉折自如，夾批具體細膩分析其中的奧妙，提供圓熟的創作方法。戴宗令李逵用「恐怖」手段逼出公孫勝、李逵半夜摸到山上殺羅真人等，都達到這個藝術高度，而且伴隨著調侃和滑稽，令人忍俊不禁。

鄉村景色和山中仙居的描寫能夠遺貌去神，聊聊數語，寫出奕奕神采，夾批多次讚譽「山居如畫」、「真乃如畫」。

李逵在路上受到作弄和懲罰，在羅真人處受到作弄和懲罰，他在公孫勝家大鬧和山上和回來後半夜的埋怨，在這幾個的場面中的語言，既極其符合他的性格和彼時彼地的心理、情緒，又極其風趣和有力。他對老仙先生，獨自一個坐在日間這件東西上，念誦什麼經號之聲之類的見聞，都是金聖歎改動原作後的藝術創造。

李逵粗人、直人，從不會做假，但小說偏偏有本事寫他奸滑，在奸滑中更見天真和老實。此回則李逵在牢中騙吃騙喝，真正做了一次奸滑之徒，卻毫不影響他的正面形象和粗直、天真、老實的性格本質。

金聖歎敏銳的眼光，能夠不拘鉅細地發現《水滸傳》原創的藝術成就。此回當李逵發現羅真人殺後竟然未死，吃了一驚，把舌頭伸將出來，半日縮不入去。夾批說：「妙人妙絕。〇此句至今日亦成爛熟套語，乃今在此處讀之，依舊妙不可言，何也。」可見藝術巨匠巨大的藝術創造力，即使在人家已經學濫的情況下，再看這裡的描寫，依舊感到妙不可言，有化腐朽為神奇的極高本領。

此回，多次用「對鎖作章法」做對稱的描寫，但不見重複，只見趣味迥異。如戴宗作弄李逵飛奔不止，又嚇、又餓、又累，吃足了苦頭：

> 李逵不省得這法，只道和他走路一般好耍，那當得耳朵邊有如風雨之聲，兩邊房屋樹木一似連排價倒了的，腳底下如雲催霧趲。（神行法奇事，偏有此奇筆描寫之。）李逵怕將起來，（李逵亦有怕將起來之日，奇事。）幾遍待要住腳，兩條腿那裏收拾得住，卻似有人在下面推的相似，腳不點地只管走去了。看見酒肉飯店，連排飛也似過去，又不能夠如去買吃。

羅真人作弄李逵，引誘他踏上了白手帕，化作一片白雲，停在半空，又

> 一陣惡風，把李逵吹入雲端裏。只見兩個黃巾力士押著李逵，耳朵邊有如風雨之聲，下頭房屋樹木一似連排曳去的，腳底下如雲催霧趲，正不知去了多少遠，諕得魂不著體，手腳搖動。（與前神行法對鎖作章法。）忽聽得刮剌剌地響一聲，卻從薊州府廳屋上骨碌碌滾將下來。（奇文。）

更奇妙的是，李逵被扔至府衙內受審，馬府尹喝道：「你這廝是那裏妖人？」夾批說：「特來請法師破妖人，卻反被法師弄做妖人，筆顛墨倒，妙不

可言。」又用「法物」（夾批：奇文。）——一盆狗血沒頭一淋；又一個提一桶尿糞來望李逵頭上直澆到腳底下。李逵口裏、耳朵裏，都是狗血、尿屎。夾批說：「親做一遍妖人，便學得許多破妖人之法。明日回去，即以此知府之法，還破彼知府之妖，可也。〇未見公孫勝做法破高廉，先見馬知府做法破李逵，筆顛墨倒，妙不可言。」這樣的情節構思，想落天外，匪夷所思，但又曲折有趣，合情合理，精彩絕倫。

我在《神秘與浪漫——文學名著中的氣功特異功能》上編第四章《〈水滸傳〉：特異功能的創新之作》第三節「羅真人的同步思維和氣功移物手段」中說：

《水滸傳》生動描寫羅真人用氣功預測和同步思維手段察知李逵欲圖加害自己的意圖。他預加防範，然後又用氣功移物手段，將李逵送到薊州府衙，讓他跌得半死不活，無力反抗，於是借府尹和衙役之手，狠狠處罰他。這是他對李逵動輒殺人的不良習慣給以警告和教訓。

所謂同步思維，是特異功能者通過發氣與對方交流信息獲悉對方腦子裏的思維情況，包括正在想的事，馬上能同步獲知。並能預測即將發生的事情和被測之人今後的命運和下場。

《水滸傳》關於預測還有兩次描寫。《水滸傳》一開首描寫天下盛行瘟疫，張天師在江西龍虎山已預知朝廷委派洪太尉來禮請他去東京祈禳瘟疫。魯達在打死鄭屠後，為避官府追捕而上五臺山出家。誰知寺中首座和眾僧一致反對，認為他「形容醜惡，相貌凶頑，不可剃度他，恐久後累及山門」。智真長老上禪椅盤膝而坐，口誦咒語，人定去了。一炷香過，卻好回來，對眾僧說道：「只顧剃度他。此人上應天星，心地剛直，雖然時下凶頑，命中駁雜，久後卻得清淨，證果非凡，汝等皆不及他。可記吾言，勿得推阻！」魯智深大鬧五臺山後，智真介紹他去東京大相國寺，臨別時贈他四句偈子：「遇林而起，遇山而富，遇州而過，遇江而止。」根據小說後來的描寫，其預言皆一一應驗。（《神秘與浪漫》，第 76～77 頁）

第五十三回　入雲龍鬥法破高廉　黑旋風下井救柴進

總批

第一段，分析一連串情節構思，文心之曲，妙不可測。

第二段，寫公孫神功道法，只是略寫，這是此書過人之處。

第三、四、五段，分析劫寨描寫的恰當和巧妙。

第六段，分析此回獨大書林冲戰功，正是表達他與高家冤仇的憤恨。

第七段，讚譽此書但要寫李逵樸至，便倒寫其姦猾；寫得李逵愈姦猾，便愈樸至，效果奇妙。

第八段，借用古詩「井水知天風」一語，和兩旋風都入高唐枯井之底的情節，揭示宋江擾亂之惡，無處不至。

第九段，讚譽卷末描畫御賜踢雪烏騅，寥寥三四句，其妙可抵一篇妙絕馬賦。

回後

第一段，羅真人特授與公孫勝「五雷天心正法」，戰勝高廉，保國安民，替天行道。戴宗先行，報知宋江。

第二段，公孫勝和李逵兩個離了二仙山九宮縣，取大路而行，兩個行了三日，來武岡鎮。李逵逕投市鎮上來買了一包棗糕。回來時，路旁側首，有一大漢，金錢豹子湯隆，舞弄鐵鍾，眾人喝采。李逵接過瓜錘，如弄彈丸一般，那漢佩服，帶他到家中。李逵見他是個打鐵匠人，山寨里正用得著，叫他也去入夥。兩人結為兄弟，李逵帶他同行。

第三段，三個於路，三停中走了兩停多路，那日早卻好迎著戴宗來接，四人一處奔高唐州來，一同到寨。

第四段，次日，宋江傳令各寨一齊引軍起身，直抵高唐州城壕，次早殺到城下來。首戰，花榮箭射薛元輝。

第五段，高廉大怒，出動神兵攻打，公孫勝念咒破除高廉妖法，梁山大勝。次日，分兵四面圍城，盡力攻打。公孫勝料定那廝夜間必來偷營劫寨，布置四面埋伏。

第六段，是夜高廉果然點起三百神兵前來偷襲，高廉在馬上作起妖法，公孫勝也仗劍做法，消滅全部神兵，高廉逃回城中。次日，宋江又引軍馬四面圍城甚急。高廉使人去鄰近州府求救。吳用將計就計，擬生擒高廉。宋江聽了大喜，令戴宗回梁山泊另取兩枝軍馬，分作兩路而來，冒充高廉的救兵。

第七段，高廉以為兩路救軍到了，盡點在城軍馬，大開城門，分頭掩殺出去。結果中了埋伏，全軍覆沒，高廉喪命。

第八段，宋江收軍進高唐州城內，出榜安民，秋毫無犯；在牢中救出柴家眾人，但不見柴進。押獄禁子藺仁說，已把柴進藏入枯井。

第九段，大家急急來到井前，李逵脫得赤條條的下井探查，救出柴進。

第十段，宋江把高廉一家處斬於市，賞謝了藺仁；再把府庫財帛倉糧米並高廉所有家私，盡數裝載上山。

第十一段，朝廷聞奏高唐州失陷，殺了高廉，高俅保舉呼延灼清剿梁山。

第十二段，呼延灼在汝寧州統軍司坐衙，接聖旨後星夜赴京。天子賜踢雪烏騅一匹。呼延灼向高俅乞保二將為先鋒。

總批指出公孫勝神功道法，只是略寫，但高廉做法，卻都詳寫：

第一次，高廉在戰陣上，急去馬鞍前取下那面聚獸銅牌，把劍去擊。那裏敲得三下，只見神兵隊裏捲起一陣黃砂來，罩得天昏地黑，日色無光。喊聲起處，豺狼虎豹怪獸毒蟲就這黃砂內卷將出來。眾軍恰待都起，公孫勝在馬上早掣出那一把松文古定劍來，（夾批：「松文」好色澤，「古定」好名目。）指著敵軍，口中念念有詞，喝聲道：「疾！」只見一道金光射去，那夥怪獸毒蟲都就黃砂中亂紛紛墜於陣前。眾軍人看時，卻都是白紙剪的虎豹走獸，黃砂皆蕩散不起。（夾批：此等處看他只略敘，不肯極力鋪張，皆特避俗筆也。）

第二次高廉半夜劫寨時，離寨漸近，高廉在馬上作起妖法，卻早黑氣衝天，狂風大作，飛砂走石，播土揚塵。三百神兵取火種，去那葫蘆口上點著，一聲蘆哨齊響，黑氣中間，火光罩身，大刀闊斧，滾入寨裏來，高埠處，公孫勝仗劍做法，就空寨中平地上刮剌剌起個霹靂。三百神兵急待步，只見那空寨中火起，火焰亂飛，上下通紅。無路可出。四面伏兵齊起，圍定寨柵，黑處偏（遍）見。（夾批：只是略敘，不肯極力鋪張。）三百神兵不曾走得一個，都被殺在陣裏。

第三次，高廉中了埋伏，被包圍，慌忙口中念念有詞，喝聲道：「起！」駕一片黑雲，冉冉勝騰空，直上山頂。（夾批：高謙妖術不便住，至此又生出一段。）只見山坡邊轉出公孫勝來，見了，便把劍在馬上望空作用，只中也念念有詞，喝聲道：「疾！」將劍望上一指，只見高廉從雲中倒撞下來，（夾批：只是略敘，不肯極力鋪張。）側首搶過插翅虎雷橫，一樸刀把高廉揮做兩段。雷橫提了首級，都下山來。

高廉的妖法寫得生動有趣而又有變化。

此回表揚梁山軍軍紀好，所過州縣，秋毫無犯。夾批說：「特筆之，以愧當時官軍也。」批判官軍無用，百姓遭殃：高廉退到城中，盡點百姓上城守護。夾批說：「吾聞設兵將以保障城池，以奠安百姓也，未聞兵亡將折，而反驅百姓以守其城池也。千古通弊，為之浩歎！」但又同時認為，宋江的軍紀也是玩弄權術：宋江已知殺了高廉，收軍進高唐州城內，先傳下將令，休得傷害百姓；一面出榜安民，秋毫無犯。夾批：「如此言，所謂仁義之師也。今強盜而忽用仁義之師，是強盜之權術也。強盜之權術，而又書之者，所以深歎當時之官軍反不能然也。彼三家村學究，不知作史筆法，而遽因此等語，過許強盜真有仁義，不亦怪載！〇看他寫宋江此來，本是救柴進，卻反將救柴進作第二句，將假仁義陡然翻作第一句，以表江之權術，真有大過人者，為諸盜之魁也。」

此回在揭露宋江權術的同時，又指出晁蓋的「覺醒」：梁山軍大獲全勝後回到大寨，柴進扶病起來，稱謝晁、宋二公並眾頭領。晁蓋教請柴大官人就山頂宋公明歇處，另建一所房子與柴進並家眷安歇。夾批說：「每一人上山，必特書宋江牢籠作自己心腹，今此獨書出自晁蓋，豈晁蓋至此已悟耶？」

此回繼續用濃筆描繪李逵。前面說他做有心人，拉湯隆入夥，為山泊增添一個打鐵的人材。後面又寫柴進陷入枯井，李逵主動要求下去搜尋。但他已經多次受到愚弄，大吃其虧，這次李逵笑道：「我下去不怕，你們莫要割斷了繩索！」（夾批：自神行法吃虧後，處處小心叮囑，又處處好奇欲試，寫出妙人妙絕。〇與上「大疙瘩」句一樣句法。）吳學究道：「你卻也忒姦猾！」夾批說：「罵得妙，妙於極不確，卻妙於極確，令人忽然失笑。」後來李逵只得再坐籮裏，第二次又下井去。夾批說：「偏是他下井，偏是他下去兩遍，字字可為失笑。〇寫李逵好奇，故肯下去；又姦猾，故不肯下去。妙人妙絕處，全在只得二字。」下去前，李逵道：「哥哥不知，我去薊州著了兩道兒，今番休撞第三遍。」夾批說：「真是姦猾。〇兩番寫李逵姦猾，忽翻出下文發喊大叫來，妙文隨手而成，正不知有意得之，無意得之也。」在這種地方，《水滸傳》的高明在於敢於弄險，敢於打破常規，突破人物的性格，而又依然切合人物的性格，而且更其突出了人物的性格，巧妙地表達了生活中複雜和微妙的辯證因素。

小說還善於在細處顯示其才華，如包圍高廉的四支軍隊的首領，是小溫侯、賽仁貴、病尉遲和美髯公。夾批說：「看他四面截住，便撮出四個古人，真乃以文為戲，讀之令人歎絕。〇極小一篇文字，亦必作一章法，真是不得不歎絕也。」

又極其注意照應。小說寫高廉軍馬神兵被宋江、林冲殺個盡絕。夾批說：「大書宋江，以明主軍；大書林冲，以志快活。筆法妙絕。」高廉只帶得八九騎入城，其餘盡被林冲和人連馬生擒活了去。夾批說：「獨寫林冲者，直為五獄樓下、白虎堂前、山神廟裏吐氣也。」金聖歎評批的眼光細膩深入，所以注意批出原著的這種匠心。

至於金批認為陣上鬥法之類的妖術，是不可能有的實事。我在《神秘與浪漫——文學名著中的氣功特異功能》上編第四章《〈水滸傳〉：特異功能的創新之作》第二節「公孫勝陣上鬥法」中說：

> 小說描寫有法術者用白紙做成怪獸毒蟲乃至兵馬作戰，一般人絕對認為荒誕不經，純屬浪漫主義的虛構筆法。但史學名著卻認真記載了此類「史實」，認為是實有之事。《二十四史》中的《明史·衛青傳》載唐賽兒「作亂」時，「役鬼神，剪紙作人馬相戰鬥」。谷應泰《明史記事本末》載徐鴻儒部屬張世佩被俘時，從他住處搜出紙人數千張。唐賽兒是明代白蓮教起義軍的著名首領，由於名聲極大，不僅《明史》有記載，《聊齋誌異》和《拍案驚奇》都寫到過白蓮教和唐賽兒義軍用紙做人馬作戰。可見明清的史學家和文學家都信其為真。
>
> 如果非真，《水滸傳》和《聊齋誌異》等著名小說所描寫的陣上鬥法，非常新穎奇異，可以看作是世界上最早描寫戰爭的科幻作品，要比20世紀的美國科幻巨片《星球大戰》之類不但時間上要早七百多年，在藝術上也完全可以說更勝一籌吧。(《神秘與浪漫》，第74頁)

另外需要強調的是，史書雖然寫到紙人紙馬上陣作戰，但從沒有說，可以靠紙人紙馬獲勝，這些用法術的人，最後都失敗了。

第五十四回　高太尉大興三路兵　呼延灼擺佈連環馬

總批

第一段，分析此回凡三段文字的各及其妙。

第二段，再分析前後二段，又各各極盡其致，皆是作者良工苦心即慘淡經營而得到的極高藝術成就。

第三、四、五、六段再具體分析其越變越奇，越奇越駭，越駭越樂的絕奇筆法，非俗筆所能。

第七段，又指出此篇之前之後，別有奇情妙筆，並作具體分析。

回後

第一段，呼延灼舉保陳州團練使百勝將軍韓滔，潁州團練使天目將軍彭屺，為正副先鋒。高太尉大喜而應允。

第二段，次日，高太尉帶領眾人都往御教場中操演武藝；三人就京師甲仗庫內，選揀衣甲盔刀，辭別了高太尉並樞密院等官，率領馬步三軍人等，浩浩蕩蕩，殺奔梁山泊來。

第四段，梁山聞訊，吳用定計先以力敵，後用智擒。宋江調撥諸軍已定，前軍秦明早引人馬下山，向平山曠野之處列成陣勢。

第五段，次日天曉，兩軍對陣，韓滔來戰秦明，韓滔力怯，只待要走，背後中軍主將呼延灼已到，林冲迎戰。第三撥小李廣花榮軍到，與彭玘戰；第四撥一丈青扈三娘人馬已到，彭玘來戰，扈三娘活捉彭玘。呼延灼縱馬趕一丈青，孫立見了，迎往廝殺。雙方全軍衝擊，梁山勝，呼延灼陣裏都是「連環馬軍」，故而不能全勝。

第六段，宋江收軍，退到山西下寨，屯住軍馬，且教左右群刀手，簇擁彭玘過來。宋江親解其縛，扶入帳中，將其招降。

第七段，呼延灼收軍下寨，自和韓滔商議，教三千匹馬軍，做一排擺著，次日天曉出戰。

第八段，宋江次日把軍馬分作五隊在前，後軍十將簇擁；兩路伏兵分於左右。敵方那連環馬軍，漫山遍野，橫衝直撞將來。梁山軍大敗。

第九段，呼延灼大獲全勝，高太尉大喜，天子賜御酒、錦袍。

第十段，呼延灼等迎接天使，要求調來宋朝天下第一個炮手、轟天雷凌振，安排風火炮、金輪炮、子母炮三等炮石攻打。

第十一段，梁山巧用水軍，故意留下船隻而逃，凌振人馬便來搶船。上船後，都被翻下水去活捉。

第十二段，宋江重施故技，將凌振招降。宴請時，宋江與眾人商議破「連環馬」之策，湯隆獻計。

宋江自此每次抓獲敵將，都親自鬆綁，並說同樣的一番話：「某等眾人，無處容身，暫占水泊，權時避難。今者，朝延差遺將軍前來收捕，本合延頸就縛；但恐不能存命，因此負罪交鋒，誤犯虎威，敢乞恕罪。」以此招降。

夾批讚譽本回描寫戰爭極其精彩。呼延灼率軍浩浩蕩蕩前來時，夾批說：「『浩浩蕩蕩』四字，寫軍容絕妙好辭，抵過無數『車如流水馬如龍』、『落日照大旗』、『馬鳴風蕭蕭』語。」梁山軍在第一戰中，用紡車法對敵：「此段文字本以山泊為主，以呼延為賓。今看他詳寫山泊諸將紡車般脫換，又插寫呼延將軍擲獅來去，以一筆兼寫兩家健將，遂令兩篇章法，一齊俱成，妙絕。」仔細分析第一至第五撥，一撥一撥轉去，「五撥人馬既畢，紡車幾乎停住矣，陡然接出押後大隊來，真文章之盛觀也」。而且「此處忽然增出第五撥人馬看戰，便令精彩加倍耀豔，真文章之盛觀也。」宋江見活捉得天目將彭玘，心中甚喜；且來陣前，看孫立與呼延灼交戰。夾批說：「又是一番看戰，真乃十倍精彩。〇文章聲勢，一段勝似一段，使人歎絕。」

兩將對陣時，評批其兵器之繁多和奇巧，如這裡呼延灼自戰林冲，兩個正是對手：槍來鞭去花一團，鞭去槍來錦一簇。（夾批：絕妙好辭，不過兩句九個字，而便令人眼光霍霍不定。）天目將橫著那三尖兩刃四竅八環刀，騎著五明千里黃花馬，夾批說：「絕妙好辭，三兩四八五千，六個字用在一處，遂成異樣花色。」當雙方兵器相同時，夾批說：「又是一樣刀。〇雖兩將一樣使刀，然實是兩樣刀也。忽然兩樣刀引出一樣鞭來，真文章之盛觀也。」兵器變化時，夾批說：「上文三口刀，中間忽然變出兩口刀、兩條鞭；至此又忽然變出三條鞭，真文章之盛觀也。」

第二戰，夾批說：「比昨日忽然換出一樣陣勢，便令筆墨都變，真文章之盛觀也。」「仍依昨日所撥而紡車換作一字，便令筆墨盡變。」「寫並無一人，卻寫得異樣精彩。」「注疏明快，直畫出連環馬聲勢來也。」「異樣聲勢，異樣精彩。」「陡然插出奇文，令人出於意外，猶如怪峰飛來，然又卻是眼前景色。才子之文，誠絕世無雙矣。〇並不寫連環馬，卻寫得連環馬異樣聲勢，文亦異樣精彩。」讚譽凌振的三色炮「名色奇巧」，「便寫出三等名色，異樣精彩。」「未見放炮，先豎炮架，寫得異樣精彩。」「寫炮又是一樣聲勢，文亦又是一樣精彩。」「此句正表炮勢之大，又是一樣精彩，寫得駭人。〇寫戰必須寫近，寫炮必須寫遠，此故誰當知之？」梁山陸軍配合水軍誘敵上當，「只如兒戲，奇妙之極。」「連環馬已大難事，忽然又增出一轟天雷來，誠所謂心搖膽落，手足無措之事也。一段只輕輕用五七個人、百十隻船，彼以火攻，此以水勝，用力不多，而大難立解。令人讀之，只如兒戲，真文章之盛觀也。」

《水滸傳》描寫古代戰爭尤其是戰場上的實戰，細膩又生動，都是花團錦簇文字，超過了《三國演義》。而金批的具體分析和評論，則將《水滸傳》令人眼花繚亂的奪目光彩揭示無餘，讀之令人神旺。

第五十五回　吳用使時遷偷甲　湯隆賺徐寧上山

總批

第一段，《水滸傳》寫豪傑、奸雄、淫婦、偷兒乃至奸雄，都能真實生動，作者絕非淫婦、偷兒，為什麼能寫到如此真實生動？因為他在創作時，實親動心而為淫婦，親動心而為偷兒；而且其作《水滸傳》深達因緣，直以因緣生法，為其文字總持，真能做到格物致知。

第二段，又因為作者學為聖人之法，掌握了聖人忠恕之道。

第三段，此篇文字變動，又是一樣筆法。如：欲破馬，忽賺槍；欲賺槍，忽偷甲。並作具體分析。

第四至第十段，具體分析此回的極高寫作技巧和藝術成就。

第十段還總結了「實者虛之，虛者實之」這樣「神掀鬼踢」般高明的寫作手段和方法。

尤其是第六段，「寫時遷一夜所聽說話，是家常語，是恩愛語，是主人語，是使女語，是樓上語，是寒夜語，是當家語，是貪睡語。句句中間有眼，兩頭有棱，不只死寫幾句而已。」這樣的人物語言，不僅證明魯迅說中國沒有像巴爾扎克那樣根據人物的語言就可看出人物性格「這樣高手段」的作家，是錯誤的，而且這裡是時遷偷聽的話，不僅聽出人物的性格，還聽出語言的時間、環境、性情和人物的地位等等，證明我前已說的，《水滸傳》和人物語言描寫水平要高於西方最傑出的小說家。

回後

第一段，當時湯隆對眾頭領說，自己祖上會造破連環馬的「鉤鐮槍」，祖傳已有畫樣在此，若要打造，便可下手。但會使的人，只除非是我那個姑舅哥哥徐寧。徐寧祖傳一件寶貝是一副雁翎砌就圈金甲，若是先對付得他這副甲來時，不由他不到這裡。吳用當即派時遷前去偷，湯隆則設計引誘徐寧來。吳用、宋江又派楊林將金銀書信，帶領伴當，前往潁州取彭玘將軍老小；薛永扮作使槍棒賣藥的，往東京取凌統領老小；李雲扮作客商，同往東京收買煙火藥料等物；樂和隨湯隆同行，又挈薛永往來作伴；一面先送時遷下山去了。雷橫提調監督，按湯隆打起鉤鐮槍樣子，教山寨裏打造軍器的，照著樣子打照。

第二段，時遷到東京，次日踅進城來，先到徐寧家踩點。是夜，踅到徐寧後門邊，爬將過去，從戧柱上盤到樓簷，埋伏了一夜。

第三段，清晨，徐寧出門隨直，時遷偷得皮箱，溜回店中，取出行李，還了房錢，投東行到四十里外，方才去食店裏打火做些飯吃，戴宗來取走皮匣中的那副雁翎鎖子甲，作起「神行法」，自投梁山泊去了。

第四段，時遷卻把空皮匣子明明的拴在擔子上，出店門便走。湯隆告訴他計策，即投東京城裏來。

第五段，徐寧家裏發現那皮匣子被偷，慌做一團。徐寧黃昏回家，知曉後卻不敢聲張，一夜睡不著，坐在在家納悶。

第六段，早飯時分，湯隆特來拜望，代父贈送兩錠蒜條金，徐寧安排酒來管待。徐寧告訴他失竊一事，湯隆告訴他路上見到鮮眼睛黑瘦漢子卻似閃了腿的，一步步挑著這箱子走。

第七段，徐寧急急和湯隆出了東郭門，迤邐趕來。凡見有白圈壁上酒店裏，都入內喝酒，一家一家問，店主人都道：「昨夜晚是有這般一個人挑著個紅羊皮匣子過去了；一似腿上吃跌了的，一步一攧走。」在投宿的客店，店小二也這樣回答。徐寧於是深信不疑，拼命追趕。

第八段，第二天，天色又晚了，望見前面一所古廟前樹下，時遷放著擔兒在那裏坐地。徐寧見了，搶向前來，一把揪住了時遷，匣子裏面卻是空的。時遷說先教李三拿了甲去，若還有肯鐃我時，我和你去討來還你。三個廝趕著，又行了一日。

第九段，次日，徐寧在路上心焦起來，湯隆則路遇李榮，他到鄭州做了買賣，要回泰安州去。他帶著空車，於是四個人坐在車子上，一起上路，不覺又過了一日。

第十段，看看到梁山泊只有兩程多路，只見李榮叫車客把葫蘆去沽些酒來，將徐寧麻翻，送到梁山山寨。

第十一段，徐寧此時麻藥已醒，湯隆告訴他緣由。宋江勸他入夥。山寨選揀精壯小嘍囉，學使鉤鐮槍法，一面使戴宗和湯隆星夜往東京搬取徐寧老小。

第十二段，旬日之間，彭玘、凌振老小都取上山來，李雲收買到五車煙火藥料回寨。更過數日，戴宗、湯隆取到徐寧老小上山。眾頭領且商議破連環馬軍之法。

此回最精彩的無疑是時遷進入、埋伏到徐寧家中偷竊的一大段。總批已對時遷偷聽各人語言的精妙描寫做了總結和分析。夾批則具體評批具體的情景，如婭嬛道：「娘子不聽得是老鼠叫？因廝打，這般響。」夾批說：「小兒女貪睡怕冷不肯起來，便隨口附會一句，真乃如畫。」時遷將計就計，就便學老鼠廝打，溜將下來；夾批說：「反藉此語而下，奇妙之極。」將一個人物的語言和另一人物的行動相結合，推動情節的發展，寫得好，批得好。

後來兩個婭嬛發現皮匣被偷，只叫得苦：「皮匣子不知那裏去了！」那娘子聽了，慌忙起來，夾批說：「聽得不曾失物，且臥而不起；聽得不見皮匣，便慌忙起來。只一娘子起身，亦必挑剔盡妙如此。」徐寧娘子並兩個婭嬛如「熱鏊上螞蟻」，走頭無路，不茶不飯，慌做一團。夾批說：小說不斷「寫忙處忙極」，但竟然又不斷「寫緩處緩極」。更妙在徐寧回家時「寫鄰舍說，表出家中嚷做一片」。

徐寧聽娘子說單是皮匣被偷，只叫那連聲的苦，從丹田底下直滾出口角來。（夾批：奇語。）娘子道：「這賊正不知幾時閃在屋裏！」（夾批：寫娘子活是娘子。○鄰舍說，丫嬛又說，娘子只應如此矣。）徐寧道：（夾批：不答娘子，妙絕。）「別的都不打緊，這副雁翎甲乃是祖宗留傳四代之寶，不曾有失！花兒王太尉曾還我三萬貫錢，我不曾捨得賣與他。（夾批：忽然撰出一段事，妙絕。）恐怕久後軍前陣後要用，生怕有些差池，因此拴在梁上。多少人要看我的，我只推沒了。今次聲張起來，枉惹他人恥笑！（夾批：或問失此寶貝，何得不去緝捕？故作此語解之。○不去緝捕，便單等湯隆矣。）今卻失去，如之奈何！」徐寧一夜睡不著，思量道：「不知是甚麼盜了去？（夾批：自問。）也是曾知我這副甲的人！」（夾批：自答。○活畫出失物人家，恍恍惚惚，心口問答來。）娘子想道：「敢是夜來滅了燈時，那賊已躲在家裏了？」（夾批：亦自答還自問。○前娘子問，徐寧不答；此徐寧自問自答，娘子不接話頭，亦只是自答。活畫出失物人家恍恍惚惚，東猜西測來。）

徐寧向湯隆介紹：「是個紅羊皮匣子盛著，裏面又用香綿裹住。」（夾批：忽然在紅羊皮裏，另又添出一樣鋪設，妙不可言。）湯隆失驚道：「紅羊皮匣子！……」（夾批：接口說五個字一頓頓住，妙絕。）問道：（夾批：俗本失「問道」二字，便令上文「紅羊皮匣子」五字，不得一頓，神色便減多少。）「不是上面有白線刺著綠雲頭如意，中間有獅子滾繡球的？」（夾批：徐寧在紅羊皮匣裏添出色澤，湯隆在紅羊皮匣外添出色澤，妙文對剔而起，妙不可言。）

以上兩段對話，作者能夠極其細膩而真切地體驗人物的性格、情景、心理和思維，這樣高妙的人物語言境界，縱觀整個世界文學史，是罕與倫比的。

此回中，宋江勸降徐寧時，還是執杯向前陪告道：「見今宋江暫居水泊，專待朝廷招安，盡忠竭力報國，非敢貪財好殺，行不仁不義之事。萬望觀察憐此真情，一同替天行道。」（夾批：此數語是宋江所以賺人做強盜者，乃村學究遽許其忠義，何哉？只看他處處用，便可知。）林冲也把盞陪話道：「小弟亦到此間，兄長休要推卻。」夾批說：「交還林冲，章法。」此因林冲在此回開首湯隆介紹徐寧時講過，徐寧原是他的東京舊友和同僚，這裡照應前面的林冲之言，所以這樣說。而且林冲受盡高俅欺凌和追殺，家破人亡，故而非常想多招募人材，一起造反，而徐寧又是舊友，就更想留他在梁山了。他的勸說與宋江的動機不同、心境不同，所以語言也不同。

第五十六回　徐寧教使鉤鐮槍　宋江大破連環馬

總批

第一段，分析小說寫梁山軍十隊誘軍，戰苦雲深，龍沒爪現，神變不測，出奇分明，奇兵突起，前乎此者有戰，後乎此者有戰，極其高明。在寫法上，則或先整後變，或先滅後明。最奇妙的是通篇不得分明，至拖尾忽然三閃之後，又忽然兩人一閃，高妙之極。

第二段，分析小說寫十隊的安排和行動，變幻莫測，竟使紙上岌岌搖動，竟使讀者目眩耳聾，但作者正自心閒手緩，遊刃有餘，其寫作技能之高深，無與倫比！

第三段，聖歎讀呼延愛馬之文，不覺垂淚浩歎。因為天下之感情最深的是同患難；而人生之情誼最重的是相處久。因同患難，則有同生共死的意願；相處久，則有性情如一情誼。無論親疏、人畜、有情與無情都是如此。接著聖歎以自家老僕和祖母所給的玉鉤為例，說明這個道理。

回後

第一段，晁蓋、宋江、吳用、公孫勝，與眾頭領就聚義廳，啟請徐寧教鉤鐮槍法。就當日為始，將選揀精銳壯健之人曉夜習學。又教步軍藏林伏草，鉤蹄拽腿：下面三路暗法。不到半月之間，教成山寨五七百人。宋江並眾頭領看了大喜，準備破敵。

第二段，呼延灼每日只把馬軍來水邊搦戰。山寨中只教水軍頭領牢守各處灘頭，水底釘了暗樁。梁山泊卻叫凌振製造了諸般水炮，剋日定時下山對敵。學使鉤鐮槍軍士已都成熟。宋江設計用十隊步兵誘敵，敵軍衝擊時，都望蘆葦荊棘林中亂走。卻先把鉤鐮槍軍士埋伏在彼，但見馬到，一攪鉤翻，便把撓鉤搭將入去捉了。宋江當日分撥十隊步軍人馬。次日平明時分，宋江守中軍人馬隔水擂鼓吶喊搖旗。

第三段，呼延灼聽得探子報知，大驅軍馬殺奔梁山泊來。十隊伏兵夾著炮聲調度，東南西北，神出鬼沒，一戰就退，引誘連環馬衝入蘆葦荊棘林中，鉤倒戰馬，活捉軍士。呼延灼大敗，往東北方向逃去。

第四段，宋江鳴金收軍回山，各請功賞。三千連環甲馬，有停半被鉤鐮槍撥倒，傷損了馬蹄，剝去皮甲，把來做菜馬；二停多好馬，牽上山去餵養，作坐馬。帶甲軍士都被生擒上山。五千步軍，拘捉上山。韓滔把來綁縛解到山寨。宋江見了，親解其縛，請上廳來，以禮陪話，相待筵宴，令彭玘、凌振說他入夥。

第五段，呼延灼不敢回京，獨自一個騎著那匹踢雪烏騅馬，投奔青州慕容知府，準備再引軍來報仇。路途上在酒店用餐住宿，半夜被人盜走寶馬。

第六段，呼延灼參拜了慕容知府，把上項訴說了一遍。慕容知府聽了道，下官所轄地面多被草寇侵害。將軍到此，可先掃清桃花山，奪取那匹御賜的馬；卻連那二龍山，白虎山兩處強人一發勦捕了時，我再向朝廷保舉，再教將軍引兵復仇。

第七段，桃花山上李忠與周通自得了這匹踢雪烏騅馬，每日在山上慶喜飲酒。呼延灼引起二千兵馬來攻打，周通不敵，李忠寫信，向二龍山求救。

第八段，寶珠寺裏，魯智深、楊志、武松和四個小頭領施恩、曹正、張青和孫二娘，接信後，三個大頭領將軍親自帶隊，逕往桃花山來。

第九段，李忠知二龍山消息，自引了三百小嘍囉下山策應。呼延灼聞知，急領所部軍馬，攔路列陣，舞鞭出馬，來與李忠相殺。李忠敗退，魯智深輪趕到，與呼延灼鬥至四五十合不分勝敗。接著楊志與呼延灼交鋒。兩個鬥到四五十合，不分勝敗。

第十段，慕容知府因有白虎山強入孔明、孔亮引人馬來青州劫牢，使人喚呼延灼回兵來保守城中。呼延灼連夜回青州去了。次日，桃花山頭領請魯智深、楊志、武松上山，筵席相待，一面使人下山探聽前路消息。

第十一段，呼延灼引軍回到城下，與孔明、孔亮廝殺。呼延灼活捉孔明瞭去，孔亮大敗，四散奔走，至晚尋個古廟安歇。

第十二段，呼延灼告訴慕容知府與魯智深、楊志的戰況。知府告訴他二龍山三雄的來歷。

第十三段，孔亮引了敗殘人馬，撞見武松正部領頭隊人馬回山，兩人相聚，接著魯智深、楊志兩個並馬都到。武松引孔亮拜見二位，決定聚集三山人馬，攻打青州，殺了慕容知府，擒獲呼延灼，各取府庫錢糧，以供山寨之用。楊志提出攻城計劃。

此回首段，描寫宋江出謀劃策，調度軍隊，夾批說：「本是徐寧訓練，吳用調撥，乃反大書宋江者，此篇搞拒王師，罪在不赦，特書盡出宋江之謀，所以深著其惡也。」

小說接寫梁山出兵十隊人馬分別列出頭領名單，夾批：「明畫之極。〇此處寫得明畫，以後便縱橫滅沒，不復知其首尾何處，又是一樣章法。」平明時分，宋江守中軍人馬隔水擂鼓吶喊搖旗。夾批：「論調撥，則中軍乃居最後；論挑戰，則中軍獨居最先，又是一樣章法。〇極似行用中軍，卻獨不用中軍，奇絕。」呼延灼大驅軍馬殺來。隔水望見宋江引著許多人馬，夾批：「奇景如畫。」夾批接著具體歸納、分析：「第一段南方三隊，逐隊寫出。敘十隊誘軍，就便間入炮聲，離奇錯落，筆力奇絕。〇十隊擁起之時，即施放號炮之時，既不可單敘十隊，又敘放炮；又不可敘畢十隊，方敘放炮。得此奇橫之筆，一齊夾雜寫出，令人耳目震動。」「第二段北方三隊，一句寫出。第三段西方四隊，亦一句寫出。又極寫炮聲，紙上皆岌岌震動。離奇錯落，筆力奇絕。〇十隊既是誘軍，便寫不出聲勢，卻借放炮寫出十隊聲勢來，妙筆。」中間又夾「敘徐寧、湯隆號帶之功，非敘十隊也。〇看他寫得誘敵者、放炮者、招引者，人人用命，色色精神，妙絕」。宋江軍兵盡投蘆葦中亂走。呼延灼大驅連環馬，卷地而來，那甲馬一齊跑發，收勒不住，盡望敗葦折蘆之中枯草荒林之內跑了去。以後的戰況，聖歎連批：「又算注，又算畫，注得明，畫得活。」「又忽寫炮，離奇錯落，筆力奇絕。」「前敘十隊不分方面，只是一齊下去，至此忽然在三面閃出六個人來，不必盡見，不必盡不見，正如怒龍行雨，見其一爪兩爪也。」眉批在補充說：「十隊伏軍，忽然閃出三段，絕妙章法。」接著又「畫出誘敵。〇兩隊如此，餘隊可知。試趕又妙。〇兩段，一段寫不趕，一段寫趕，法變。」「又閃出兩個。」「變一句。〇要變一句，便徑變一句，是耐庵筋節處。」「趕字亦翻用轉來，奇筆妙筆。」呼延灼失盡兵將，自投東北上去了，夾批說：「水窮雲盡處，忽留此一線，妙筆。」

這一個戰役，完全是作者設計的，自宋江定計，到戰役結束，描繪得錯綜複雜而又歷歷分明，的確是大手筆，聖歎批得頭頭是道，也是大手筆。

小說接寫敗軍之將的狼狽旅程，和寶馬被盜的痛心疾首。夾批連說：「活畫出逃敗將官來。」「呼延將軍有敗逃饑渴之時，御賜名馬有拴在野樹之時，人生失意，真常事耳。」在小店借宿時，酒保一面煮肉打餅，一面燒腳湯與呼延灼洗了腳，夾批：「逃敗人無可形容，忽然寫出『洗腳』二字，情事如畫。」

禍不單行，屋漏偏遭連夜雨，呼延灼獨自一個騎著那匹踢雪烏騅馬，（夾批：自此以下，以踢雪烏騅生波作折，另是一樣章法。）一路愛惜之至，特地再三關照店小二要認真看護，夾批說：「我嘗言美人愛青鏡，名士愛古硯，大將愛良馬，此處又一寫出。」「上文寫大軍覆沒之後，更無一物可恃，只愛念得此一匹馬；此文寫大軍覆沒之後，更無一長可說，只誇示得此一匹馬。人至失意時，真是活活如此。名士下弟歸來，向所親吟其射策，亦猶是也。」「別事都不經心，勤勤只囑此馬，不惟章法應爾，亦寫將軍之與戰馬，真有死生知己之感也。」結果還是被盜，「前篇寫偷甲，此篇寫偷馬，章法對而不對，不對而對，奇妙之極。」呼延灼痛惜不已，「不惜連環三千，卻痛御賜一匹者，眾材易集，名士難求也。荀粲佳人難再得之歎，亦此意也。」夾批稱頌小說「第一節先賜一匹馬，第二節布出無數馬，第三節葬送無數馬，第四節並失一匹馬，章法妙絕奇絕。〇昨日畫出一幅逃敗將官，畫得好笑；今日又畫出一幅逃敗將官，一發畫得好笑。」到了青州，呼延灼急欲要這匹御賜馬，（夾批：緊提題目，妙筆。）又來稟覆知府，便教點軍。慕容知府便點馬步軍二千，借與呼延灼，又與了一匹青鬃馬。（夾批：又引出一匹馬來。）帶領軍兵前去奪馬。夾批不忘全局，注意前後照應，批出《水滸傳》寫將軍愛馬的熱切情感，和情節的前後輝映。

第五十七回　三山聚義打青州　眾虎同心歸水泊

總批

第一段，打青州，用秦明、花榮為第一撥，全書處處都不可輕易下筆。

第二段，村學先生讀《水滸傳》，見宋江口中有許多好語，便遽然以「忠義」兩字過許老賊，甚至以「忠義」定為本書題目。接著回顧宋江的種種表現，予以反駁。

第三段，原村學先生之心，則豈非以宋江每得名將，必親為之釋縛、擎盞，流淚縱橫，痛陳忠君報國之志，而此皆宋江所以誘人入水泊的卑鄙手段。

第四段，自第七回寫魯達後，遙遙直隔四十九回而複寫魯達，但其聲情、神理都依舊是魯達。尤可奇怪的是，過去寫魯達以酒為命；此後寫魯達涓滴不飲，然而聲情、神理還是魯達，因為他的本質沒有變。

回後

第一段，武松引孔亮拜告魯智深、楊志，求救哥哥孔明和叔叔孔賓，魯智深便要聚集三山人馬前去攻打。楊志要孔亮星夜去梁山泊請下宋公明來並力攻城。三山好漢來青州城下聚集，一同攻打城池。

第二段，孔亮到梁山泊與宋江相聚，告訴別後經歷和當今求救之事。宋江便引孔亮參見晁蓋、吳用並眾頭領，備說呼延灼走在青州，投奔慕容知府，今來捉了孔明，以此孔亮來到，懇告求救。宋江安排五路軍馬出征。

第三段，梁山泊點起五軍，共計二十個頭領，馬步軍兵三千人馬來到青州，與三山頭領相見相聚。

第四段，次日吳用定計智擒呼延灼。次早起軍，包圍青州。呼延灼與秦明直鬥到四五十合，不分勝敗。

第五段，慕容知府與呼延灼商議，來日若臨敵之時，可殺開條路，送三個人出去：一個教他去東京求救；兩個教他去鄰近府州會合起兵，相助勦捕。

第六段，次日天色未明，梁山花榮、宋江、吳用看城，呼延灼聞報，急去捉拿，踏著陷坑，被活捉。

第七段，宋江巧舌如簧，勸得呼延灼投誠。吳用又定計呼延灼賺開城門，救出孔明。呼延灼帶著秦明、花榮、孫立、燕順、呂方、郭盛、解珍、解寶、歐鵬、王英十個頭領，都扮作軍士模樣，假裝逃得性命回城。

第八段，進城後，秦明一棍，把慕容知府打下馬來。宋江大隊人馬，一齊擁入，救出孔明並他叔叔孔賓一家老小。把慕容知府一家老幼，盡皆斬首，抄扎家私，分俵眾軍。天明，計點在城百姓被火燒之家，給散糧米救濟。把府庫金帛，倉廒米糧，裝載五六百車；又得了二百餘匹好馬；就青州府裏，做個慶喜筵席，請三山頭領同歸大寨。

第九段，數日之間，三山人馬都皆完備。宋江領了大隊人馬，班師回山。魯智深與林冲話舊。梁山大造兵器、旗幟，調度酒店和看守等。魯智深要去探望史進，宋江派武松同去。又喚神行太保戴宗隨後跟來，探聽消息。

第十段，來到少華山，不見史進，原來畫匠王義的女兒玉嬌枝，被華州賀太守強奪了去，卻把王義刺配遠惡軍州。路過這裡，史進撞見，把王義救在山上，直去府裏要刺賀太守；被拿了，見監在牢裏。又要聚起軍馬，掃蕩山寨。魯智深聽了當場要去結果了那廝！因天晚，上山暫歇。魯智深不肯喝酒，次日不辭而別，獨去華州。

第十一段，魯智深奔到華州城裏，恰遇賀太守乘轎而來，看到魯智深形跡可疑，派人邀請他到府裏，將他活捉。

此回開首，晁蓋要帶兵出征，並說「三郎賢弟，你連次下山多遍，今番權且守寨，愚兄替你走一遭。」宋江道：「哥哥是山寨之主，不可輕動。這個是兄弟的事。既是他遠來相投，小可若是不去，恐他兄們心下不安；小可情願請幾位弟兄同走一遭。」（夾批：又書晁蓋要去，宋江不肯，與後對看。）說言未了，廳上廳下一齊都道：「願效犬馬之勞，跟隨同去。」（夾批：須知此句，正為三山歸泊作大呼在應。蓋今日若干人，一齊都下去，便引後日若干人，一齊都上來也。不善讀書人，只謂是宋江面上耳。眼光之大小，豈可以以彼此計！）再次突出書寫宋江架空晁蓋，和宋江已經得到眾人的擁戴，羽翼已成。

又在此突出書寫宋江勸降呼延灼的一貫手段：還是將他綁著推將過來。宋江見了，連忙起身，喝叫快解了繩索，親自扶呼延灼上帳坐定。宋江拜見。還是這套言辭：「小可宋江怎敢背負朝廷？蓋為官吏污濫，威逼得緊，誤犯大罪，因此權借水泊裏隨時避難，只待朝廷赦罪招安。不想起動將軍，致勞神力。實慕將軍虎威，今者誤有冒犯切乞恕罪。」夾批繼續提醒讀者：「處處以此數語說人入夥，正是宋江權詐鐵案，而村豎反因此文，續出半部，又袞然加以『忠義』之名，何也？」這條夾批與總批相呼應。

但是呼延灼道：「兄長尊意莫非教呼延灼往東京告請招安，到山赦罪？」（夾批：忽然借呼延口為秦宮銅鏡，崒地將宋江一照，妙筆。宋江處處以招安說人入夥，人無有答之者，於是天下後世，遂真以宋江為日望招安也。此處忽然用呼延反問一句，直令宋江更遮不得，皮裏陽秋，其妙如此。）宋江道：「將軍如何去得？（夾批：寫宋江只用一句截住，權詐如見，然亦心事如見矣，妙筆。）高太尉那廝是心地偏窄之徒，忘人大恩，記人小過。將軍折了許多軍馬錢糧，他如何不見你罪責？（夾批：寫宋江巧言如簧，必主於說入夥而後止，皆是皮裏陽秋之筆，不重於罵高俅也。）如今韓滔、彭玘、凌振，已多在敝山入夥。倘蒙將軍不棄山寨微賤，宋江情願讓位與將軍；（夾批：數語是宋江正經題目。○「情願讓位」，醜語難堪。）等朝廷見用，受了招安，那時盡忠報國，未為晚矣。」（夾批：仍作好言，寫宋江權詐可笑。）

宋江攻陷青州後回軍時，所過州縣，分毫不擾。鄉村百姓，扶老挈幼，燒香羅拜迎接，上梁山後，向聚義廳上，列位坐定。大排筵席，慶賀新到山寨頭領。坐間林冲說起相謝魯智深相救一事。夾批說：「一段如觀群龍戲海，彼穿此接，東牽西掣，極文章之致也。○無數大段落，不得不作此大綰結，妙極。」

總結小說大段情節的結尾收束得好。

慕容知府議定次日由呼延灼打開血路，放人去東京和附近州府求援，沒想到次晨呼延灼中計被擒，但小說還是寫：當日知府寫了求救文書，選了三個軍官，都發放了當。夾批說：「不必明日真有是事，乃隔夜卻詳寫如此，譬如花影橫窗，有時真有，無時並無，妙絕。」指出小說的情節設計沒有漏洞，而且還真幻結合，各及其妙。

梁山軍攻陷青州後，把慕容知府一家老幼，盡皆斬首，抄扎家私，分俵眾軍。夾批說：「一知府而家私乃至可俵眾軍，則亦不可不抄扎也。」提示貪官瘋狂斂財的程度，痛恨之心溢於言表。

此回後半著重描寫魯智深的忠義和武松的精細。魯智深聽說史進被抓，道：「史家兄弟不在這裡，洒是一滴不吃！要便睡一夜，明日卻去州里打死那廝罷！」（夾批：句句使人灑出熱淚，字字使人增長義氣，非魯達定說不出此語，非此語定寫不出魯達，妙絕妙絕。）武松道：「哥哥不得造次。我和你星夜回梁山泊去，報宋公明，領大隊人馬來打華州，方可救得史大官人。」（夾批：寫爽直，便真正爽直；寫精細，又真正精細。一副筆墨，敘出兩副豪傑，又能各極其致，妙絕。）魯智深叫道：「等我們去山寨裏叫得人來，史家兄弟性命不知那裏去了！」（夾批：句句字字和血和淚寫出來。）武松道：「便打殺了太守也怎地救得史大官人？武松卻決不肯放哥哥去。」（夾批：寫魯達不顧事之不濟，寫武松必求事之必濟，活提出兩個人。）朱武又勸道：「師兄且息怒。武都頭實論得是。」魯智深焦躁起來，便道：「都是你這般性慢，直娘賊（夾批：罵得奇絕，罵人而人不怨，『友道不匱，永錫爾類』故也。）送了我史家兄弟！（夾批：二語罵盡千古。）只今性命在他人手裏，還要飲酒細商！」（夾批：和血和淚之墨，帶哭帶罵之筆，讀之紙上岌岌震動，妙絕之文。○俗本皆改去，何也？）眾人那裏勸得他呷一半盞。（夾批：鵝項凳邊，鐵匠間壁，正與此處對看。）當晚和衣歇宿，明早，起個四更，提了禪杖，帶了戒刀，不知那裏去了。（夾批：使我敬，使我駭，使我哭，使我思。○寫得便與劍俠諸傳相似。）武松道：「不聽人說，此去必然有失。」夾批結合原作，具體評論魯智深和武松的性格和本質，批出兩人的神采和光華。

第五十八回　吳用賺金鈴弔掛　宋江鬧西嶽華山

總批

第一段，批評原本寫魯智深救史進一段，鄙惡至不可讀，及得古本，始服原文之妙如此。

第二段，分析渭河攔截一段，章法又齊整，又變化，真是精心構思的妙筆。

第三段，極寫華州太守狡獪，是為了補寫史進、魯達兩番行刺不成的原因；更妙在毫無補寫的痕跡，自令人想見其時其事。這種「以不補為補」，也是一種補寫的方法。

第四段，史進芒碭一歎，暗用阮籍「時無英雄」故事，可說深表大郎的極至了。至於蠻牌之敗，只是文章交卸之法，不必因此而為大郎可惜。

回後

第一段，賀太守把魯智深賺到後堂活捉，正要開口勘問，魯智深反而大罵，講出此行的目的。

第二段，武松聞訊，正沒理會處，戴宗前來，並立即本回山寨報告。

第三段，晁蓋要親走一遭，又被宋江勸阻，宋江帶隊來到少華山。商議後，宋江、吳用等當夜到山坡高處勘察華州城形勢。

第四段，宋江等城池厚壯，形勢堅牢，正躊躇時，聞報朝廷差個殿司太尉，將領御賜「金鈴弔掛」來西嶽降香，吳用定計利用此人。

第五段，次日宿太尉官船被宋江截住，逼迫宿太尉上少華山，又逼迫宿太尉同意，借用他的官服和全套用具等。梁山人馬冒充宿太尉及其部眾，另派兩軍攻打。教武松先去西嶽門下伺候，只聽號起行事。

第六段，梁山一行人等一逕奔西嶽廟來。又令觀主催賀太守來迎接。

第七段，本州先使一員推官，帶領做公的來參拜了，太守隨後再來參見。推官和眾多做公的都見了許多對象文憑，便辭了客帳司，逕回到華州府裏來報賀太守。

第八段，賀太守將領三百餘人前來，被梁山諸人殺個精光。另兩路軍馬殺入城中，救了史進，魯智深；就打開庫藏，取了財帛，裝載上車。回到少華山上，都來拜見宿太尉，納還御香、金鈴弔掛、旌旗、門旗、儀仗等物，拜謝了太尉。便與四籌好漢商議收拾山寨糧，放火燒了寨柵，同歸梁山。

第九段，宿太尉下船來華州城中，已知梁山泊賊人殺死軍兵人馬，劫了府庫錢糧；立即上報朝廷。宿太尉到廟裏焚了御香，把這金鈴弔掛分付與了雲臺觀主，星夜急急自回京師奏知此事。

第十段，上山後，喜慶酒席後，新頭領回席，酒席間，晁蓋說昨日又是四位兄弟新到，另有朱貴上山報說：「徐州沛縣芒碭山中，混世魔王樊瑞，能呼風喚雨，用兵如神。手下兩個副將八臂哪吒項充，飛天大聖李衮。三個商量了，要來吞併我梁山泊大寨。」宋江大怒，史進與朱武、陳達、楊春要求前去攻打。

第十一段，史進等來到山前，項充、李衮迎戰，史進戰敗，正要差人回梁山泊求援花榮和徐寧前來接應。

第十二段，次日天曉，正欲起兵對敵，宋公明親自和軍師吳學究、公孫勝、柴進，朱仝、呼延灼、穆弘、孫立、黃信、呂方、郭盛，帶領三千人馬來到。

此回開首寫賀太守審問魯智深，「正要開言」，只見魯智深大怒道：（夾批：太守不及勘問，魯達反先怒發，文字都有身份。俗本悉改，令人氣盡。）「你這害民貪色的直娘賊！（夾批：八個字罵盡千古。）你敢拿倒洒家！我死也與史進兄弟一處死，倒不煩惱！（夾批：一直奔來，只咬定「史進兄弟」四字，讀之令人心痛，又令人快活。）」接著勸說他交還史進、美女和太守的職位，聖歎連批「奇絕妙絕」，「還嬌枝已奇絕妙絕，又要還太守，一發奇絕妙絕。」「不知是墨，不知是淚，不知是血，寫得使人心痛，使人快活。」賀太守聽了，氣得做聲不得，（夾批：與上「正要開言」作一句讀。）接著氣急敗壞地說：「那廝，你看那廝，（夾批：寫太守氣咽不成語，真是活畫出來。）……」夾批說：「活畫出氣急敗壞，語言重沓；又活畫出自神其智，心口相語，妙絕。」本是賀太守要審魯智深，結果反而是魯智深審賀太守，還下了只要悔改，即可從輕發落的判決書，這個場面的描寫正是「奇絕妙絕」的千古奇觀。

這次晁蓋聽罷，又要「親去走一遭」，率兵攻打芒碭山，宋江依舊勸阻道：「哥哥山寨之主，未可輕動，原只兄弟代哥哥去。」（夾批：又書宋江不肯。）

宋江、吳用攔截宿太尉和軍事威脅、言辭懇求的場面，也是「真正妙筆」「如畫」，「奇文駭事，得未曾有」，「真寫得好」，「真正一篇奇絕章法」。

以上分析是重大情節寫得好，即使細節之處，金批也讚譽原作寫得好。例如小說寫到宋江預先教武松先去西嶽門下伺候，只聽號起行事。（夾批：嶽門此處只寫一個，後忽添換一個，皆所謂筆無定墨，紙非一文也。）最後又交待，賀太守及其手下全被殺光，「續後到廟來的都被張順、李俊殺了。」夾批說：「須知此句是文外之义，筆勢飄忽如此。」另如花榮和徐寧的接應到達時，夾批說：「第二撥先寫將，次寫兵。只小小兩節，亦必變換作章法。另每次援兵，皆從山上明寫調撥，此處忽變為突如其來之文，不先提出，亦是行文避熟也。」

最後，宋江性急，便要起兵攻打，天色已晚，望見芒碭山下都是青色燈籠。（夾批：實寫項充、李袞，虛寫樊瑞，妙筆非人所及。）公孫勝看了，便道：「此寨中青色燈籠便是會行妖法之人內。我等且把軍馬退去，來日貧道獻一個陣法，要捉此二人。」小說再次運用神秘浪漫主義手法來推動情節的發展。

第五十九回　公孫勝芒碭山降魔　晁天王曾頭市中箭

總批

第一段，晁蓋欲打祝家莊、高唐州、青州、華州，宋江都勸「哥哥山寨之主，不可輕動」。但當打曾頭市時，宋江一言不發，於是晁蓋就死於這場戰役。實際上晁蓋被宋江架空，所以在梁山眾人的心目中早就死了。

第二段，通篇皆用深文曲筆，以深明晁蓋為宋江所害，並分析十個情節作為證據。

第三段，此書寫少華、桃花、二龍、白虎四山，至上篇而一齊挽結，雖然奇絕，然而寫法雷同，但此篇，而忽然添出混世魔王一段，就別開生面了。四實加此一虛就全活了，可見文章真有相救之法。

回後

第一段，公孫勝對宋江、吳用，獻出那個陣圖，是諸葛孔明擺石為陣之法，用此法活捉敵將。於是宋江調配軍隊，便傳將令。

第二段，這天巳牌時分，眾軍近山擺開陣勢，搖旗擂鼓搦戰。芒碭山三個頭領迎戰。樊瑞做法，項充、李袞衝入梁山陣裏，公孫勝也做法，天昏地暗，兩人都被活捉。

第三段，宋江勸得項充、李袞投誠梁山。兩人願回去勸樊瑞來降，宋江即放兩人回去。

第四段，兩人回去報告樊瑞，三人一起投誠，同歸梁山。

第五段，宋江同眾好漢軍馬已到梁山泊邊，卻欲過渡，金毛犬段景住趕來，見宋江便拜。說今春去到槍竿嶺北邊，盜得「照夜玉獅子馬」，乃是大金王子騎坐的，欲將此馬前來進獻與頭領，來到凌州西南上曾頭市，被那曾家五虎奪去了，他們還惡罵梁山。

第六段，宋江叫神行太保戴宗去曾頭市探聽那匹馬的下落，戴宗去了四五日，回來報告：曾頭市曾家府這老子原是大金國人，名為曾長者，生下五個孩兒，曾塗、曾密、曾索、曾魁、曾升，號為曾家五虎：又有一個教師史文恭，副教師蘇定。去那曾頭市上，聚集著五七千人馬，紮下寨柵，造下五十餘輛陷車，發願要捉盡我山寨中頭領，做個對頭。那匹千里玉獅馬見今與教師史文恭騎坐。他們還杜撰一首剿滅梁山的兒歌，教市上小兒們都唱。晁蓋聽了大怒，點五千人馬，啟請二十個頭領相助下山，前去攻打。

第七段，晁蓋點林冲等二十個頭領下山，臨出發，認軍旗被大風刮斷，大家認為不吉利，吳用勸阻不住，晁蓋依舊出兵。

第八段，梁山軍來到曾頭市，曾家第四子曾魁辱罵挑戰。林冲上陣打敗曾魁。

第九段，次日兩軍混戰，曾家軍馬一步步退入退村裏。林冲、呼延灼，東西趕殺，卻見路途不好，急退回收兵。當日兩邊各折了些人馬。晁蓋回到寨中，心中甚憂，眾將勸慰。

第十段，一連三日搦戰，曾頭市並不曾見一個。第四日，忽有兩個僧人直到晁蓋寨裏投拜，要帶晁蓋劫寨。晁蓋見說大喜，獨有林冲反對。晁蓋堅持前去，林冲要代他去，晁蓋非要自去。

第十一段，晁蓋當晚帶十個頭領跟了兩個僧人直奔法華寺來。半夜僧人當先引路，晁蓋帶同諸將上馬，跟著便走。行不到五里多路，黑影處不見了兩個僧人，晁蓋軍中了埋伏，眾將引軍奪路而走，晁蓋臉上正中一箭，倒撞下馬來，被救得上馬，村口林冲等引軍接應，兩軍混戰，直殺到天明，各自歸寨。

第十二段，晁蓋中了箭毒，已自言語不得。林冲差劉唐等，將晁蓋先送回山寨。眾人正躊躇、商議時，敵方殺來，林冲等倉促退兵，大敗虧輸，急忙撤回梁山。

第十三段，晁蓋飲食不進，渾身虛腫，危在旦夕。當日夜至三更，晁蓋暴斃，臨終囑咐宋江：「賢弟莫怪我說：若那個捉得射死我的，便教他做梁山泊主。」山上全體帶孝。宋江每日領眾舉哀，無心管理山寨事務。林冲與吳用，公孫勝並眾頭領商議立宋公明為梁山泊主，諸人拱聽號令。

第十四段，次日清晨，林冲為首出面，敦請宋江為山寨之主。宋江假意推辭，吳用勸說後，答應權當此位。

第十五段，宋江坐上第一把交椅，聚義廳改為忠義堂，並安排眾人的座次。六寨計四十二員頭領。另有山寨把守諸人，各司其職。明日宋江聚眾商議，百日後出兵報仇。

第十六段，一日，請到北京大名府在城龍華寺法主大圓，在寨內做道場。

因吃齋閒語間，宋江問起北京風土人物，大圓和尚說道：「頭領如何不聞河北玉麒麟之名？」宋江聽了，猛然省起，要請他上山，吳用說出一計，可賺他上山。

此回寫宋江權術，先讚譽他信任項充、李袞，不留人質，讓他們同回，夾批說：「寫宋江權術過人處，真是非常之才。」還親送二人下坡回寨。夾批讚譽：「便過諸葛七縱一等也。○因明用八陣，便又暗用借風七縱一事以陪之，耐庵文心之巧如此。」同時讚譽此書前後情節設計之巧妙。

夾批接著呼應總批第一段的論點，指出：「上文若干篇，每動大軍，便書晁蓋要行，宋江力勸。獨此行宋江不勸，而晁蓋亦遂以死。深文曲筆，讀之不寒而慄。○俗本妄添處，古本悉無，故知古本之可寶也。」認軍旗半腰吹折。眾人見了，盡皆失色。「大書眾人失色，以見宋江不失色也。不然者，何不書『宋江等眾人』五字耶？」「又大書吳用諫，以見宋江不諫，深文曲筆，遂與陽秋無異。」宋江回到山寨，密叫戴宗下山去探聽消息。夾批說：「此語後無下落，非耐庵漏失，正故為此深文曲筆，以明曾市之敗，非宋江所不料，而絕不聞有救緩之意，以深著其罪也○驟讀之，極似寫宋江好；細讀之，始知正是寫宋江罪。文章之妙，都在無字句處，安望世人讀而知之！」聖歎這裡提出「文章之妙，都在無字句處」，而能否看出、寫出這種妙處，是考驗讀者欣賞水平和作家寫作水平的一杆高標準的標尺。

當晁蓋送回山寨時，其餘十四個頭領在寨中商議，「必須等公明哥哥將令下來，方可回軍，（夾批：但知生宋江，不顧死晁蓋，深文曲筆，直寫出宋江平日使眾人視晁蓋如無也。）豈可半途撇了曾頭市自去？」（夾批：書不撇曾市，以見撇晁蓋也，妙絕。）當是晚二更時分，天色微明，十四個頭領都在寨中嗟諮不安，進退無措，（夾批：得此語，便令其罪悉歸宋江，妙絕。）敵方大殺過來，林冲等不去抵敵，拔寨都起，回馬便走。夾批說：「上文等宋江將令，只是藉此一筆，以著宋江之惡耳。其文既見，便可脫換而去，若必真等將令，又是死板文字也。」

宋江每次派戴宗出去，他都及時回來通報，宋江立即派援兵，這次派出戴宗，卻沒有音訊，宋江也無動作，這也的確反常。

晁蓋死後，宋江大哭，夾批的分析頭頭是道，頗有深意。林冲勸他繼任山寨之主，宋江只好用晁蓋的臨終遺言推脫，吳學究道：（夾批：吳用一段是智。）「晁天王雖如此說，今日又未曾捉那人，山寨中豈可一日無主？若哥哥不坐時，其餘便都是哥哥手下之人，誰人敢當此位？（夾批：錐心之言。）況兼眾人多是哥哥心腹，亦無人敢有他說。（夾批：又一句錐心之言。）哥哥便可權且尊臨此位坐一坐，（夾批：善處之言。）待日後別有計較。」（夾批：又一句善處之言。）宋江道：「軍師言之極當；今日小可權當此位，（夾批：心事畢見。）待日後報仇雪恨已了，拿住史文恭的，不拘何人，須當此位。」黑旋風李逵在側邊叫道：「哥哥休說做梁山泊主，便做個大宋皇帝你也肯！」（夾批：每每宋江一番權詐後，便緊接李大哥一番直遂以形擊之，妙不可言。〇有眼如電，有舌如刀，逵之所以如虎也。包藏禍心，外施仁義，江之所以如鬼也。）宋江大怒，李逵道：「我又不教哥哥不做；說請哥哥做皇帝，倒要先割我舌頭！」夾批說：「越彈壓，越說出來，妙人妙文。〇『不做』字妙，俗本訛。」李逵的態度，也說明了宋江在梁山羽翼豐滿，勢不可搖。

而晁蓋在山上早已經勢單力薄，他出征時只要二十個頭領：呼延灼、徐寧、穆弘、張橫、楊雄、石秀、孫立、黃信、燕順、鄧飛、歐鵬、劉唐、阮小二、阮小五、阮小七、白勝、杜遷、宋萬。夾批說：「點至後半，忽然是最初小奪泊人，章法奇絕人。」晁蓋要親自去劫寨，他對林冲道：「我不自去，誰肯向前？（夾批：前寫宋江下山，一時廳上廳下一齊願去，何至令晁蓋作如許語？深文曲筆，處處有刺。）」晁蓋劫寨點的十個頭領是：劉唐、呼延灼、阮小二、歐鵬、阮小五、燕順、阮小七、杜遷、白勝、宋萬。（夾批：寫十將，亦復間列成文，章法奇絕人。）也多是他的舊人。晁蓋中箭，卻得三阮，劉唐，白勝五個頭領，死並將去，救得晁蓋上馬，殺出村中來。夾批說：「十個人入去，卻偏是五個初聚義人死救出來，生死患難之際，令人酸淚迸下。〇單寫初聚義五人死救晁蓋，便顯出滿山人無不心在宋江，而視晁蓋如無也。深又曲筆，妙不可言。」

此回出色描寫林冲在梁山上的重大作用。先是晁蓋出征點將，「特點林冲第一，章法奇絕人。」初戰出場的是梁山初結義的好漢豹子頭林冲。（夾批：特於此處大書林冲本色，以為一篇眼目。）晁蓋要劫寨時，「一路詳寫林冲獨諫，以惡宋江之居然不來，深文曲筆，都要細看。」林冲反對晁蓋去冒險，「極寫林冲，總是反刺宋江，妙極。」晁蓋傷重，林冲叫扶上車子，（夾批：極寫林冲交情，以深惡宋江；又令火併一篇，有起有結，章法奇絕人。）便差劉唐、三阮，杜遷、宋萬，先送回山寨。（夾批：差六人，章法奇絕人。讀之，令人忽然想到初火併時，不勝「風景不殊」之痛。〇古本之妙如此，而俗本盡訛，故知古本可寶也。）

晁蓋歸天後，宋江只是大哭，眾人只是帶孝，只有林冲卻把枝誓箭，就供養在靈前。夾批說：「筆法。〇山寨定鼎之功，實惟武師始終以之，章法奇絕人。○眾人聽遺囑，林冲供誓箭，皆特寫晁蓋死後宋江又不如意，便生出許多文情來。」接著，宋江每日領眾舉哀，無心管理山寨事務。林冲與吳用，公孫勝並眾頭領商議立宋公明為梁山泊主，諸人拱聽號令。（夾批：首書林冲，筆法。）林冲為首，（夾批：筆法。）與眾等請出宋公明在聚義廳上坐定。又是林冲開話（夾批：林冲一段是義。）勸他為山寨之主，諸人拱聽號令。

宋江接著立即宣布山寨中的安排——宋江便說道，夾批說：「『便』字字法，言不須擬議也。」夾批為他逐句數數，一共宣布十三章的軍令，最後說：「第十三章。○如此十三章，豈是臨時猝辦之言？前書謙讓，後書分撥，以深表宋江之權詐也。」意為宋江對山寨事務早就處心積慮，故能當場「便」下十三章軍令，說出成熟的安排：作戰的陣容為六寨計四十三員頭領。另有山寨把守諸人三十七名頭領，各司其職。

此回描寫曾頭市五虎調教全體小兒唱打倒梁山的兒歌，當地小兒「沒一個不唱」，夾批說：「曾頭市寫得又有一樣出色處，真乃風雲海獄之才。○要知因偷馬引出曾家五虎，亦與上文因偷雞引出祝氏三雄，特特相犯，以顯筆力。」既讚揚中國的人材何處不有，更讚譽小說寫偷馬、偷雞，雙雙對對地相映成輝，筆力雄厚高曠。

此回又描寫做法：樊瑞立在馬上，左手挽定流星銅錘，右手仗著混世魔王寶劍，口中念念有詞，喝聲道：「疾！」卻早狂風四起，飛沙走石；天昏地暗，日色無光。項充、李袞吶喊聲，帶了五百滾刀手殺將過去。公孫勝在高處看了，已先拔出那松文古定劍來，口中念動咒語，喝聲道：「疾！」便借著那風，盡隨著項充，李袞腳邊亂卷。（夾批：「便借那風」四字，讀之絕倒。○古有諸葛借風，不如公孫借風之更奇也。○如此寫公孫道法，真乃脫盡牛鬼蛇神，別成幽溪小洞矣。）兩個在陣中，只見天昏地暗，日色無光，（夾批：即前八字絕倒。）四邊並不見一個軍馬，一望都是黑氣，（夾批：此句寫此軍。）後面跟的都不見了。

金批讚頌《水滸傳》的法術「借風」描寫超過《三國演義》的諸葛亮借風。這樣的藝術品評，是具有權威性的。此也可見毛批《三國演義》的卷首署名金聖歎的「第一才子書」序，的確是偽作。

第六十回　吳用智賺玉麒麟　張順夜鬧金沙渡

總批

第一段，分析吳用賣卦用李逵同去，是偶借李逵之醜，而不必盡李逵之材，以及相應的寫作特點。

第二段，以此回寫小兒自哄李逵，員外自驚「天口」，世人認識同一人事，見識卻小大相去極遠，說明同樣讀聖賢的經典著作、拜聖賢為師，而各人的收穫卻差別極大。

第三段，盧員外本傳中，忽然插出李固、燕青兩篇小傳。兩個小傳說明用外表看人，就好壞不分。

第四段，李固、燕青、娘子的本質和表現都在後篇表現，但讀者的心頭眼底，已早猜出了，這是因為敘事雖微，而其用筆非常明顯。這是史學經典《春秋》常用的方法。

第五段，寫盧員外別吳用後，作「書空咄咄」之狀，此正一片雄心，渾身絕藝，無可表現，而忽然受算命先生之所感觸，因擬一試之於梁山，寫英雄員外，正應作如此筆墨，方有氣勢。

第六段，此回前寫吳用，既有卦歌四句，後寫員外，便有絹旗四句以配之，已是奇絕之事。不謂讀至最後，卻另自有配此卦歌四句者，又且不止於一首而已，章法如演連珠，句句各各入妙，作者正是大才。

第七段，寫許多誘兵忽然而出，忽然而入，番番不同，人人善謔，已經非常奇妙了，更奇妙的是層出不窮，愈出愈奇，越轉越妙，最後引入卦歌影中。章法之奇，乃令讀者入迷；而陣法之奇，員外只能中計！

回後

第一段，吳用要親往北京說盧俊義上山，只是少一個奇形怪狀的伴當同去。黑旋風自告奮勇，要與他同去。吳用要他依三件事，李逵當場答應。兩人一起下山。

第二段，吳用，李逵行了幾日，趕到北京城外店肆裏歇下。當晚李逵去廚下做飯，一拳打得店小二吐血。

第三段，次日兩個就店裏打扮入城，望北京城南門來。把門的官人和軍士查問，吳用用假名敷衍。到市心裏來。吳用手中搖鈴杵，口裏念著口號，北京城內小兒，約有五六十個，跟著看了笑。卻好轉到盧員外解庫門首，小兒們哄動越多了。

第四段，盧員外正在解庫廳前坐地，只聽街上喧哄，就要當值的請吳用入內算命。吳用說他不出百日之內必有血光之災，只除非去東南方巽地一千里之外，可以免此大難。並寫四句卦歌。此事一了，吳用與李逵星夜趕回山寨第五段，盧俊義此後每日忽忽不樂，亦有時自語自言。一日喚眾主管前來商議，其中有為頭管家私的主管李固和盧員外一個心腹之人浪子燕青。他宣布要去泰山燒香、躲災、做買賣，觀看外方景致。要李固準備貨物、十輛太平車子同去。李固、燕青和娘子相勸無效，燕青要去，李固不肯去，盧俊義堅持要李固同去。

第六段，次日五更，盧俊義出發，燕青拜別；城外李固接著，盧俊義要他引兩個伴當，先去打前站。

第七段，自此在路夜宿曉行，已經數日，客店小二哥對盧俊義說：離店不得二十里路，正打梁山泊邊口子前過去。官人須是悄悄過去，休得大驚小怪。盧俊義偏寫了四句：「慷慨北京盧俊義，金裝玉匣來探地。太平車子不空回，收取此山奇貨去！」招搖而去。

第八段，盧俊義等趕著車子奔梁山泊路上來。千餘小嘍囉前後截住，李逵出戰，接著魯智深、武松、劉唐等輪番出戰，卻都一一撤走。

第九段，盧俊義發現車輛貨物都被劫走，他望見小嘍囉押著車子和李固等在遠處慢走，趕上去，卻被朱仝、雷橫攔住。忽見宋江、吳用等在山頂上，盧俊義見了越怒，指名叫罵。花榮神箭射落盧俊義頭上氈笠兒的紅纓，他吃了一驚，回身便走，又被秦明、林冲、呼延灼、徐寧殺將來，盧俊義天又晚，腳又痛，肚又饑，正是慌不擇路，逃到浩浩大水邊，不禁哀歎。

第十段，正煩惱間，漁人搖著小船，盧俊義逃上船去，卻落入梁山水軍手中，被捽下水中。

此回開首吳用要奇形怪狀的醜人同去，李逵自知是不二人選，主動請求同去，宋江知大名府現今防範極嚴，怕他被公人捉去，他叫道：「不妨，我不去，也料無別人中得軍師的意！」（夾批：只用「不妨」二字答宋江，下卻另為自負之言以鳴得意，妙不可言。○以奇形怪狀，獨步一時，奇絕妙絕。）吳用道：「你若依得我三件事，便帶你去；若依不得，只在寨中坐地。」（夾批：既欲用之，又故難之，便令吳用權術、李逵性情，一齊出見。）李逵對吳用的三個要求，「不吃酒，做道童，都依得；閉著這個嘴不說話，卻是懲殺我！」吳用道：「你若開口，便惹出事來。」李逵道：「也容易，我只口裏銜著一文銅錢便了！」夾批：「閒中忽作調侃世人語，令我一歎。」世人都以錢為重，故而聖歎特地挑明、諷刺。

進城門時，周圍眾人道：「這個道童的鳥眼像賊一般看人！」（夾批：寫初到城門，人便驚怪，便襯出一到街市，無不喧哄，所以得動盧員外也。吳用要奇形怪狀伴當同去，本旨如此，不是閒畫李逵，讀之須知。）李逵聽得，正待要發作；吳用慌忙把頭來搖，李逵便低了頭。（夾批：絕倒。○李逵發作，是此傳閒文，只平平放倒，不用十分描寫，妙。）進了城，李逵跟在背後，腳高步低，（夾批：又添出四字，不止兩眼像賊而已，凡此皆為得動盧員外作地，不是閒畫李逵也。）望市心裏來。北京城內小兒，約有五六十個，跟著看了笑。卻好轉到盧員外解庫門首，（夾批：星卜賤伎，何至得動盧員外？故知得奇形怪狀伴當氣力不少。）一頭搖頭，一頭唱著，去了復又回來，小兒們哄動越多了。夾批說：「寫得例若紙上活有吳用，活有李逵，活有群小兒，妙筆。○不惟活有而已，直寫得紙上吳用是一樣氣色，李逵是一樣氣色，群小兒是一樣氣色，妙在何處？妙在『一頭搖頭』四字。」

此批精妙分析這個令人發噱的場面的栩栩如生，精彩絕倫，同時揭示吳用一肚皮的詭計，和計謀的精巧絕倫。

但聖歎也指出吳用的偶一失誤。當盧俊義派人來說「員外有請。」吳用道：「是那個員外請我？」夾批說：「請則請耳，問甚員外？只圖不像山泊好漢，豈知反不像算命先生。世間固有著意而反失之者，如此正自不少也。」吳用的答語不當，立即被聖歎抓住。但接著吳用對盧俊義答道：「小生姓張，名用，別號天口」，夾批說：「既說假姓矣，卻又將真姓拆作隱語，而能恰與算命先生宛合，真正妙才妙筆。」

盧俊義算得精怪，依舊著了他的道兒。他道：「先生，君子問災不問福；不必道在下豪富，（夾批：七字閉殺天下算命人諂口。）只求推算下行藏。」吳用大叫一聲「怪哉！」夾批說：「動女子小人則用軟語，動豪傑丈夫必用險語，夫性各有所近，政不嫌於突如其來也。」盧俊義果然上當，失驚問道：「賤造主何吉凶？」吳用道：「員外必當見怪。豈可直言！」（夾批：再用一激，妙絕。○動豪傑員外須作此語，若對紈褲員外，則止應轉口云：若不見怪，當以直言告知。）吳用危言聳聽，盧俊義不信，吳用改容變色，急取原銀付還，起身便走，（夾批：又用一激，妙絕。○待豪傑員外須作此語，若待紈褲員外，則止應轉口云：幸喜某星相救矣。）嗟歎而言：「天下原來都要阿諛諂妄！罷！罷！『分明指與平川路，卻把忠言當惡言。』小生告退。」（夾批：語語激動豪傑員外，卻語語活似算命聲口，妙筆。）盧俊義道：「先生息怒；盧某偶然戲言，願得終聽指教。」吳用道：「從來直言，原不易信。」接著見對方已經中計，就「先關斷一句，妙。」「東南避難一句，若今日越說得確，便後日越未必來；若今日越說得不甚確，便後日越來得無疑惑。此皆行兵知彼，說法鑒機之秘訣也。」「東南避難一句亦不甚勸，妙絕，蓋不甚勸，斯深於勸矣。」這個算命場面，在命相「專業」上也無瑕可擊，逼真逼肖，將盧俊義這個性格堅韌、智深勇沉的英雄人物騙得團團轉。

盧俊義與主管商議的場面，對話也各盡其妙。盧俊義說要去東嶽泰山，天齊仁聖帝金殿，管天下人民生死災厄。夾批說：「連日書空咄咄，實不曾作此想，而忽自云然者，鴻鵠之志，固不可與燕雀道也。」「亦不是盧員外語。○連舉數言，悉非心語，寫得盧員外智深勇沉，真好人物。」而燕青道：「這一條路，正打梁山泊邊過。（夾批：一語便已道著，非道著吳用奇計，正道著員外雄心也。○不枉員外呼之為「我那人」。）休言夜來那個算命的胡講。倒敢是梁山泊歹人，假裝陰陽人來煽惑主人。（夾批：只是有意無意之語，卻宛然千伶百俐聲口，又令行文波致橫生，妙筆。）小乙可惜夜來不在家裏；若在家時，三言兩語，盤倒那先生，倒敢有場好笑！」（夾批：絕世妙人，絕世妙語，若真有之，真乃絕世妙事；今即無之，亦是絕世妙文。）娘子賈氏勸道：「自古道：出外一里，不如屋裏。休聽那算命的胡說，撇下海闊一個家業，耽驚受怕，去虎穴龍潭做買賣。你且只在家裏收拾別室，清心寡欲，高居靜坐，自然無事。」夾批說：「觀其所以留丈夫者，而知意不在於留丈夫也。讀之令人掩口，卻又大雅不露，妙筆。」燕青又說留下李都管看家，小人伏侍主人走一遭。（夾批：寫一個願去，空中映發。）李固藉故不去，（夾批：寫一個不願去，空中映發。○讀者初至此處，竟不知其妙在何處，故妙絕也。）盧俊義聽了，大怒道：「養兵千日，用在一朝！我要你跟我去走一遭，你便有許多推故！若是那一個再阻我的，教他知我拳頭的滋味！」李固嚇得只看娘子，（夾批：如畫。）娘子便漾漾地走進去，（夾批：如畫。）燕青亦更不再說。（夾批：如畫。○三句寫三個人，便活畫出三個人神理來，妙筆妙筆。）小說寫「李固去了。娘子看了車仗，流淚而入。」夾批說：「看他寫娘子流淚仍在今日，不在明日，妙筆。○極蝟褻事，寫得極大雅，真正妙筆也。」原作句句緊扣人物的立場、心理、性格和當前的事件，來寫各人的語言和無聲的語言，聖歎則一一批出其妙處和深意。

來到梁山附近，盧俊義要大張旗鼓地走向梁山挑釁，豈非逼著大家一起在老虎頭上拍蒼蠅？嚇得李固、當值的、腳夫、店小二看了，一齊叫起苦來。（夾批：不曰『李固等』，而必備寫眾人，活畫出一齊叫苦情狀來。）店小二問道：「官人莫不和山上宋大王是親麼？」夾批說：「嚇極說出趣話來。」正是越是趣語，越顯出其驚恐萬狀，猶如喜極反哭，怒極反笑之類。

李固和當值的跪在地下告道：「主人，可憐見眾人，留了這條性命回鄉去，強似做羅天大醮！」盧俊義喝道：「你省得甚麼！這等燕雀，安敢和鴻鵠廝拼？（夾批：用古不合，是精於用古之法者也。）我思量平生學得一身本事，不曾逢著買主！今日幸然逢此機會，不就這裡發賣，更待何時？我那車子上叉袋裏不是貨物，卻是準備下袋熟麻索！（夾批：可知連日咄咄不是為趨吉避凶之計，寫盧員外精神過人。）倘若這賊們當死合亡，撞在我手裏，一樸刀一個砍翻，你們眾人與我便縛在車子裏！貨物撇了不打緊，且收拾車子裝賊；（夾批：可知此行不為買賣而來，真乃寫得精神過人。）把這賊首解上京師，請功受賞，方表我平生之志。若你們一個不肯去的，只就這裡把你們先殺了！」（夾批：只此一句，寫盧員外與山泊眾人一鼻孔出氣。）盧員外句句是妙語驚人，連用古人的名言也創新而警人；聖歎也妙語驚人，末句夾批也是機心藏智、想落天外的巧妙確評！

當樹林裏只聽得一聲呼哨響，嚇得李固和兩個當值的沒躲處。盧俊義教把車仗押在一邊。車夫眾人都躲在車子下叫苦。夾批：「勤勤描寫眾人，皆染葉襯花之法。」而梁山眾人，眉批說：「自李逵已下，逐個有逐個出來法，逐個有逐個去法，寫得縱橫變亂之極。○一路俱作趣語，又是一番妙筆也。」

水軍頭領的山歌，以這兩句最為深刻：「英雄不會讀詩書，（夾批：英雄不讀書，千古快論。彼劉、項原來之詩，真是儒生酸餡耳。○不曰「不曾讀」，而曰「不會讀」，便有睥睨不屑之意。《項羽本紀》起首數行，此只以七字盡之，異哉！）只合梁山泊里居。」（夾批：「只合」二字妙絕。一若安分守己之甚者，而讀之乃覺嘻笑怒罵，色色俱有。才子之筆，真奇事也。○既以讀書人居廊廟，則不讀書人定合居山泊矣。千古通病，可勝歎息。）聖歎沒有注意到，讀不好書的也往往定居山寨，前有黃巢，後有洪秀全之流，皆如王倫，為落第秀才也。

金批總是能在讀者不注意的地方批出原作的好處來，如「船底朝天，英雄落水。」夾批說：「八字奇文。」

第六十一回　放冷箭燕青救主　劫法場石秀跳樓

總批

第一段，讚揚盧員外寧死不從，梁山泊有如此人，才可說有了英雄人物。

第二段，寫宋江以「忠義」二字網羅、又以金銀一盤誘之，皆被兜頭一喝，遂令老奸一生權術，此書全部關節，至此一齊都盡。其人的才華能夠用權術網羅眾人的，固然可做眾人的首領；其人的才華能夠不為權術所網羅的，也應該能做眾人的首領。盧員外之坐第二把交椅，是很應該的。但是，才華能夠不為權術所網羅的人，終究不如能夠用權術網羅眾人的人那樣，是一個實足的奸雄。奸雄能夠得逞，是歷史規律。

第二段，讀俗本至小乙求乞，不勝筆墨疏略之疑。此因燕青對盧俊義十分瞭解，而盧俊義對燕青的本質卻不瞭解。

第三段，燕青的崇高品質，無人能夠認識，可見識人之難。

第四段，蔡福出得牢來，接連遇見三人，文勢層見迭出，使人應接不暇。第一段燕青，感動得令人哭；第二段李固，令人怒發上指；第三段柴進，不覺為之慷慨悲歌，增長義氣。

第五段，最先上梁山的林冲，最後上梁山的盧員外，都是董超、薛霸押解的；而押解之文，乃至於不換一字，是特特為此，以銷一書之兩頭。

第六段，董超、薛霸押解之文，一字不換；但寫燕青之箭，則與昔日寫魯達之杖，毫不相似，而又一樣爭奇，各自入妙。才子的才情的確驚人！

第七段，此回一幅之中，一險初平，驟起一險，一險未定，又加一險，真絕世之奇筆。

第八段，一定要燕青至梁山，而後梁山之救至，作者工良心苦而算至行劫，和行劫之前倒插射鵲，就得控制燕青上梁山的速度。

第九段，六日之內而殺宋江，全賴吳用預見得早而得救。此回一日之內要殺盧俊義，初無一人預見及此。奇險至於如此之極，而終又得劫法場，才子的才情真不可測量。

回後

第一段，盧俊義被水軍抓上岸去，宋江、吳用、公孫勝和眾頭領前來迎接。

第二段，宋江便請盧員外坐第一把交椅。盧俊義怒斥：要殺便殺，何得相戲！次日，宋江殺牛宰馬，大排筵宴，請出盧員外來赴席；席間宋江勸降，被盧俊義嚴拒。但他被硬留在山上「做客」。

第三段，吳用先送李固等回去，臨走關照他說：盧員外已商議定了，坐第二把交椅，家裏壁上早就題好了反詩。

第四段，梁山三十餘個上廳頭領每日輪一個做筵席，宴請盧俊義。接著朱武將引一班頭領直到忠義堂上，也要宴請，前後卻好三五十日。然後送別盧俊義，讓他回家。

第五段，盧俊義行了旬日，方到北京，路遇燕青，頭巾破碎，衣裳襤褸，燕青告訴他：李固回來對娘子說：「主人歸順了梁山泊宋江，坐了第二把交椅。」當時便去官司首告了。他已和娘子做了一路，嗔怪燕青違拗，將一房家私，盡行封了，趕出城外。他勸阻盧俊義：若入城中，必中圈套！盧俊義不信、大怒，喝罵燕青，燕青拖住不放，他踢倒燕青，大踏步，便入城來。

第六段，盧俊義奔到城內，逕入家中，只見大小主管都吃一驚。李固慌忙前來迎接，賈氏從屏風後哭將出來。李固安排飯食與盧員外吃。方才舉箸，二三百個做公的搶將入來，盧俊義被綁了，一步一棍，直打到留守司來。

第七段，梁中書審問毒打盧俊義，李固和賈氏公開首告，盧俊義屈打成招，押入牢中。兩院押牢節級兼充行刑劊子的鐵臂膊蔡福，和嫡親兄弟小押獄，一枝花蔡慶在牢內。蔡慶將他帶入牢房。

第八段，蔡福起身，出離牢門來，燕青在城外叫化得這半罐子飯，權與主人充饑。蔡福行過州橋來，被李固請到茶房，要他半夜結果盧俊義性命，並贈五十兩蒜條金預做報酬。

第九段，蔡福回到家裏，卻才進門，一人跟入，卻是柴進要他照看，贈上一千兩黃金薄禮。蔡福聽罷，嚇得一身冷汗，半晌答應不得。只好敷衍答應。

第十段，蔡福與蔡慶商議，蔡慶說量這些小事，有何難哉？既然有一千兩金子在此，我和你替他上下使用。救得救不得，自有他梁山泊好漢。

第十一段，李固不見動靜，前來蔡福家催並。蔡慶回說中書相公不肯，已叫人分付要留他性命。李固賄賂梁中書，梁中書與蔡福兩下裏厮推。張孔目建議只宜脊杖四十，刺配三千里。便差董超、薛霸管押前去，直配沙門島。

第十二段，李固得知，請董超、薛霸到酒店內喝酒，相送兩錠大銀，權為壓手。結果了他性命，每人再送五十兩蒜條金。兩人爽快答應。

第十三段，董超、薛霸連夜起身，兩個一路上做好做惡，到旅店又逼盧俊義帶著枷來到廚下，燒火做飯，兩個自吃，剩下些殘湯冷飯，與盧俊義吃了，又叫盧俊義去燒腳湯。盧俊義被薛霸扯兩條腿納在滾湯裏，次日盧俊義一步一攧上路，大受折磨。

第十四段，到一座大林，薛霸、董超將盧俊義反拽過腳來綁在樹上，要結果他的性命。

第十五段，薛霸、董超都被暗箭射倒、畢命。樹上跳下燕青，背著盧俊義而走，走不動，即住入客店內。

第十六段，公人被殺案發，官府通緝盧俊義和燕青。店小二報告本處社長，社長轉報做公的去了。

第十七段，燕青為無下飯，拿了弓去近邊處尋幾個蟲蟻吃；看到把盧俊義縛在車子上抓去。燕青路遇兩人，想打倒他兩個，奪了包裹，卻好上梁山泊報信，竟巧遇楊雄、石秀。兩人正往北京，打聽盧員外消息。楊雄即與燕青上山寨報告。

第十八段，石秀一人來到北京城外，就城外歇了一宿，次日早飯罷，入得城來，聞知今日午時三刻，盧俊義要解來這裡市曹上斬首！石秀急走到市曹的酒樓，臨街占個閣兒坐下。

第十九段，不多時，只聽得街上鑼鼓喧天價來。十數對刀棒劊子，把盧俊義綁押到樓前跪下。人叢裏一聲叫道：「午時三刻到了。」樓上石秀掣出腰刀在手，應聲大叫：「梁山泊好漢全夥在此！」從樓上跳將下來，手舉鋼刀，殺人似砍瓜切菜，殺翻十數個，一隻手拖住盧俊義，投南便走。梁中書聽得報來，大驚，便點帳前頭目，引了人馬，分頭去把城門關上；差前後做公的將攏來，捉拿兩人。

金批分析小說的寫作手段，盧俊義被抓上梁山，連用五個「只見」，「從水底下鑽上岸來，接連寫此無數『只見』，文勢如滿盤珠迸也。」。又分析盧俊義的忠義和堅強，面對宋江等異樣的禮遇和勸降，盧俊義怒斥：要殺便殺，何得相戲！金批說：「數語畫出一位英雄員外，讀之令人起敬起愛，歎名下真無虛士也。俗本草草，一何可笑！〇亦暗用嚴將軍語。」「真正英雄員外，語語讀之，使人壯氣。」

此回描寫吳用的智謀巧奪天工，極為出色。他背著盧俊義挑唆李固反叛主人，一面拖住盧俊義在山上做客三五十日，一面立即找藉口，將李固放回北京。李固和兩個當值的並車仗頭口人伴都下山來，即將離開梁山。吳用將引五百小嘍囉圍在兩邊，坐在柳陰樹下，（夾批：寫吳用實是妙人。）便喚李固近前說道：「你的主人已和我們商議定了，今坐第二把交椅。」夾批說：「此句非早定員外之座，正陰破宋江之心，蓋知宋江之深者，莫如吳用；吳用口中，並不以第一把予員外，則知宋江心中，久不以第一把予晁蓋也。此書處處故出宋江之惡，不為少諱如此。」既是誆騙李固，也是算透盧俊義未來命運的實情。接著說：「此乃未曾上山時預先寫下四句反詩在家裏壁上。（夾批：四句卦歌，一用之以賺員外出門，再用之以排員外下水，三又用之使員外還家不得，奇絕。）我叫你們知道：壁上二十八個字，每一句頭上出一個字。（夾批：自注一遍，奇絕。）『蘆花灘上有扁舟』，頭上『蘆』字，（夾批：奇絕。）『俊傑黃昏獨自遊』，頭上『俊』字；（夾批：

奇絕。)『義士手提三尺劍』,頭上『義』字;(夾批:奇絕。)『反時須斬逆臣頭』,頭上『反』字:(夾批:奇絕。〇四句,後二句忽變,正妙,不必印板寫出三遍也。)這四句詩包藏『盧俊義反』四字。(夾批:奇絕。〇宋江反詩,黃文炳逐句閒評;盧俊義反詩,吳用親口注釋,可謂各極其妙。)今日上山,你們怎知?本待把你眾人殺了,顯得我梁山泊行短。今日姑放你們回去,便可布告京城:主人決不回來!」(夾批:不惟李固反噬,惟吳用亦實教之。)

上回吳用假裝相士,上門卜卦,故意口授卦歌四句,又特意讓盧俊義自己書寫在壁上。這個卦歌暗示盧俊義前去梁山,殺叛立功,所以他走後,總批揭示盧俊義天天「作書空咄咄之狀,此正一片雄心,渾身絕藝,無可表現,而忽然受算命先生之所感觸,因擬一試之於梁山」,勾起他的雄心壯志,主動奔向梁山,送貨上門。而詩中又暗藏著玄機,這個玄機,不經點破,無人會注意其中的奧妙。現在這個預伏的「定時炸彈」,由「安裝者」吳用根據需要,隨時可以點爆,夾批分析此詩能夠一雞三吃、一石三鳥,竟有三個重大的效用,吳用的妙計,真可說是妙極天下,是諸葛再世。其實,連諸葛亮也想不出這樣的精巧花樣。

李固此人算計主人、奪取主人的妻子和家財也頗有「創造性」,當廳上梁中書審問盧俊義時大喝道:「你這廝是北京本處良民,如何卻去投降梁山泊落草,坐了第二把交椅?如今倒來裹勾外連,要打北京!」夾批說:「別又增出八字,便正李固之罪,明更非吳用之教之也。〇吳用之教李固也,其計可謂毒甚矣,乃李固只增八字,而其毒遂更甚於吳用百倍。天下負恩之奴,真有如此之奇凶者。」因為金批的揭示,李固的善於「創造」的「才華」得以蜚聲文壇,否則我們一路讀下去,很可能忽視不見。李固的惡毒超過吳用百倍,是因為盧俊義謀反,梁中書固然要抓,而他說盧俊義「裹勾外連,要打北京」,梁中書是北京的最高長官,有著守護北京的重任,梁山如果來攻打,梁中書的官位和性命都要亡於一旦,如此性命交關之事,梁中書豈不萬分惱火和著急?李固這種借刀殺人之計確是夠惡毒的。

此回寫押牢節級蔡福,也有出神入化之妙。當蔡福行過州橋來,被請到茶房,正是主管李固(夾批:俗本作「卻是」,古本作「正是」。「卻是」者,出自意外之辭也;「正是」者,不出所料之辭也。只一字,便寫盡叛奴之毒,公人之慣,古本之妙如此。)各施禮罷,蔡福道:「主管有何見教?」李固道:「奸不廝瞞,俏不廝欺;小人的事都在節級肚裏。今夜晚間只要光前絕後。(夾批:只將「絕」字換過「耀」字,而「光」

字亦都換卻矣。換古之妙，至此方是出神入化。笑村學先生，取古人語拗曲改直，自稱絕調也。○吾生平所見筆舌之妙，無踰臨川清遠先生者。其《牡丹亭》傳奇杜麗娘入塾詩曰：「酒是先生饌，女為君子儒」。上句以「是」字換過「食」字，而恰恰字異音同，已為奇絕；至下句並不換一字，而化扳重為風流，變聖經為香口，真乃千秋絕唱，一座盡傾也。」）不僅批出描寫的語言和人物的語言之妙，還連類相比，舉出《牡丹亭》中杜麗娘的妙句，分析其妙處，給作家和詩人以重要啟示。

面對李固的收買，蔡福笑道：「你不見正廳戒石上刻著『下民易虐，上蒼難欺？』你那瞞心昧己勾當，怕我不知！你又佔了他家私，謀了他老婆，如今把五十兩金子與我，結果了他性命，日後提刑官下馬，我吃不得這等官司！」李固道：「只是節級嫌少，小人再添五十兩。」蔡福道：「李主管，你『割貓兒尾，拌貓兒飯！』北京有名恁地一個盧員外，只值得這一百兩金子？你若要我倒地，也不是我詐你，只把五百兩金子與我！」（夾批：非不為二蔡地，蓋行文欲險，不得不爾。）蔡福引用正廳戒石上的「下民易虐，上蒼難欺」，讓我們知道古代重視法治，且能利用神秘文化的全民信仰而予以勸誡的一面。而「割貓兒尾，拌貓兒飯」這句當時的民間俗語、妙語，形象地拆穿李固之流的本質，是古代民間智慧的出色體現。

原作的景色描寫，往往言簡意賅而又神韻猶然。此回寫盧俊義押往沙門島途中，被公差燙壞了腳，卻又「當日秋雨紛紛，路上又滑」，夾批說：「寫得好極。○『自是斷腸聽不得，非干吹出斷腸聲』，為此秋雨作一注腳。」這裡只有十字，即勝過別書的長篇風景描寫，《水滸傳》的人物、風景描寫，每每體現了中國古代美學「以少勝多」的創作原則。

金批對於燕青救主的描寫，呼應了總批的評論。小說寫「那人托地從樹上跳將下來，拔出解腕尖刀，割繩斷索，劈碎盤頭枷，就樹邊抱住盧員外，放聲大哭。盧俊義閃眼看時，認得是浪子燕青」，夾批說：「奇之甚，妙之甚。○一路偏要寫得與林冲傳一樣，乃至不差一字，然後轉出燕青救主來，卻與魯達救林冲，並無毫釐相犯，所謂『不辭險道，務臻妙境』也。」金批屢次揭示，在文藝創作上要敢於克服重大困難甚至險難，才能產生大作傑作，「不辭險道，務臻妙境」，則以旅遊美學理論來比喻創作達到高峰險峰的雄心，極為恰切、尖新。小說寫燕青看到盧俊義的腳已燙傷，無法走路，就說「我背著主人去」，夾批說：「莫伶俐於小乙也，而此時此際，遂宛然李鐵牛身份者，至性所發，固當不謀而合也。○只六字，遂抵一篇陸秀夫、張世傑列傳。」李逵在江州背著宋江，逃離險地，此批將情景與心理相結合、言行與心地本質相結合，分析出兩個性格截然不同的人的相同言行的動因。又因南宋滅亡時陸秀夫、張世傑忠誠保護小皇帝，最後背著小皇帝投海，堅決不投降的史實，比喻燕青背著盧俊義逃難的言行，高度評價燕青在危難時刻見忠誠的精神品質。金聖歎純熟運用民歌、古詩、名劇（明代傳奇即崑劇《牡丹亭》）和古史（二十四史中的《宋史》）等的名句、典故、史實，用在批語中，顯示了他的博古通今、博大精深的學問、見聞，並極大地豐富了批語的內涵，增強了批語的力量，值得後人好好學習。

第六十二回　宋江兵打大名城　關勝議取梁山泊

總批

第一段，分析奴才和奴財的身份和本質，指出石秀之罵梁中書為「你這與奴才做奴才的奴才」，誠乃作者託筆罵世的快絕哭絕之文。

第二段，索超這次重新出現，分析作者描寫這個人物的藝術匠心。

第三段，分析射索超用韓滔的作者用心和藝術效果。

第四段，評論以堂堂宰相、袞袞樞密院官和三衙太尉之眾，都是朝廷重臣，卻都是碌碌無能之輩。但其背後則人材濟濟，他們平時被埋沒在地下，一，幸得遇到朝廷多事，才得以表露才華。二，但他們也不幸因遇朝廷多事，才得以顯示才華。三，如果不是朝廷多事，他們肯定不願屈居此類無能大臣之下，他們閉戶高臥，也足以安然度過一生。聖歎為之三歎。歎息高明的人材被埋沒，而無德無能之輩卻佔領要津，平時胡作非為，高官厚祿，榮華富貴，遇事則只會面面相覷。

回後

第一段，當時石秀和盧俊義兩個在城內走投沒路，又被大批人馬圍捕、捉去。解到梁中書面前，石秀押在廳下，睜圓怪眼，高聲大罵。他們押在牢裏，得到蔡福的善待。

第二段，梁中書令本州新任王太守計點被傷人數。次日城裏城外收得梁山泊沒頭帖子數十張，梁中書看畢，驚得面如土色，聽從王太守建議：一面寫表申奏朝廷；二即奉書呈上蔡太師恩相知道；三教本處軍馬出城下寨，堤備不虞。又關照蔡福在意看守盧俊義、石秀。

第三段，梁中書又與聞達、李成商議，他們即令索超於離城至三十五里地名飛虎峪靠山下了寨柵；次日，李成引領正偏將，離城二十五里地名槐樹坡下了寨柵，只等梁山泊軍馬到來，便要建功。

第四段，回敘原來這沒頭帖子卻是吳學究聞得燕青楊雄報信，又叫戴宗打聽得盧員外石秀都被擒捉，因此虛寫告示向沒人處撇下，及橋樑道路上貼放，只要保全盧俊義石秀二人性命。戴宗回到梁山泊報告後，吳用建議明日梁山出兵，要取大名錢糧，以供山寨之用。宋江當下便喚鐵面孔目裴宣派撥大小軍兵來日起程。黑旋風李逵爭著做先鋒，來日下山。

第五段，當晚宋江和吳用商議，撥定了人數。共四撥人馬，另有中軍、前軍和後軍、左軍和右軍並帶炮手轟天雷凌振。

第六段，次日李逵帶兵奔來，索超馬後一員首將王定，引領馬軍衝將過來。李逵被馬軍一衝，當下四散奔走。索超引軍直趕過庾家村時，撞出兩彪軍馬，左有解珍、孔亮，右有孔明、解寶，索超見他有接應軍馬，勒馬便回。李成道將引前部軍兵，盡數殺過庾家村來。遇見扈三娘、顧大嫂、孫二娘，李成輕敵，結果中了埋伏，大敗而歸。

第七段，梁中書連夜再差聞達速領本部軍馬前來助戰。明日再戰，秦明叫罵，索超迎戰，鬥過二十餘合，不分勝敗。前軍隊裏轉過韓滔，只一箭，正中索超左臂，官軍又大敗虧輸。梁山軍直追過庾家村，隨即奪了槐樹坡小寨。當晚就將精銳得勝軍馬，分作四路，連夜進發，殺奔將來。

第八段，聞達飛奔到飛虎峪，方在寨中坐了喘息。梁山軍東西兩邊用火攻，正面則用炮火攻打，聞達與李成，直到天明，逃至城下。梁中書大驚，緊閉城門，堅守不出。次日，宋江軍馬追來，直抵東門上寨，準備攻城。

第九段，梁中書修告急家書，星夜趕報蔡太師，早奏朝廷，調遣精兵前來救應，又作緊行文關報鄰近府縣，亦教早早調兵接應，同時起差民夫上城，守護城池。

第十段，宋江分調眾將，引軍圍城，只空南門不圍，每日引軍攻打；一面向山寨中催取糧草，為久屯之計，務要打破大名，救取盧員外、石秀二人。

第十一段，首將王定齎領密書，直到東京報告蔡太師。太師隨即與東廳樞密使童貫，引三衙太尉，一起商議，眾官互相廝覷，各有懼色。衙門防禦保義使宣贊推薦蒲東巡檢關勝前去殺敵。

第十二段，宣贊來到蒲東巡檢司前下馬，當日關勝正和郝思文在衙內論說古今興廢之事，宣贊便請他馬上收拾赴京。關勝聽了大喜，又轉薦郝思文同去。

第十三段，當下關勝分付老小，一同郝思文，將引關西漢十數個人，收拾刀馬盔甲行李，跟隨宣贊，連夜起程。來到東京，關勝提議用精兵數萬，先取梁山，後拿賊寇，教他首尾不能相顧。於是郝思文為先鋒，宣贊為合後，關勝為領兵指揮使，步軍太尉段常接應糧草，殺奔梁山泊來。

此回開首寫石秀押在廳下，睜圓怪眼，高聲大罵：「你這與奴才做奴才的奴才！」（夾批：「奴才」二字，始於郭公之罵其兒也，曰是殆為奴輩之所用耳。今亦暗用其意，撰成奇句，凡十一字，而有三「奴才」字，妙絕快絕。）石秀在廳前千奴才萬奴才價罵。廳上眾人都呆了。（夾批：俗本誤作「千賊萬賊」，無謂之甚。）梁中書聽了，沉吟半晌，叫取大枷來，且把二人枷了，監放死囚牢裏，分付蔡福在意看管，休教有失。金聖歎在此又改寫了原作，使之出彩。

梁山發來的沒頭帖子，文采斐然，用語精當，所以夾批再三稱讚：「好文章，擲地當作金石聲。」「好文章，從來露布之所未有。」「真正絕妙一篇好文章。」

梁山首領宋江、吳用調撥軍隊，夾批連說：「好。○只一調撥，文字亦殊易相犯耳，偏能逐番變換，逐番出色，豈非才子之筆。」

當李成、索超平東一望，遠遠地塵土起處，約有五百餘人，飛奔前來；當前一員好漢，乃是黑旋風李逵，（夾批：調撥時第一段之一。）手拿雙斧，高聲大叫：「認得梁山泊好漢『黑爺爺』麼？」（夾批：奇稱。）李成在馬上看了，與索超大笑道：「每日只說梁山泊好漢，原來只是這等醃臢草寇，何足為道！（夾批：真堪一笑。）」後來李成只見前面搖旗吶喊，擂鼓鳴鑼，另是一彪軍馬，當先一騎馬上，即是一員女將，引軍紅旗上金書大字，「美人一丈青」，（夾批：奇稱。○『黑爺爺』奇，『美人一丈青』又奇，俗本都失這，遂令文章削色不少。）顧大嫂、孫二娘，引一千餘軍馬，盡是七長八短漢，四山五嶽人。騙得李成輕敵，結果中伏大敗。最後，只見宋江軍馬潑風也似價來。夾批：「『潑風』奇文。」

宋江、吳用調用的將領富有奇妙的色彩，看似示弱，實則戲弄、欺騙，「兵不厭詐」的制勝原理被用得出神入化，將敵將的腦子也搞糊塗了，然後奇兵突起、強兵四圍，敵方精兵悍將被打得不堪一擊，只能狼狽逃竄。

最後，金批分析朝廷要臣無能，無能還表現在不識人材，「醜陋者不得重用，奇偉者又在下僚，然則當時用人，真惟賄賂一途矣，今日求之不既晚乎？」而像關勝這樣的人材，「看他初被人薦便轉薦人，寫豪傑胸襟真與姦臣天壤。

○看他一個背後人引出一個背後人，一個背後人又引出一個背後人，章法便與楊（陽）羨鵝籠無二。」

第六十三回　呼延灼月夜賺關勝　宋公明雪天擒索超

總批

第一段，分析此回草草用筆寫水軍劫寨的原因，是要突出關勝這個人物形象。

第二段，描寫關勝時，儒雅、豁達、忠誠、英靈之極，處處畫出關羽的變相。

第三段，寫雪天擒索超，略寫索超而勤寫雪天者，寫得雪天精神，便令索超精神。這是畫家的「襯染之法」，值得一用。

回後

第一段，蒲東關勝當日將人馬分為三隊，離了東京，望梁山泊來。

第二段，宋江與同眾將每日攻打城池，但無人出戰。宋江見攻打不破，心中納悶，吳用想到對方倘用圍魏救趙之計，反去取我梁山泊大寨，必須預作考慮。正說之間，戴宗來報敵軍果然派關勝進攻梁山。梁山軍退兵，吳用建議先教步兵前行，留下兩支軍馬，就飛虎峪兩邊埋伏，殺退追兵。梁中書果然叫李成、聞達各帶一支軍馬從東西兩路追趕宋江軍馬。

第三段，李成、聞達直趕到飛虎峪那邊，只聽得背後火炮齊響。花榮、林冲，各兩邊殺來。前面又撞出呼延灼，殺得李成、聞達大敗，退入城中，閉門不出。

第四段，張橫要去劫寨，張順苦諫不聽，當夜張橫點了小船、水兵攻入關勝帳內，卻中了埋伏，盡數被縛。

第五段，阮氏三兄弟聽說張橫被捉，和張順一起，當夜四更，點起大小寨頭領，各駕船一百餘隻，一齊殺奔關勝寨來。結果又中埋伏，阮小七被捉，阮小二、阮小五、張順卻得混江龍李俊帶領童威、童猛死救回去。

第六段，宋江便與吳用商議怎退得關勝。正定計間，宣贊部領三軍直到大寨，在門旗下勒戰，花榮迎戰。花榮連射三箭，關勝上陣，宋江上前自述造反的因由，遭關勝訓斥，秦明、林冲兩將雙取關勝，三騎馬轉燈般廝殺。宋江忽然指指點點，便教鳴金收軍。

第七段，關勝回到寨中，心中暗忖道：我力鬥二將不過，看看輸與他了，宋江倒收了軍馬，不知是何意思？便問張橫、阮小七為何伏他？

第八段，呼延灼前來，說宋江有意歸順，約他明夜從小路直人賊寨，生擒林冲等寇，解走京師，建立大功。

第九段，次日宋江舉兵搦戰。關勝與呼延灼商議晚間雖有此計，今日不可不先贏此將。呼延灼上陣，打死「來將黃信」。

第十段，關勝自引五百馬軍叫呼延灼引路，半夜殺入宋江大寨，教宣贊、郝思文兩路接應。關勝中了埋伏，被活捉。

第十一段，林冲，花榮自引一支軍馬，截住宣贊，扈三娘把宣贊拖下馬來，捉回大寨。秦明、孫立引一支軍馬去捉回郝思文，李應帶兵救了張橫、阮小七，並被擒水軍人等，奪去一應糧草馬匹，卻去招安四下敗殘人馬。

第十二段，宋江會眾上山，此時東方漸明。宋江招降關勝、宣贊、郝思文。

第十三段，宋江想起盧員外，石秀陷在北京，潸然淚下。吳用說：自有措置。只過今晚，來日再起軍兵，去打大名，必然成事。關勝願為前部。次日早晨傳令，就教宣贊、郝思文為副，撥回舊有軍馬，便為前部先鋒；其餘原打大名頭領不缺一個，添差李俊、張順將帶水戰盔甲隨去，以次再望大名進發。

第十四段，梁中書在城中，正與索超起病飲酒。探馬報導：「關勝、宣贊、郝思文並眾軍馬俱被宋江捉去，已入夥了！梁山泊軍馬現今又到！」索超引本部人馬出城迎敵，直至飛虎峪下寨，李成、聞達隨後調軍接應。索超與關勝大戰，李成出陣，夾攻關勝。宣贊、郝思文見了，前來助戰。宋江大軍卷殺過去。李成軍馬大敗虧輸，連夜退入城去。

第十五段，次日索超獨引一支軍馬出城衝突，吳用令軍校迎敵戲戰，乘勢便退。因此，索超得了一陣，歡喜入城。吳用暗中令人雪地掘成陷坑，上用土蓋，然後降雪沒成一片。索超飛馬撞過陣來，果然跌入陷坑，伏兵將他抓獲。

此回重點描寫吳用、關勝和索超。

吳用的妙計，出神入化。用計者一系列的言語、行動、暗示和兵出奇鋒、故意示弱、欲擒故縱、引發對方按自己要求的方向思考，戲戰與真戰相結合，戰場與幕後相結合，等等，顯示計策之嚴密、周全，已臻精彩絕倫，任何人撞入吳用的計謀之中，即如精明如關勝，也不得不被縛。小說寫關勝被吳用的計策引誘得不自覺地順著吳用的要求而萌發思維動盪：先是聽了張橫、阮小七的介紹而低頭不語，（夾批：深入玄中，寫來如畫。）當晚坐臥不安，走出中軍看月，寒色滿天，霜華遍地；關勝嗟歎不已。夾批說：「又一幅絕妙雲長變相，精神意思，都畫出來。」妙在寒色、霜華八字寫景，神韻俱出，又象徵了關勝思維的情緒色彩，真是中國美學獨有的情景交融理論在寫作上的卓越體現。當關勝大喜，令大小三軍一齊掩殺。呼延灼道：「不可追掩：吳用那廝廣有神機；若還趕殺，恐賊有計。」夾批說：「從來苦肉計，不令創巨，讀之絕倒。」吳用那廝竟然讓臥底的呼延灼煞有介事地警告他堤防吳用用計，這種真真假假，真中有假，假中有真的思維陷阱，不要說金聖歎捧吳用為諸葛再世，魯迅說《三國演義》「狀諸葛之多智則近妖」（拙著《中國小說史略彙編釋評》，上海書店出版社，2015年，臺北：五南出版公司，2019年，第108頁），即如《三國演義》中這位多智而近妖的諸葛本人也應自愧不如，而《水滸傳》則將吳用其人其計，寫得絲絲入扣，分分入妙，卻又真實自然，栩栩如生，真是出神入化。

《水滸傳》的奇妙還不僅如此，不僅寫吳用超過了諸葛，此回中則描寫關勝還超過了關羽。

金聖歎認為此回關勝的描寫細仿《三國演義》中的關雲長，寫得惟妙惟肖，但又結合《水滸傳》中的場景自出新意，其中包含著金聖歎自己修改原著取得的出色藝術效果，夾批介紹說：「又一幅絕妙雲長變相。○張橫望見燈燭熒煌，關勝看書；三阮望見燈燭熒煌，並無一人。兩燈燭熒煌句，相照作章法。俗本訛。」關勝看了被捉的張橫，笑道：「無端草賊，安敢張我！」夾批：「草賊罵曰『無端』，劫寨名為『張我』，真正英雄，真正闊大，真正儒雅，真正風流。○皆極畫關勝。」關勝上陣時，綽青龍刀，騎火炭馬，門旗開處，直臨陣前。夾批：「又一幅絕妙雲長變相。」宋江看見關勝天表亭亭，夾批：「四字絕妙，雲長變相。」呼延灼要關勝乞退左右，告以機密市，關勝大笑道：「大將身居百萬軍中，若還不是一德一心，安能用兵如指？吾帳上帳下，無大無小，盡是機密之人；你有話，但說不妨。」（夾批：極寫關勝絕倫超群，真是妙絕之論。○此語庶幾惟郭子儀、岳武穆有之，讀之令人起敬起畏。）此回寫關勝全篇都佳，而此等處卻都是突破關羽模式的創新描寫，鮮活如真，可見《水滸傳》的藝術成就超過《三國演義》多多。

金批指出，此回描寫冬景雪景和雪景襯托中的猛將索超：「是日，日無晶光，朔風亂吼」；「其時正是仲冬天氣，連日大風，天地變色，馬蹄凍合，鐵甲如冰」；（索超出席提斧，夾批：「寫得竟是一首絕妙《飲馬長城窟行》，真正絕妙好辭。」）「次日彤雲壓陣，天慘地裂，索超獨引一支軍馬出城衝突。」（夾批：只「雪天」二字，一路漸次寫來，真若北風圖，對之欲寒也。○寫索超極其精神。）「當晚雲勢越重，風色越緊。吳用出帳看時，卻早成團打滾，降下一天大雪。（夾批：凡三寫欲雪之勢，至此方寫出雪來，妙筆。○俗本都訛。）吳用便差步軍去大名城外靠山邊河狹處掘成陷坑。上用土蓋。那雪降了一夜，平明看時，約已沒過馬膝。」（夾批：寫索超極其精神，寫雪亦極其精神。）索超是中計被活捉的敗將，一般書中，此類人物再好，也沒有了英雄的精神。而聖歎卻強調，此回「寫索超極其精神，寫雪亦極其精神」，而寫雪亦極其精神，正是為了寫索超極其精神。《水滸傳》描寫索超的確達到這個高妙的境界，而金批則批出了這個高妙的境界，兩者相得益彰，珠聯璧合，交相輝映，令人驚歎。

第六十四回　托塔天王夢中顯聖　浪裏白條水上報冤

總批

第一段，宋江已經叛逆造反，此回大書背瘡以著其罪，而後世之人還是要以「忠義」兩字賦予他，顛倒肆言，毫無忌憚，有世道人心責任的人，必須明察。

第二段，宋江之反始於私放晁蓋，晁蓋走、死而宋江之毒生成。但宋江必反之志則不始於今日。

第三段，打大名的描寫，極文家伸縮變化之妙。

第四段，前文一打、二打祝家莊，正到苦戰之後，忽然變出解珍、解寶一段文字；此又一打、二打大名府，正到苦戰之後，忽然一變，變出張旺、孫五一段文字，都奇幻之極，面目各異而章法相同。

第五段，寫張順請安道全，忽然橫斜生出截江鬼張旺，卻又於其中間，再生出孫五一段情事。文心如江流，奇幻如波，變化多端。

第六段，此回寫梁山泊之金擬聘安太醫，中間卻寫出七件可駭之事。不過一葉之舟，人數忽然變化莫測，直至忽然無人，寫出此舟禍福瞬息的繁複變化，是第八件可駭之事。

回後

第一段，宋江擒了索超，梁中書更慌，傳令教眾將只是堅守，不許出戰。

第二段，宋江又收服索超。

第三段，次日商議打城，一連數日，急不得破，宋江悶悶不樂，憂鬱成夢，夢見晁蓋來警告背上之事發了，只除江南地靈星可免無事，今不快走時，必有疏失。宋江向吳用備述前夢。吳用認為即宜退兵回山，但盧員外和石秀誠恐害了性命。當夜計議不定。

第四段，次日，宋江背上毒瘡發作，好生熱疼。張順介紹說建康府安道全能醫毒瘡，手到病除，宋江即命張順去請。軍師吳用傳令：火速收軍，罷戰回山。

第五段，張順連夜冒著風雪，捨命而行，獨自一個奔至揚子江邊，找到渡船，卻被梢公，綁縛了要殺人劫財。張順被丟下水去，艄公則為了獨吞劫來的財物，殺了同黨。

第六段，張順就江底咬斷索子，赴水過南岸時，來到一個酒店，得到老丈的救助。老丈問起梁山泊，張順亮出身份，老丈就交接兒子活閃婆王定六相見。他認識這兩個劫賊——截江鬼張旺和油裏鰍孫五，以後可幫張順報仇。

第七段，次日天晴雪消，王定六再把十數兩銀子與張順，且教入建康府來。張順進得城中，請得安道全應允去救宋江。安道全新和建康府一個煙花娼妓李巧奴正打得火熱，當晚就帶張順同去她家，安排酒吃。李巧奴撒嬌撒癡，不讓安道全去山東。安道全酒醉睡下後，巧奴趕張順不走，只得安他在門首小房裏歇。

第八段，張順心中憂煎，睡不著，在壁縫裏張見截江鬼張旺，要巧奴相伴。張順悄悄踅到廚下，拿一把廚刀，先殺了虔婆；又用劈柴斧砍殺了兩個使喚的和巧奴，推開後窗，跳牆便走。隨即割下衣襟，沾血去粉牆寫道：「殺人者，我安道全也！」一連寫了數十餘處。安道全五更酒醒，嚇得渾身麻木，顫做一團。張順逼他立即上梁山。

第九段，趁天未明，張順卷了盤纏，同安道全回家，取了藥囊；出城來，逕到王定六酒店裏。正與王定六講話，張旺去灘頭看船。王定六要他渡張順、安道全過江。三個人上船。張順將張旺捆縛做一塊，丟入江中。過江後，張順約王定六同父親收拾起酒店，趕上梁山泊來，一同歸順大義。

第十段，張順與同安道全下得北岸，行不得三十餘里，入村店，買酒相待。正吃之間，戴宗來，帶上安道全，作起神行法，先去了。

第十一段，張順在本處村店裏一連安歇了兩三日，等到王定六和父親過來，一同起身，投梁山泊來。

第十二段，戴宗引著安道全，作起神法，連夜趕到梁山泊；安道全治好宋江的毒瘡。

第十三段，宋江才得病好，商量要打大名，救取盧員外、石秀。安道全說瘡口未完，不可輕動；吳用說今春初時候，定要打破大名城池，救取盧員外，石秀二人性命，擒拿淫婦姦夫，以滿兄長報仇之意。

此回的夾批結合具體描寫的情景，呼應總批對此回情節之緊張，和緊張的情節一波未平，一波又起，一波三折，又迴環相扣的評論；與通俗小說僅以情節緊張見長不同的是，此回與全書一樣，情節的發展和變化與人物的性格和處境密切結合，且互相生發，並有力地為勸善懲惡的主旨服務，達到極高的藝術水平，給讀者以極大的審美愉悅。

此回寫張順冒著風雪，連日趕路，上了船就睡，夾批說：「下船便開包，開包便取被，取被便臥倒，臥倒方問酒，活畫風雪，活畫薄暮，活畫辛苦，活畫船裏歇了。」「未吃晚飯，先已睡倒；再坐起來吃了晚飯，便又睡倒。寫張順連日辛苦如畫，便令下文便於細縛。」

張順睡著，那瘦生一頭雙手向著火盆，（夾批：畫也畫不出。）一頭把嘴努著張順，一頭口裏輕輕叫那梢公（夾批：畫也畫不出，妙絕。）要艄公動手幹掉張順，奪取金銀。到江心後，那艄公輕輕地把張順捆縛做一塊，便去船梢板底下取出板刀來。（夾批：讀至此句，令我忽然想著夜鬧潯陽，不覺失笑。○讀至夜鬧潯陽，則替宋江擔憂；讀至此回，又替張順擔憂。人生百年，安得不老哉！）張順卻好覺來，雙手被縛，掙挫不得。梢公手拿板刀，按在他身上。張順告道：（夾批：只四字直反襯出夜鬧潯陽一篇文字來。至人有言：「己所不欲，勿施於人」。此四字，遂可為其注腳也。）要饒命不許，張順連聲叫道：「你只教我囫圇死，冤魂便不來纏你！」（夾批：上艄公語險極，此張順語捷極。）指出張順的機靈。那梢公便去打開包來看時，見了許多金銀，倒吃一嚇；（夾批：妙絕妙絕。）把眉頭只一皺，（夾批：妙絕妙絕。）便叫那瘦後生道：「五哥進來，和你說話。」（夾批：妙絕妙絕。徒然又蹴起一番波瀾，大奇大奇。○寫人險惡真有如此，可畏可恨。）那人鑽入艙裏來，被梢公一手揪住，一刀落得，砍得伶仃，推下水去。（夾批：大奇大奇。○是他發科，是他放船，是他吃刀下水，然則人又何樂而為惡哉？）梢公打並了船中血跡，自搖船去了。這段描寫，艄公的心理活動通過他的動作、表情、言語，層次井然而分明。中間的評論，勸世上人勿做惡事，也很有力。

南岸酒家中的老丈，問起梁山泊，老丈道：「他山上宋頭領，不劫來往客人，又不殺人性命，只是替天行道？」（夾批：由梁山泊問至宋頭領。）張順道：「宋頭領專以忠義為主，不害良民，只怪濫官污吏。」老丈道：「老漢聽得說：宋江這夥，端的仁義，只是救貧濟老，那裏似我這裡草賊！若待他來這裡，百姓都快活，不吃這夥濫官污吏薅惱！」夾批說：「一段真乃妙筆妙舌，便有過望草賊之意。〇非怪草賊之不能救貧濟老，怪草賊之不能治彼濫官污吏也。」懲治貪官、根絕貪官，自古至今都是難題，聖歎和《水滸傳》都提出反對貪官這個難題，十分可貴。

第六十五回　時遷火燒翠雲樓　吳用智取大名府

總批

第一段，復述王斫山的口技神技故事。這個故事後來被清代文人抄去作為他自己的創作，還在 20 世紀 50 年代至今編入中學教材，而作者署名卻是這個抄襲者。雖經研究家撰文指出，作者應該是金聖歎，可是教材的編者不知，依然署抄襲者之名，豈非咄咄怪事。

第二段，指出調撥時和動手時，各各變換，不必盡不同，不必盡同，寫法靈動。

第三段，此回前後四個情節都做兩半寫，又是一樣絕奇之格。

第四段，寫梁山泊調撥劫城和梁中書調撥放燈、梁中書兩頭奔走和李固、賈氏兩頭奔走都在一大篇後寫一小篇，正是絕妙文情。

回後

第一段，宋江催趲軍馬下山去打大名，吳用提議元宵節大張燈火時裏應外合，打破大名。時遷幼年間曾到大名，願潛入城到得元宵節夜，去翠雲樓上，放起火來為號，軍師可自調遣人馬入來。

第二段，吳用次日調撥十一批頭領共二十六人，化裝成各色人等，前去大名。

第三段，此是正月初頭，梁中書喚過李成，聞達，王太守等一干官員商議放燈一事，也分撥人馬巡邏，以保安全。

第四段，這北京大名府是河北頭一個大郡；衝要去處卻有諸路買賣，雲屯霧集，只聽放燈。都來趕趁。家家戶戶、大街小巷都掛燈，熱鬧處則扎起一座鰲山，上面盤著一條白龍。

第五段，吳用得知大喜，宋江瘡病未痊癒，吳用統帥全軍去攻打。他調撥八路軍馬，共二十八個頭領，率軍殺來。

第六段，時遷越牆入城，城中客店內卻不著單身客人，到晚來東嶽廟神座底下安身。正月十三日，卻在城內往來觀看那搭縛燈棚，懸掛燈火。看到梁山潛入城內的眾多頭領，正在各處活動。

第七段，正月十五日。是日好生晴明，梁中書滿心歡喜。士女挨肩疊背。煙火花炮比前越添得盛了。柴進帶著樂和到蔡福家，兩個扮做公人，一起逕奔牢中。

第八段，初更左右，眾多頭領各就各位看守。

第九段，樓上鼓打二更，時遷挾著一個籃兒，內裝硫磺、焰硝，放火的藥頭，走上翠雲樓。此時梁山軍劫寨得手，攻到了城下。

第十段，梁中書正在衙前醉了閒坐，正要備馬而逃，只見翠雲樓上烈焰衝天，火光奪目，十分浩大。梁中書見了，急上得馬，要出東門、飛奔南門時，梁山軍都已佔領此門，回馬再到留守司前，又遇梁山軍，急急回馬奔西門，只聽得城隍廟裏火炮齊響，轟天震地。大名城內百姓黎民，一個個鼠竄狼奔，一家家神號鬼哭，四下裏十數處火光亙天，四方不辨。

第十一段，梁中書奔到西門，接著李成軍兵，急到南門城上，勒住馬在鼓樓上看時，只見城下都是梁山軍馬，梁中書出不得城去，和李成躲至北門城下，再轉東門，都遇梁山軍殺來，逕奔南門，捨命奪路而走。

第十二段，宋萬去殺梁中書一門良賤，劉唐，楊雄去殺王太守一家老小。大牢裏柴進，樂和看見號火起了，催蔡福，蔡慶行動，鄒淵，鄒閏便撞開牢門，放了盧俊義、石秀。柴進要蔡福、蔡慶跟隨柴進，來家中保全老小。盧俊義將引石秀、孔明、孔亮、鄒淵、鄒閏，五個兄弟，逕奔家中來捉李固、賈氏。

第十三段，李固聽得梁山泊好漢引軍馬入城，又見四下裏火起，正在家中有些眼跳，和賈氏收拾了一包金珠細軟背了，便出門奔走。梁山英雄衝進來，李固和賈氏慌忙回身開了後門，逕投河下來尋躲避處。燕青抓獲李固，張順抓獲婆娘。盧俊義奔到家中，且叫眾人把應有家私金銀財寶都搬來裝在車子上，往梁山泊給散。

第十四段，柴進和蔡福到家中收拾家資老小，同上山寨。蔡福求柴進可救一城百姓，休教殘害。柴進尋著吳用，急傳下號令去時，城中將及損傷一半。

第十五段，李成保護梁中書出城逃難，正撞著聞達領著敗殘軍馬回來，合兵一處，又被梁山軍包圍。

此回寫元宵之夜裏應外合攻陷大名，紛亂繁雜，小說寫得熱鬧、繁複、井井有序，而又變幻莫測。例如開戰前，吳用調配時，再調鄒淵、鄒閏（夾批：第六調。）扮做賣燈客人直往大名城中尋客店安歇，只看樓中火起，便去司獄司前策應。（夾批：第一緊著，妙妙。○司獄司是一篇大書正經題目，卻怪其只撥一人；及讀至敘事文中，始知孔明、孔亮、柴進樂和悉入獄來，方歎行文變化之妙也。若前幅如此調遣，後幅如此遵依，此所謂畫樣葫蘆，何以謂之兵猶鬼神哉？）尤其是梁山「議劫城者，一隊一隊調遣出來；（梁中書等）議放燈者，亦一隊一隊分撥開去。寫得真是絕倒。」

梁山調撥有方，小說不僅寫得左右逢源，頭頭是道：「第一日撥一人，第二日撥二十六人，第三日撥二十八人，前後共撥五十五人，而為章法忽散、忽整、忽聯、忽斷，殊不見其累墜也。」更妙的是，在無字、不寫中間卻暗藏深意：「其餘頭領盡跟宋江保守山寨。」夾批：「如此一番大戰，而楊志、索超二人獨不見調者，為梁中書受恩深處，不欲以負心教天下也，亦暗用雲長義放曹公事。」這樣的深意，藏得很深很深，不是聖歎巨眼洞見，讀者和學者全體都會忽略過去，難怪錢穆先生說，不看金批，《水滸傳》讀得再熟，也等於沒有看過！

大名城準備燈節，也是紛亂繁雜，小說也寫得熱鬧。繁複、井井有序。小說寫：家家門前扎起燈柵，都要賽掛好燈，巧樣煙火；戶內縛起山棚，擺放五色屏風炮燈，四邊都掛名人書畫並奇異骨董玩器之物；在城大街小巷，家家都要點燈。（夾批：第三段，扎縛燈棚。）大名府留守司州橋邊搭起一座鰲山，上面盤紅黃大龍兩條，每片麟甲上點燈一盞，口噴淨水。去州橋河內周圍上下點燈不計其數。銅佛寺前扎起一座鰲山，上面盤青龍一條，周回也有千百盞花燈。翠雲樓前也扎起一座鰲山，上面盤著一條白龍，四面燈火，不計其數。（夾批：第四段，總敘三處鰲山。）原來這座酒樓，名貫河北，號為第一；上有三簷滴水，雕梁繡柱，極是造得好；樓上樓下，有百十處閣子，終朝鼓樂喧天，每日笙歌聒耳。（夾批：第五段，獨詳翠雲樓一處。）城中各處宮觀寺院佛殿法堂中，各設燈火，慶賀豐年。三瓦兩舍，更不必說。（夾批：第六段，補敘城中無處無燈。）既寫得全面，又突出重點。

梁山軍在城中的混戰，本是一鍋亂粥，一鍋渾湯，小說卻能處處照應、時時提醒，夾批指出：「若干人，有從十三日點逗者，有從十五日點逗者，有十三十五兩日都點逗者，筆法參差，墨氣騰郁，總非恒手之所得有也。○將令在十五日，則十三十四日猶閒甚也；將令在十五日之二更，則十五日之黃昏猶閒甚也。因其閒甚，而取若干從點逗一番；又因其閒甚，而取若干人再點逗一番，則其筆力橫絕，誠有大過人者故也。○點逗出柴、樂和。○不曉得是樂和，便已點出樂和矣，奇絕妙絕。」梁山英雄攻入牢內，「寫牢中二人發作，迅疾之極。〇牢前人入來時，牢後人已跳下；牢後人跳下時，牢中人已動手。寫得七手八腳，迅疾駭人，而又能清泚如畫也。」梁中書奪命而逃，猶如熱鍋螞蟻、過街老鼠、喪家之犬、漏網之魚，迴旋亂竄，小說分七段寫，歷歷分明，其中「第七段，再到南門。〇看他三寫南門，第一聞人傳說，半路退轉；第二奔到樓上，不敢出去；直至後第三，方奪路拚命而走，極文章跌頓之妙也。」奇妙的是，「寫梁中書兩頭奔走之後，忽寫李固、賈氏兩頭奔走，讀之歎其妙絕也。」梁中書逃到城外，撞見聞達，「聞達頭尾一見，妙筆高筆，非人所能也。」又被梁山軍圍堵，此處埋伏的頭領，「前文不曾寫了，忽然一住，至此重接頭緒，再作混戰，章法奇絕。」

總之，一團亂絲的形勢，小說寫得歷歷分明，文思不亂，金批批得歷歷分明，理路清晰。

小說最後寫城中百姓，將及損傷一半。對於義軍亂殺平民、良民，夾批公正地說：「此等處卻令人想宋江。」

第六十六回　宋江賞馬步三軍　關勝降水火二將

總批

第一段，忠義堂第一座，不是宋江能夠佔據的，也不是宋江可以謙讓的。否則便是無恥。無恥之人，不僅不自惜，也不為人惜。前日李逵不許他佔據此位；今日盧俊義不許他謙讓此位。因為宋江無恥，故而機械變詐，非要得到此位不可；不僅前日必要得到，今日的假謙讓，也正是要巧妙地得到。堂堂盧員外是不甘心做宋江做假、飛騰的工具的。假使宋江真的不要此位，那麼照晁蓋的遺命，讓為他報仇的人做就可以了。但因宋江有這一番假謙讓，於是這第一把交椅就是宋江所有的了，於是後來後即使有人報仇立功，也不肯定敢與他爭了，這就是機械變詐，無恥之極的了，所以李逵要番番大罵他了。

第二段，人即多疑，何至於疑關勝？吳用疑及關勝，則其無所不疑可知也。人即多疑，何至於疑李逵？宋江疑及李逵，則其無所不疑可知也。連書二人各有其疑，以著宋江、吳用之同惡共濟也。

第三段，寫李逵遇焦挺，令人讀之產生好善、謙抑、不欺人、不自薄之心。李逵有此風流，作者有此筆墨，都是好手。

第四段，宋江打大名後，沒有為天王報仇之心，此回可見宋江弒晁蓋確是難逃的罪責。

第五段，水火二將文中，寫來都能變換。

第六段，寫關勝全是雲長意思，不避刻畫優孟的方法，泱泱大書，真是無美不備。

回後

第一段，李成、聞達護著梁中書，並力死戰，撞透重圍，逃得性命，投西一直去了。

第二段，吳用在城中傳下將令，出榜安民，救滅了火；便把大名府庫藏打開，應有金銀寶物都裝載上車子；又開倉廒，將糧米濟滿城百姓了，餘者亦裝載上車，將梁山泊貯用；把李固、賈氏釘在陷車內。大軍分作三隊回梁山泊來，卻叫戴宗先去報宋公明。

第三段，宋江會集諸將，下山迎接，都到忠義堂上。宋江要盧員外坐第一把交椅，盧俊義不肯坐，只見李逵大罵。

第四段，宋江便叫大設筵宴，盧員外拿短刀，將二人割腹剜心，凌遲處死。

第五段，梁中書探聽得梁山泊軍馬退去，再和李成、聞達，引領敗殘軍馬入城來，寫表申奏朝廷，調兵遣將，剿除賊寇報仇。

第六段，次日五更，蔡太師為首，面奏道君皇帝。諫議大夫趙鼎建議降赦罪招安，命作良臣，以防邊境之害。蔡京聽了大怒，天子當下革了趙鼎官爵，罷為庶人。蔡京報舉凌州二將單廷圭、魏定國剿梁山。

第七段，宋江水滸寨內將大名所得的府庫金寶錢物給賞與馬步三軍，連日殺牛宰馬，大排筵宴。吳用差人獲得消息，關勝願去勸降時，若不肯降，必當擒來，帶著宣贊、郝思文二將引兵去了。

第八段吳用怕關勝此去，未保其心，再派林冲、楊志領兵，孫立、黃信為副將，帶領五千人馬，隨即下山。李逵也要去，宋江不允。

第九段，次日，只見小校來報：李逵昨夜二更，拿了兩把板斧，不知那裏去了。宋江說他多管是投別處了！先使戴宗去趕；後著時遷、李雲、樂和、王定六分四路去尋。

第十段，李逵是夜抄小路逕投凌州去，獨個去殺這兩個鳥將軍。走得肚饑，未帶盤纏，在酒店吃白食，「梁山泊好漢」韓伯龍攔住，被李逵殺了。

第十一段，行不得一日，正走之間，官道傍邊，遇見沒面目焦挺，兩人相打，李逵被打倒，李逵佩服而邀他入夥，並帶他同去殺敵，要追來的時遷回山報告。

第十二段，關勝與同宣贊、郝思文引領五千軍馬來，相近凌州。單廷珪、魏定國出城迎敵。宣贊、郝思文上前廝殺，都被活捉。關勝舉手無措，林冲、楊志前來接應。

第十三段，張太守差一員偏將，帶領三百步軍，連夜將宣贊、郝思文解上東京，半路被李逵和焦挺殺死偏將，救出兩將。於是一起來打凌州。

第十四段，單廷珪、魏定國聞訊大怒，城外關勝引兵搦戰。單廷珪爭先出馬，被關勝活捉而投誠。

第十五段，魏定國聞訊大怒，次日出城交戰，用火車，打得關勝軍兵四散奔走。黑旋風李逵同焦挺，鮑旭，帶領枯樹山人馬，卻去凌州背後打破北門，殺入城中，劫擄倉庫錢糧，放起火來。魏定國知了，不敢入城，奔中陵縣屯駐。關勝引軍馬把縣四下圍住，便令諸將調兵攻打。魏定國閉門不出。

第十六段，單廷珪前去說降，魏定國要關勝親自去請，關勝親自去請，魏定國投降，大家一起回梁山。

第十七段，關勝等軍馬回到金沙灘，和楊林、石勇去北地裏買馬的段景住，氣急敗壞跑將來。

此回開首列出梁中書的大名府官方所做的清單：民間被殺死者五千餘人，中傷者不計其數；各部軍馬總折卻三萬有餘。夾批說：「一夜死傷，又從申奏文中補出。」這是書中罕見的統計數據，值得研究農民起義的人參考。

此回依舊出色寫李逵。

第一段，宋江假意讓位於盧俊義，被李逵罵破。夾批連續稱讚李逵「快人快語」，李逵又叫道：「若是哥哥做皇帝，盧員外做個丞相，我們今日都住在金殿裏，也值得這般鳥亂；（夾批：咄咄快絕。○又換出一副議論來，真乃令人聞所未聞。皇帝丞相等語，前已曾兩言之，至於今日愈出愈奇，鐵牛真人中之寶也。）無過只是水泊子裏做個強盜，不如仍舊了罷！」（夾批：句句令宋江驚死羞死，妙絕妙絕。）

第二段，寫李逵不告而別，宋江馬上懷疑他去投奔別處，夾批說：「大書宋江純以欺詐待人，全無忠義之心，甚乃至於不信李鐵牛之生平，與吳用正是一流人也。○疑關勝，猶可言也；疑李逵，不可說也。作者書之，以深著宋江之惡，為更甚於吳用也。」吳用認為「他雖粗鹵，義氣倒重，不到得投別處去。多管是過兩日便來」宋江還是心慌，夾批說：「吳用疑關勝遣四將，宋江疑李逵亦遣四將，作章法。」

第三段，李逵被人連續打倒，就請教姓名，不是為了將來報仇，而是要與他交朋友，要請他入夥，共襄盛舉。夾批說：「被他打，便知他好拳；服他拳，便問他名姓，鐵牛真有宰相胸襟。〇服之至，愛之至，便急欲知其名姓，連爬起來亦有所不及矣。好賢如鐵牛，令人想殺鐵牛也。」李逵打不過，爬將起來便走。「妙人妙至此，真乃妙不可言。〇看他如此服善，世豈真有此人？〇贏不得，便告之言贏不得，真是夷狄不棄忠信人。」那漢叫住問道：「這黑漢子，你姓甚名誰？那里人氏？」李逵道：「今日輸與你，不好說出。(妙人妙至此，真乃妙不可言。)又可惜你是條好漢，不忍瞞你：(夾批：妙人妙至此，真乃妙不可言。)梁山泊黑旋風李逵的便是我！」夾批說：「妙人妙至此，真乃妙不可言。〇看他又惜自己，又惜此人，滿心傾倒，一腔忠直，世豈真有此人哉？」李逵還是問道：「你便與我說罷，端的姓甚名誰？」夾批說：「不惟不恨其打，亦復不喜其拜，一心只是服其好拳，問其名姓，鐵牛妙人，可愛如許。〇看他便有求懇之意。」李逵對勝過自己的出眾人材的敬重、愛惜和網絡之心，出乎人們意料之外，我們將夾批和總批第三段結合起來，他對李逵全面而深刻的認識，令人信服。我們對金聖歎批語的指導作用，也會有更深的認識。

第六十七回　宋公明夜打曾頭市　盧俊義活捉史文恭

總批

我前面講宋江實弒晁蓋，有人或會懷疑。此回中，作者反覆曲折地表明宋江不為晁蓋報仇之罪，是這樣的深刻而且明瞭。其一，段景住陡然提起「曾頭市」，這是宋江應當刻骨銘心的三字，他卻從不提起。其二，段景住備說奪馬之事，宋江聽了大怒。奪馬之辱，時刻不待，而為晁蓋報仇之事則放在奪馬之辱之下。其三，晁蓋遺令：但有活捉史文恭者，便為梁山泊主。及宋江調撥諸將。如徐寧、呼延灼、關勝等名將都不用，這些人坐第一把交椅難道不夠格？其四，新來人中，獨盧俊義起身願往，宋江便問吳用可否？吳用調之閒處。故意不用他。其五，史文恭披掛上馬，宋江看見好馬，心頭火起。諺語說：「好人相見分外眼明，仇人相見分外眼睜。」此言眼之所至，正是心之所至也。宋江如果為晁蓋來戰，則應先見史文恭。今史文恭出馬，而大書那馬；宋江心頭火起，而大書看見好馬，可見宋江此來專為馬而不是為了擒殺史文恭。其六，手書問罪，輕責其殺晁蓋，而重責其還馬；宋江重視的只是馬。其七，盧俊義既已建功，理應馬上推他為首領，但宋江乃又椎鼓集眾，商議立主。「商議」的意思是還沒有定論，則不得不集思廣謀以求其定，而講過去，則有晁蓋遺令有箭可憑；講現在，則員外報仇有功可據。然則盧俊義為梁山泊主，可以一辭而定。捨此不講，而又多做假意的謙讓，甚至拈鬮借糧，宋江的巧而多變已經到了極點。嗚呼！作者寫宋江之惡，已經如此明白，而愚夫還是不能立定宋江弒晁蓋之罪，還依舊堅持用「忠義之人」來看待他，豈不大可奇怪和感歎！

回後

第一段，段景住跑來，告訴林冲等：與楊林、石勇前往北地買了二百餘匹；回至青州地面，被險道神郁保四為頭的強人奪走，解送曾頭市去了！石勇、楊林不知去向。他和林冲等都到忠義堂上，見了宋江。宋江因又添四個好漢，正在歡喜。

第二段段景住備說奪馬一事，宋江聽大怒，即要出兵，吳用認為必用智取，方可獲勝。即派時遷去探聽消息。無三二日，只見楊林、石勇逃得回寨，備說曾頭市史文恭口出大言，要與梁出泊勢不兩立。宋江見說，怒氣填胸，要報此仇，片時忍耐不住，便要起兵。又使戴宗飛去打聽，立等回報。

第三段，不過數日，戴宗、時遷先後回來曾頭市軍情。

第四段，吳用聽罷，便教會集諸將一同商議，分調五支軍將，可作五路去打。盧俊義要求出征。宋江徵求吳用意見，吳用派盧俊義帶領伏兵，宋江則帶領大批悍將進攻曾頭市正中總寨。

第五段，曾頭市探事人探知備細，報入寨中。曾長官聽了，便請教師史文恭、蘇定商議軍情重事。史文恭主張多使陷坑，捉他強兵猛將。曾長官便差莊客人等，去村口和曾頭市北路都掘下陷坑數十處。時遷偵知此情，回來報告。梁山軍來到曾頭市相近，就此下寨。

第六段，一住三日，曾頭市不出交戰。吳用又派時遷去了一日，勘察陷阱，暗地使了記號，回報軍師。次日，吳用傳令，教前隊步軍各執鐵鋤，分作兩隊；又把糧車，一百有餘，裝載蘆葦乾柴，藏在中軍。來日巳牌，只聽東西兩路步軍先去打寨。再教攻打曾頭市北寨的楊志、史進，把馬軍一字兒擺開，只在那裏擂鼓搖旗，虛張聲勢，切不可進。

第七段，次日梁山軍依計而行，東西兵起，寨前炮響，史文恭調兵分別抵擋，吳用卻調馬軍從山背後兩路抄到寨前，兩邊伏兵都擺在寨前；背後吳用軍馬趕來，將曾頭市兵丁盡數逼下坑去。史文恭要出兵相救，吳用用火攻，公孫勝做法，吹出狂風，以助火勢，大勝。

第八段，次日，曾塗出陣搦戰。呂方迎戰，不敵，郭盛出馬助戰，花榮箭中曾塗左臂，翻身落馬。呂方、郭盛，雙戟並施，曾塗死於非命。

第九段，曾昇大怒，要與哥哥報仇，飛奔出寨搦戰。秦明正要出陣鬥這曾昇，黑旋風李逵，搶出垓心，被曾昇一箭，腿上正著，倒在地下。秦明、花榮飛馬向前死救；背後馬麟、鄧飛、呂方、郭盛一齊接應歸陣。

第十段，次日，史文恭、蘇定只是主張不要對陣。怎禁得曾昇催並史文恭無奈，只得披掛上馬。那匹馬便是先前奪的段景住的千里龍駒「照夜玉獅子馬」。宋江看見好馬，心頭火起，秦明迎戰，被史文恭神槍刺中後腿股上，倒攧下馬來。呂方、郭盛、馬麟、鄧飛四將齊出死命來救。救得秦明，收回敗軍，離寨十里駐紮。

第十一段，宋江密與吳用商量，教取關勝、徐寧、單廷圭、魏定國，下山協助。宋江又自己焚香祈禱，暗卜一課。吳用看了卦象，今夜有賊兵入寨。設下伏兵。至夜，史文恭等果然來襲，中計敗歸。曾索在黑地裏被解珍一鋼叉搠於馬下。

第十二段，曾長官又見折了曾索，煩惱倍增。次日，要史文恭寫書投降。史文恭也有八分懼怯，隨即寫書，直送宋江大寨。宋江看罷來書，目顧吳用，滿面大怒，扯書大罵，吳用相勸，隨即便寫回書，取銀十兩賞了來使。回還本寨，將書呈上。曾長官與史文恭拆開看時，宋江要發還二次原奪馬匹，並要奪馬凶徒郁保四，曾長官與史文恭看了，俱各驚憂。次日曾長官又使人來說：「若要郁保四，亦請一人質當。」宋江、吳用隨即便差時遷、李逵、樊瑞、項充、李袞五人前去為信。臨行時，吳用面授機宜。

第十三段，五人來到曾頭市，史文恭道：「吳用差這五個人來，未必無謀。」李逵大怒，揪住史文恭便打。曾長官心中要講和，不聽史文恭之言，卻使曾昇帶同郁保四來宋江大寨講和。隨後將原奪二次馬匹並金帛一車送到大寨。宋江還要討回說先前段景住送來那匹千里白龍駒。曾昇道：「是師父史文恭乘坐著，以此不曾將來。」史文恭聽得，回道：「別的馬將去不吝，這匹馬卻不與他！」從人往復去了幾遭，宋江定死要這匹馬。史文恭使人來說道：「若還定要我這匹馬時，著他即便退軍，我便送來還他！」

第十四段，宋江聽得這話便與吳用商量。尚然未決，忽有人來報導：「青州、凌州兩路有軍馬到來。」宋江暗傳下號令，就差兩支人馬迎敵。暗地叫出郁保四來，用好言勸降，吳用授計與郁保四只做私逃還寨，騙史文恭，要史文恭拒絕還馬。史文恭決定今晚傳令與各寨，盡數都起，先劫宋江大寨，郁保四卻閃來法華寺大寨內，看了李逵等五人，暗與時遷走透這個消息。吳用則設下人馬，用「番犬伏窩之計」倒劫曾頭市之寨。

第十五段，當晚史文恭帶了蘇定、曾密、曾魁盡數起發，盡都來到宋江總寨。待情知中計，即便回身。急望本寨去時，已被梁山軍攻陷。曾長官自殺，曾密、曾魁、蘇定皆死。

第十六段，史文恭得這千里馬行得快，殺出西門，落荒而走。此時黑霧遮天，不分南北，被盧俊義活捉。燕青牽了那匹千里龍駒，逕到大寨。梁山軍將曾家一門老少盡數不留；抄擄到金銀財寶，米麥糧食，盡行裝載上車，回梁山泊給散各都頭領，犒賞三軍。

第十七段，關勝領軍殺退青州軍馬，花榮領軍殺散凌州軍馬，都回來了。陷車內囚了史文恭，便收拾軍馬，回梁山泊來。所過州縣村坊並無侵擾。

第十八段，回到山寨忠義堂上，都來參見、奠祭晁蓋之靈。將史文恭剖腹剜心，享祭晁蓋。已罷，宋江就忠義堂上與眾弟兄商議立梁山泊之主。吳用推他為尊，宋江假意謙讓，要推盧俊義為首，盧俊義不允，吳用勸說，然後以目暗示眾人，李逵、武松、劉唐、魯智深等大鬧。

此回夾批呼應總批，揭示宋江不為晁蓋報仇，一心只要寶馬：「『曾頭市』三字卻從段景住口中提起，皆深表宋江不為晁蓋報仇也。○仍從馬上提起，以下彼此口口都只為馬，則其不為晁蓋甚明也，妙筆妙筆。」宋江聽了，大怒道：「前者奪我馬匹，至今不曾報仇。晁天王又遭他射死。（夾批：看他報仇二字放在奪馬下，天王射死放在報仇下，妙筆。）今天如此無禮，若不去剿這廝，惹人恥笑不小！」吳用道：「即日春暖無事，正好廝殺取樂。（夾批：天下豈有不共戴天之事，而需「春暖」，而需「無事」，而言「取樂」者哉？寫宋江、吳用全無報仇之心，妙筆。）宋江怒氣填胸，要報此仇，片時忍耐不住，夾批：「妙妙。○天王之仇一向不提，奪馬之仇片時不忍，挑剔妙絕。」宋江派戴宗、時遷偵察，夾批說：「寫戴宗、時遷，參差疏密可喜。○天王死後，久矣杳不聞有曾頭市也，忽然再被奪馬，便爾戴宗、時遷奔走旁午，筆筆皆極著宋江之惡也。」曾頭市送來降書，宋江的議論和回書，夾批接連指出他一心只為寶馬，無心為晁蓋報仇。

又呼應總批，揭示宋江不讓諸多名將立功：「（宋江）密與吳用商量，書法妙絕。蓋來則定當成功，歸則難與爭座者，如徐寧、呼延灼、關勝、索超、單廷珪、魏定國諸人是也。乃今敵勢浩大，必須添人協助，而此五六人者又未深知其心，於是進退兩難，回惑無措，而捨索超、呼延，取關、徐、單、魏，蓋寫宋江心事歷歷如鑒也。」更大力揭示宋江不讓盧俊義立功，盧俊義要求出征，宋江便問吳用道：「員外如肯下山，可屈為前部否？」（夾批：調撥則調撥耳，前部則前部耳，目顧吳用而口諮嗟之，其不欲員外之蝥弧先登，蓋灼如也。）吳用道：「員外初到山寨，未經戰陣，山嶺崎嶇，乘馬不便，不可為前部先鋒；別引一支軍馬，前去平川埋伏，只聽中軍炮響，便來接應。」（夾批：獨調員外於無可用武之地，可謂極盡心機，又豈料冷處埋伏之適遇史文恭哉？奇情曲筆，寫得妙絕。）宋江大喜，叫盧員外帶同燕青，引領五百步軍，平川小路聽號。（夾批：「宋江大喜」四字，書法。〇於大軍未調之先，先撥置盧員外者，蓋舊日眾人，久已肯服，所慮獨盧員外一人故也。〇僅領步軍五百，筆中有眼。）曾頭市正中總寨，都頭領宋公明，軍師吳用、公孫勝，（夾批：前書調開盧員外，又調開眾將，此又大書宋公明自打總寨者，見其志在親捉史文恭，以必得第一座也，妙筆。）隨行副將呂方、郭盛、解珍、解寶、戴宗、時遷，領軍五千攻打。（夾批：五千。〇看他領軍獨多，而盧俊義則極少，皆是筆中有眼。）合後步軍頭領黑旋風李逵、混世魔王樊瑞，副將項充、李袞，引馬步軍兵五千。（夾批：分明宋江獨領一萬。）其餘頭領各守山寨。（夾批：處處有此一保存，獨此句中屈殺許多大將，妙筆可想。）

此回夾批再暢敘吳用用兵之神：「寫寨前一炮，卻是東西兵起；寨前又一炮，卻是背後兵起，吳用之稱智多星，洵非誇也。」「一隊口中猜出，一隊旗上看出，只二隊便有如許變換。〇如此匆忙敘事中，又須文字變換，真乃心閒手敏也。「寫分兵明畫之極。」「寨前炮響，寨前又炮響，絕妙兵法，卻成絕妙章法。」「妙妙，令寨前陷坑無用也。〇妙妙，正令寨前陷坑有用也。」「彼掘陷坑而我用之，妙不可言。」「又令之不得衝突，所謂計必萬全都也。〇如此一段便是絕妙陣法，豈得以其稗官也而忽之？」吳用用「番犬伏窩之計」，奇襲敵寨。（夾批：劫寨之奇，此為第一。〇名色亦奇絕。）總攻時，只見曾頭市裏鑼鳴炮響，卻是時遷爬去法華寺鐘樓上撞起鐘來；（夾批：偏不寫放起火來，篩起鑼來；偏就「法華寺」三字，見景生情，「撞起鐘來」，妙妙。）曾頭市敗軍後頭撞來的人馬都攧入陷坑中去，重重疊疊，陷死不知其數。夾批說：「寫吳用不惟不遭陷坑之換，乃能反得陷坑之用，真不愧智多星矣。」

夾批揭示宋江在假意退讓首位時的種種醜惡表現和荒誕理由（「身材黑矮，員外堂堂一表」、「出身小吏，犯罪在逃，員外生於富貴之家，長有豪傑之譽」、「文不能安邦，武不能附眾，手無縛之力，身無寸箭之功；員外力敵萬人，通今博古，一發眾人無能得及。」），夾批更揭示吳用與宋江配合默契，暗中「做小動作」幫助宋江奪權。一是先定調子。關鍵時，吳用便道：「兄長為尊，盧員外為次。其餘眾弟兄，各依舊位。」（夾批：『吳用便道』四字，書法。）吳用又道：（夾批：「吳用又道」，書法。）「兄長為尊，盧員外為次，皆人所伏。兄長若如是再三推讓，恐冷了眾人之心。」原來吳用已把眼視眾人，故出此語。（夾批：寫兩人同惡共濟如鏡。）宋江道：「你眾人不必多說，我別有個道理。看天意是如何，方才可定。」夾批說：「天王之遺令置之不論，而別生出許多商議，許多道理，寫得可醜可恨之極。」

此回三次運用神秘現實主義和神秘浪漫主義的表現手法，推動情節的發展，增強閱讀趣味。

吳用用火攻對付史文恭，公孫勝做法，吹出狂風，以助火勢，梁山軍大獲全勝：

史文恭卻待出來，吳用鞭梢一指，軍寨中鑼響，一齊推出百餘輛車子來，盡數把火點著，上面蘆葦、乾柴、硫磺、焰硝，一齊著起，煙火迷天。比及史文恭軍馬出來，盡被火車橫攔當住，只得迴避。急待退軍。公孫勝早在陣中，揮劍做法，刮起大風，卷那火焰燒入南門，早把敵樓排柵盡行燒毀。

梁山軍受挫折時，宋江一面與吳用商議，一面占卜預測用兵的凶吉：

宋江又自己焚香祈禱，暗卜一課。吳用看了卦象，便道：「恭喜大事無損，今夜倒主有賊兵入寨。」夾批說：「取四人（下山支持）後，又書宋江卜課，寫心上有事人皇惑不定如鑒。○只用「恭喜大事無損」六字答宋江卜課，下卻順便接入下文，妙妙。」

史文恭靠千里馬突圍而出，卻被晁蓋的鬼魂「鬼打牆」擋住，最後被捉：

史文恭得這千里馬行得快，殺出西門，落荒而走。此時黑霧遮天，不分南北。（為晁蓋陰魂作引。）約行了二十餘里，不知何處，（特書四字，以見此處非史文恭必走之路，而前文之冷調員外，為可醜可恨也。）只聽得樹林背後，一聲鑼響，撞出四五百軍來。當先一將，手提杆棒，望馬腳便打。（宋江冷調員外，而史文恭又偏遇著，妙筆妙筆。○寫史文恭遇盧俊義，先暗寫一番，次明寫一番，皆極其搖曳也。）那匹馬是千里龍駒，見棒來時，從頭上跳過去了。（出色寫馬，妙妙。○冷調員外者，斷不欲其得遇史文恭也；冷調之，而又偏遇之，可謂奇絕；乃冷調之而又偏遇之，而又偏失之，而又重獲之，一發奇絕也。）史文恭正走之間。只見陰雲冉冉，冷氣颼颼，黑霧漫漫，狂風颯颯，虛空之中，四邊都是晁蓋陰魂纏住。（見晁蓋之實式憑於盧俊義也。）史文恭再回舊路，（殺出西門作一縱，頭上跳過，再作一縱，然後以一句擒之，筆力奇矯之甚。）終於被擒。

史文恭迷路被捉一段，撲朔迷離，有自然真切，可見作者對各種生活實情瞭解極深，寫作時拈手用來，運用自如，左右逢源，出奇制勝。我們再看年已九九的著名作家、學者、錢鍾書的夫人在2007年九十六歲高齡時出版、2008年獲第四屆「國家圖書館文津圖書獎」（據《中華讀書報》2008年12月31日報導）的《走到人生邊上》，記載了「篤實誠樸的農民所講述的親身經歷」：

「我有夜眼，不愛使電棒，從年輕到現在六七十歲，慣走黑路。我個子小，力氣可大，啥也不怕。有一次，我碰上『鬼打牆』了。忽然地，眼前一片漆黑，什麼都看不見，只看到旁邊許多小道。你要走進這些小道，會走到河裏去。這個我知道。我就發話了：『不讓走了嗎？好，我就坐下。』我摸著一塊石頭就坐下了。我掏出煙袋，想抽兩口煙。可是火柴劃不亮，劃了十好幾根都不亮。碰上『鬼打牆』，電棒也不亮的。我說：『好，不讓走就不走，咱倆誰也不犯誰。』我就坐在那裏。約莫坐了半個多時辰，那道黑牆忽然沒有了。前面的路，看得清清楚楚。我就回家了。碰到『鬼打牆』就是不要亂跑。他看見你不理，沒辦法，只好退了。」（《走到人生邊上》前言第8頁，北京：商務印書館2007年8月第一版，2007年12月第7次印刷本）

又回憶自己親身遇到「鬼打牆」的經歷：

我早年怕鬼，全家數我最怕鬼，卻又愛面子不肯流露。爸爸看透我，笑稱我「活鬼」——即膽小鬼。小妹妹楊必護我，說絳姐只是最敏感。解放後，錢鍾書和我帶了女兒又回清華，住新林院，與堂姊保康同宅。院系調整後，一再遷居，遷入城裏。不久我生病，三姐和小妹楊必特從上海來看我。楊必曾於解放前在清華任助教，住保康姊家。我解放後又回清華時，楊必特地通知保康姐，請她把清華幾處眾人說鬼的地方瞞著我，免我害怕。我既已遷居城裏，楊必就一一告訴我了。我知道了非常驚奇。因為凡是我感到害怕的地方，就是傳說有鬼的地方。例如從新林院寓所到溫德先生家，要經過橫搭在小溝上的一條石板。那裏是日寇屠殺大批戰士或老百姓的地方。一次晚飯後我有事要到溫德先生家去。鍾書已調進城裏，參加翻譯《毛選》工作，我又責令錢瑗早睡。我獨自一人，怎麼也不敢過那條石板。三次鼓足勇氣想衝過去，卻像遇到「鬼打牆」似的；感到前面大片黑氣，阻我前行，只好退回家。平時我天黑後走過網球場旁的一條小路，總覺寒凜凜地害怕，據說道旁老樹上曾吊死過人。（同上「一、神和鬼的問題」，第21～22頁）

以上，《水滸傳》和《走到人生邊上》的「鬼打牆」的故事，關於「鬼打牆」的描繪和敘述，大致相同，《水滸傳》作者之見聞廣博，思路開闊，由此可見。

第六十八回　東平府誤陷九紋龍　宋公明義釋雙槍將

總批

第一段，打東平、東昌二篇，為一書最後之筆，其文愈深，其事愈隱。宋江丟棄晁蓋遺令，而別鬮東平、東昌二府借糧，那麼盧俊義更爭不過宋江了。為什麼？觀其分調眾人之時，令吳用、公孫勝二人都歸作盧俊義的部下。吳與公孫雖在盧的部下，實際上不是盧的部下；吳與公孫雖不在宋的部下，實際上就是宋的部下。吳與公孫作為盧之部下，是外像，其內裏的實質是根本不為盧出謀劃策。但吳與公孫雖不在宋的部下，然而可以書信、人員往來，為宋江出謀劃策，不餘遺力，等於在宋江帳中沒有兩樣。此回寫岸上糧車，水中米船，難道不是出於吳用的計謀嗎？陰雲布滿，墨靄遮天，不是出於公孫勝的法力嗎？也幸而沒羽箭難勝。如果不幸而使沒羽箭者方且一鼓就擒，那麼吳用、公孫勝二人能不從中掣肘，敗壞公事，要漸等宋江到來才成功！所以此回二戰，宋一定能勝，盧必不能勝；盧俊義是絕對爭不過宋江的。所以我說，打東平、東昌二篇，其文愈深，其事愈隱，讀者不可不察也。

第二段，此書喜歡重複寫相似的情節，如二解越獄，史進又要越獄。此回忽然以「月盡」二字，翻空造奇，然後可知最狹窄的題目，其中都有無數異樣文字，只有大才才能戲洗發出來。

第三段，如火如荼的戰爭之中，偏能夾出董將軍求親一事，作者善於變幻色彩。

回後

第一段，宋江要把主位讓與盧員外，眾人不伏。宋江提出目今山寨錢糧缺少，東平府和東昌府卻有錢糧。我和盧員外各拈一處。如先打破城子的，便做梁山泊主。宋江拈著東平府，盧俊義拈著東昌府。當日設筵飲酒中間，宋江傳令，調撥人馬。宋江和盧俊義各帶領一眾頭領，卻將吳用、公孫勝都歸於盧俊義。

第二段，宋江領兵前到東平府，離城只有四十里路，地名安山鎮，紮住軍馬。宋江寫了戰書與郁保四、王定六兩個去下。

第三段，東平府程太守聞知宋江起軍馬到了安山鎮駐紮，便請本州兵馬都監雙槍將董平商議軍情重事。郁保四、王定六為宋江下戰書，董平喝把郁保四、王定六一索捆翻，打得皮開肉綻，推出城去。兩個回到大寨，哭告宋江說：「董平那廝無禮，好生眇視大寨！」宋江怒氣填胸，便要平吞州郡。史進舊在東平府時，與娼妓李睡蘭往來情熟，願潛地入城，借他家裏安歇。約時定日，便爬去更鼓樓上放起火來。裏應外合。

第四段，史進轉入城中，逕到西瓦子李睡蘭家送一包金銀，她與鴇母等商議，他們立即報告官府。瞬息之後，數十個做公的搶到樓上，將史進捉去，嚴刑拷打，史進沒有口供，關入死牢。

第五段，宋江自從史進去了，備細寫書與吳用知道。吳用連夜來見宋江，另派顧大嫂進城，要史進到時設法逃出，依舊放火為號。宋江攻打汶上縣。

第六段，顧大嫂，捵入城來，繞街求乞。到州衙前，打聽得史進果然在牢中。次日，提著飯罐，入牢中來，一頭假啼哭，一頭餵飯。顧大嫂被節級大罵趕出，只說得：「月盡夜叫你自掙扎。」顧大嫂被小節級打出牢門。史進只聽得「月盡夜」三個字。

第七段，三月卻是大盡，那個小節級卻錯記廿九是月盡，夜晚買帖孤魂紙來燒。史進打死眾多節級，拔開牢門，只等外面救應。又把牢中應有罪人盡數放了，總有五六十人，就在牢內發起喊來。董平領軍出城，去捉宋江；程太守緊守城池，差數十公人圍定牢門。

第八段，董平四更上馬，殺奔宋江寨來。宋江聞訊準備迎敵。當時天色方明，卻好接著董平軍馬，宋江遣韓滔出馬迎敵，再叫徐寧接著廝殺。宋江軍馬重兵包圍，董平殺出去了。宋江連夜起兵，團團調兵圍住東平。顧大嫂在城中未敢放火，史進又不敢出來。兩下拒住。

第九段，程太守的女兒貌美，董平無妻，累累使人去求為親，程萬里不允。因此，日常間有些言和意不和。董平當晚領軍入城，乘勢來問這頭親事。程太守又推脫待得退了賊兵，保護城池無事，那時議親，亦未為晚。

第十段，宋江連夜攻打得緊，太守催請出戰。董平大怒，出城交戰。宋江軍馬佯敗，四散而奔。董平要逞驍勇，拍馬趕來。宋江等卻好退到壽春縣界。宋江前面走，董平後面追。絆馬索齊起，董平落馬被捉。

第十一段，宋江招降董平，董平回去，賺開城門，宋江軍馬殺入城中，董平逕奔私衙，殺了程太守一家人口，奪了這女兒。宋江先叫開了大牢，救出史進。便開府庫，盡數取了金銀財帛；大開倉廒，裝載糧米上車；史進自引人去西瓦子裏李睡蘭家，把虔婆老幼，一門大小，碎屍萬段。宋江將太守家私俵散居民。收拾回軍。大小將校再到安山鎮，只見白勝飛奔前來，報說東昌府交戰之事。宋江聽罷，立即回兵。

此回夾批呼應總批，指出：「將吳用、公孫勝二人悉讓盧俊義，以愚衆人，奇妙之極，夫又安知其不用吳用之掣其肘乎？」宋江寫信告訴吳用軍情，（夾批：如此，即何異吳用在帳中？）吳用看了宋公明來書，連夜來見宋江，（夾批：大書吳用之急宋江如此，以表其同惡共濟，妙妙。）吳用設計已罷，上馬便回東昌府去了。夾批：「寫吳用不在宋江部下，而為宋江定計，反顯其在盧俊義部下而不為俊義定計也。深文妙筆，讀之可思。」活捉董平後，宋江迎見這兩個女頭領解著董平。宋江隨即喝退兩個女將：「我教你去相請董平將軍，誰教你們綁縛他來！」（夾批：吳用計可知。）二女將諾諾而退。（夾批：吳用計可知。）宋江慌忙下馬，自來解其繩索，便脫護甲錦袍，與董平穿著，納頭便拜。（夾批：以上皆吳用所定計可知。〇寫宋江擒董平，悉出吳用定計者，反顯其不為盧員外定一計也。）宋江和吳用的肚裏心思，聖歎的批語洞若觀火，處處點穿，讀者受到很大的啟示。

史進相信愛情的力量，但沒有摸透一般商女的本質，更沒有看清鴇母的本質。那大伯說道：「梁山泊宋江這夥好漢，不是好惹的；但打城池，無有不破。若還出了言語，他們有日打破城子入來，和我們不幹罷！」他也不是要幫史進，而是知道梁山的厲害，而鴇母的眼睛更為短視，完全只看眼前，故而虔婆便罵道：「老蠢物！你省得甚麼人事！自古道：『蜂刺入懷，解衣去趕。』天下通例，自首者即免本罪！你快去東平府裏首告，拿了他去，省得日後負累不好！」大伯道：「他把許多金銀與我家，不與他擔些干係，買我們做甚麼？」虔婆罵道：「老畜生！你這般說，卻似放屁！我這行院人家坑陷了千千萬萬的人，豈爭他一個！（夾批：院中大本領語，讀之可畏。）你若不去首告，我親自去衙前叫屈，和你也說在裏面！」她連自己老公也翻臉不認人。大伯道：「你不要性發，且叫女兒款住他，休得『打草驚蛇』，吃他走了。待我去報與做公的先來拿了，卻去首官。」老頭辦事經驗豐富，而年輕妓女還不夠老練，史進看出這李睡蘭上樓來，覺得面色紅白不定。（夾批：如畫。）史進便問道：「你家莫不有甚事，這般失驚打怪？」李睡蘭道：「卻才上胡梯，踏了個空，爭些兒跌了一交，因此心慌撩亂。」（夾批：如畫。）那花娘心思活絡，掩飾得自然。爭不過一盞茶時，只聽得胡梯邊腳步響，有人（金批指出，此即「大伯」）奔上來；窗外吶聲喊，數十個做公的搶到樓上，（夾批：先是大伯上來，次是做公的上來，寫得有光景，有次序。）把史進似抱頭獅子綁將下樓來，夾批：「畫出史進。〇從極狼狽時，畫出極雄健來，奇甚。」小說寫得真好，連史進被抓下樓來，都寫得神采奕奕，既極狼狽，又極雄健。聖歎批得也真好，每一句貌似不起眼的句子，都能看出奧妙和好處。

金批對情節的評論，也使讀者大受啟發，史進搞錯日子，夾批說：「小盡卻舉發，大盡卻不動，奇情拗筆，匪夷所及。」而與史進一樣看重愛情、美女的董平，則是另一種表現：董平當晚領軍入城，乘勢來問這頭親事。（夾批：妙妙，真「英雄」，真「風流」，溫太真不足齒也。）程太守繼續敷衍，董平雖是口裏應道：「說得是」，只是心中躊躇，不十分歡喜，恐怕他日後不肯。（夾批：軍馬倥傯，羽書旁午之中，偏有筆力夾寫許多蜂媒蝶使，妙妙。）

董平大怒，（夾批：「大怒」接上文何句？妙不可言。〇只「大怒」二字，便活寫出董平，「英雄風流」，四字都有。）妙的是，既然董平鍾情於美女，吳用設計以美女一丈青為首的女子小組，去抓捕董平，「兩個女頭領將董平捉住」，夾批說：「擒董平偏用兩女將，為『風流』二字渲染也。」董平對宋江說：「程萬里那廝原是童貫門下門館先生；得此美任，安得不害百姓？」夾批點破說：「此語為是公論？為是私怨？兩邊閃耀，便成佳致。」攻入東平後，董平逕奔私衙，殺了程太守一家人口，奪了這女兒。宋江先叫開了大牢，救出史進。夾批說：「寫兩人各急其急，妙甚。」金批也是妙甚。

宋江抓獲董平勸降時，又出醜語：「倘蒙將軍不棄微賤，就為山寨之主。」夾批說：「欺董平乎？欺盧俊義乎？」董平答道：「小將被擒之人，萬死猶輕。若得容恕安身，已為萬幸！若言山寨為主，小將受驚不小。」東平回答「受驚不小」，的確如此，夾批則說：「特將『山寨之主』四字，作莊語相對，以形擊宋江也。」非常深刻。宋江講的是騙人的戲言，董平回答的是莊重的禮語，更顯宋江此語的醜惡。

但小說寫到宋江表現優秀的地方，金批也不吝贊詞。宋江等長驅人馬殺入城來。急傳將令：不許殺害百姓、放火燒人房屋。先使人將府庫裏取來的金銀財帛和糧米護送上梁山泊，交割與三阮頭領接遞上山。仍給沿街告示，曉諭百姓：害民州官已自殺戳；汝等良民各安生理。夾批連續讚譽：「快事。」又說：「完正題。」「又與董平反襯成色。」當宋江聽罷東昌軍情不利，神眉剔豎，怪眼圓睜，大叫：「眾多兄弟不要回山，且跟我來！」夾批說：「過接有氣勢。」不僅是指小說的轉折寫得好，也兼指宋江坐擁鐵騎，揮兵東昌的氣勢。

從現代的意識看，此回的一個批語也曝露了聖歎的時代局限。史進與李睡蘭久別重逢，他親熱萬分，情意綿綿地告訴她：「我實不瞞你說：我如今在梁山泊做了頭領，不曾有功。如今哥哥要來打城借糧，我把你家備細說了。我如今特地來做細作，有一包金銀相送與你，切不可走漏了消息。明日事完，一發帶你一家上山快活。」夾批斥為：「史進醜話。」史大郎出身富家，所以當年有錢有閒，可以嫖妓。他竟不嫌妓女身髒，以情感情誼為重，要帶她去山上做押寨夫人、長久夫妻；而且愛屋及烏，要帶她一家上山快活，真正是以愛情為重，聖歎卻輕蔑地斥為「醜話」，其見識比與宋江時代相同的賣油郎還低。

第六十九回　沒羽箭飛石打英雄　宋公明棄糧擒壯士

總批

第一段，主要觀點，前一回總批中已經詳敘，這裡不再重複。

第二段，從古沒有聽說過用石子臨敵的。但作者翻空出奇，真覺石子厲害之極，水泊之人，鳥駭獸竄。這是因為一部大書張皇一百餘人，忒以過分了，所以臨結束時，恣意擊打，少殺其勢。讀一部七十回，每篇每段，都精心構思，章法真正是絕對的奇妙啊。

第三段，描寫一百八人，而最終以皇甫相馬結束，真是奇妙啊！這是創作《水滸》的目的嗎？人材難得也難識，只有賢能的宰相能夠破格賞識，在百年中就會有異常之報效，然而世無伯樂，賢愚同死，其中尤為厲害的，就鋌而走險，於是勢潰事裂，國家大受其禍，然後哀歎沒有識別真正的人材，到那時不就太晚了嗎！

回後

第一段，話說宋江打了東平府，收軍回到安山鎮，正待要回山寨，只見白勝前來報說，盧俊義去打東昌府連輸了兩陣，都因猛將沒羽箭張清，善會飛石打人，百發百中，另有副將花項虎龔旺、中箭虎丁得孫。軍師特令小弟來請哥哥早去救應。

第二段，正商議間，張清搦戰。宋江帶領大小頭領一上陣，張清手指宋江大罵，徐寧飛馬直取張清，張清只一石子，打中眉心，翻身落馬。燕順接住張清，張清手取石子，看燕順後心一擲，燕順敗歸。韓滔上前，大戰張清，被韓滔鼻凹裏打中石子，逃回本陣。彭玘見了大怒，飛馬直取張清。兩個未曾交馬，又被打中面頰，奔馬回陣。宋江見輸了數將，心內驚惶，便要將軍馬收轉。盧俊義背後宣贊，拍馬舞刀，直奔張清。張清一石子正中宣贊嘴邊，翻身落馬。

第三段，宋江見了，怒氣衝天，呼延灼直臨陣前，大罵張清，一石子飛來，卻中在手腕上，便使不動鋼鞭，回歸本陣。宋江道：「馬軍頭領，都被損傷。步軍頭領，誰敢捉得這廝？」劉唐大怒，逕奔張清。一樸刀砍去，卻砍著張清戰馬，又被張清只一石子打倒在地，被活捉過去。楊志便拍馬舞刀直取張清。張清又一石子，錚的打在盔上，楊志膽喪心寒，伏鞍歸陣。朱仝居左，雷橫居右，兩人同上，兩條樸刀，殺出陣前。兩人都中了石子，關勝在陣上看見中傷，大挺神威，輪導來救，張清又一石子打來。關勝急把刀一隔，正中著刀口，迸出火光。關勝無心戀戰，勒馬便回。

第四段，董平飛馬出陣。兩人交戰，董平眼明手快，撥過了第一個石子，又閃過第二個石子，張清卻早心慌，兩個並馬，攪做一塊。雙方將領急著上前相救，索超、龔旺、丁得孫三匹馬攪做一團。林冲、花榮、呂方、郭盛四將一齊盡出，來救董平、索超。張清見不是勢頭，棄了董平，跑馬入陣。董平不捨，直撞入去，張清打的石子，抹耳根上擦過去了，董平便回。索超也趕上去，張清輕取石子，望索超打來。索超急躲不迭，打在臉上，鮮血迸流，提斧回陣。

第五段，林冲、花榮把龔旺截住在一邊，將他活捉歸陣。燕青在陣門裏看見，一箭正中丁得孫馬蹄，那馬便倒，他也被呂方、郭盛捉過陣來。

第六段，宋江收軍回來，把龔旺、丁得孫先送上梁山泊。宋江再與盧俊義、吳用商議，吳用說已有計策安排定了。即教魯智深、武松、孫立、黃信、李立，盡數引領水軍，安排車仗船隻，水陸並進，船隻相迎，賺出張清，便成大事。

第七段，張清在城內與太守商議，可使人去探聽虛實，卻作道理。探事人來回報：「寨後西北上，不知那裏將許多糧米，有百十輛車子；河內又有糧車船，大小有五百餘隻；水陸並進，船馬同來。沿路有幾個頭領監督。」太守懷疑莫非有計？恐遭他毒手。張清道：「今晚出城，先截岸上車子，後去取他水中船隻。」引一千軍兵，悄悄地出城。

第八段，是夜張清攔住運糧隊，一石子正飛在魯智深頭上，打得鮮血迸流，望後便倒。武松死去救回魯智深，撇了糧車便走。張清奪得糧車，見果是糧米，心中歡喜，押送糧草。推入城來。張清要再搶河中米船。張清轉過南門。此時望見河港內糧船不計其數。搶到河邊，都是陰雲布滿，黑霧遮天；你我對面不見。此是公孫勝行持道法。張清心慌眼暗，進退無路。林冲引鐵騎軍兵，將張清連人和馬都趕下水去了。河內八個水軍頭領，將張清捉去。

第九段，吳用便催大小頭領連夜打城，嚇得太守無路可逃。宋江軍馬殺入城中，先救了劉唐；次後便開倉庫，就將錢糧一分發送梁山泊，一分給散居民。太守平日清廉，饒了不殺。

第十段，宋江等都在州衙裏聚集眾人會面。把張清解來。眾多弟兄被他打傷，咬牙切齒，盡要來殺張清。宋江親自直下堂階迎接，張清見宋江如此義氣，叩頭下拜受降。

第十一段，宋江與眾將收拾軍馬，都要回山。張清在宋公明面前舉薦東昌府一個獸醫紫髯伯皇甫端。此人善能相馬，真有伯樂之才。皇甫端見了宋江如此義氣，心中甚喜，願從大義。宋江大喜。

第十二段，諸多頭領，收拾車仗糧食金銀，一齊進發；把這兩府錢糧運回山寨。前後諸軍都起。於路無話。早回到梁山泊忠義堂上。宋江叫放出龔旺、丁得孫來亦用好言撫慰。二人叩頭拜降。宋江歡喜，忙叫排宴慶賀。都在忠義堂上各依次序而坐。宋江看了眾多頭領，卻好一百單八員。宋江對著眾頭領開口，說這個主意下來。

此回的夾批呼應總批的觀點，批評吳用、公孫勝「不聞為（盧俊義）設一計，而竟請救應，二人詭謀如鏡照面。」宋江見說，歎道：「盧俊義直如此無緣！特地教吳學究、公孫勝都去幫他，只想要他見陣成功，坐這第一把交椅，誰想又逢敵手！」（夾批：看他無數權詐，無數醜態，遂令人不願卒讀。）後來宋江見張清厲害，連傷梁山十五將領，心中煩惱，吳用道：「兄長放心。小生見了此將出沒，久已安排定了」。夾批：「何不早行？我欲問之。○『久已』，字法。」後來張清搶到河邊，都是陰雲佈滿，黑霧遮天；馬步軍兵回頭看時，你我對面不見。此是公孫勝行持道法。夾批指出：「何不早行？我欲問之。」公孫勝的法術果然神靈，張清看見，心慌眼暗，卻待要回，進退無路。四下裏喊聲亂起，正不知軍兵從那裏來。林冲引鐵騎軍兵，將張清連人和馬都趕下水去了。聖歎問得好，吳用、公孫勝在盧俊義用兵時，為何一點也不出力，到宋江指揮時卻都盡力而為？

夾批連著評論小說描寫石子打人的精彩和多變：「寫石子又一法。○一路都寫石子，此忽插入馬尾，奇筆。」「寫石子又一法。○上兩石子，打不著楊志，此兩石子，連打朱仝、雷橫。」董平和張清的惡戰，激烈而精彩，夾批連說：「好。」「好好。」董平的馬和張清的馬，兩廝並著，夾批說：「好好。○『馬尾相銜』妙，『兩馬廝並』妙，兩人大戰，精彩卻從兩匹馬上活寫出來。」「寫石子又一法。○索超只就董平一段，順手帶下。」後來張清一石子正飛在魯智深頭上，打得鮮血迸流，望後便倒。夾批說：「又一石子，妙妙，譬如大雨既歇，猶聞餘滴也。」批語讚揚描寫石子打人的變化無窮，故而精彩。而大戰之間，還夾著雙方的罵語，其中呼延灼罵張清：「小兒得寵，一力一勇！」夾批立即表揚：「妙語如古謠諺。」

還有一句妙語，被金聖歎覷見：張清前去搶糧，望見一簇車子，旗上明寫：「水滸寨忠義糧」。夾批說：「堂名『忠義』，乃至糧亦名『忠義』，世人可笑，每每有此。」這使人想起文革中的「忠」字糧，等等形式主義的口號，看來最早也是從《水滸傳》中學來的。

攻下東昌後，太守平日清廉，饒了不殺。夾批說：「東平、東昌兩太守，兩樣結果，好。」極力肯定此書反對貪官的原則立場。

最後，宋江看了眾多頭領，卻好一百單八員。（夾批：大結束語，如椽之筆。）宋江開言說道：「我等弟兄自從上山相聚，但到處，並無失，皆是上天護佑，非人之能。今來扶我為尊，皆託眾弟兄英勇。」夾批說：「至此竟一句攬歸自己，更不再用推讓，宋江權術過人如此。」這無疑是對權術過人的宋江的誅心之論，宋江至此基礎雄厚，不必再自謙自抑，大權在握，躊躇滿志，故而大言炎炎，顧盼自雄了。宋江多年的處心積慮，慘淡經營，方能後發制人，卵翼豐滿，權勢蓋天，王倫、晁蓋等人如何相及！晁蓋當年在雷橫手中救劉唐時，多少狡猾，而當上了首領，卻碌碌無能，連和他一起上山的吳用也只能拋棄他，改與宋江心投意合。宋江被閻婆抓到衙門去的時候，被黃文炳識破反詩、只能拙劣地裝瘋的時候，智短力竭，何其狼狽，但他在籠絡、欺騙、威壓、領導窮雄時，則得心應手，左右逢源。一個小事精明，大事糊塗；一個小事笨拙，大事精明，誰適宜當造反的強盜魁首，亂世為王，其答案不問自明。

第七十回　忠義堂石碣受天文　梁山泊英雄驚惡夢

總批

第一段，全書七十回是大鋪排，此回是大結束，非常完滿。此後四十九回是狗尾續貂。

第二段，石碣天文，無所謂真假，是一部書的結束手段而已。此書始之以石碣，終之以石碣者，是此書大開合；為事則有七十回，為人則有一百單八者，是此書大眼節。其事其人之有無，則是小說家虛構的故事而已。

第三段，全書的結束，忽然幻出盧俊義一夢，是為了用「天下太平」四字結束。如果盛誇招安，還要冠以「忠義」二字，就是鼓吹犯上作亂了！

第四段，天罡、地煞等名，都與本人不合，這個問題可惜無法請教作者了。

回後

第一段，宋公明一打東平，兩打東昌，回歸山寨，計點大小頭領，共有一百單八員，心中大喜。宋江要建一羅天大醮，吳用便道：「先請公孫勝一清，主行醮事。再四遠邀請得道高士」，請到道眾，連公孫勝，共是四十九員。

第二段，是日晴明得好，天和氣朗，月白風清。宋江、盧俊義為首，吳用與眾頭領為次拈香。公孫勝作高功，主行齋事，關發一應文書符命；與那四十八員道眾，每日三朝。至第七日滿散。第七日，三更時分，天上一聲響，如裂帛相似，地下掘出石碣，正面兩側，各有天書文字。

第三段，眾道士內，有一個何玄通，認識蝌蚪文字，譯將出來，說都是義士大名，鐫在上面的是「替天行道」和「忠義雙全」。前面有天書三十六行，皆是天罡星；背後也有天書七十二行，皆是地煞星。下面注著眾義士的姓名。

第四段，為石碣前面，書梁山泊天罡星三十六員的綽號和姓名。

第五段，為石碣背面，書地煞星七十二員的綽號和姓名。（夾批：文字既畢，例有結束，此回固一部七十篇之結束也。一部七十篇，則非一番結束之所得了。故特重重疊疊而結束之，今第一重結束。）

第六段，當時何道士辨驗天書，教蕭讓寫錄出來。讀罷，眾人看了，俱驚訝不已。

第七段，宋江與軍師吳學究、朱武等計議：堂上要立一面牌額，大書「忠義堂」三字。斷金亭也換過大牌匾。前面冊立三關。忠義堂後建築雁臺一座。頂上正面大廳一所，東西各設兩房：安排眾頭領的各自執事。（夾批：第二重結束。）

第八段，從新置立旌旗等項。山頂上，立一面杏黃旗，上書「替天行道」四字。忠義堂前，繡字紅旗二面，一書「山東呼保義」，一書「河北玉麒麟」。另有一百二十四面鎮天旗。當日宋江大設筵宴，親捧兵符印信，頒布號令：諸多大小兄弟，各各管領，悉宜遵守，毋得違誤，有傷義氣。如有故違不遵者，定依軍法治之，決不輕恕。分調人員告示，列出全部名單和職位。時間為宣和二年四月吉旦。（夾批：第三重結束。）

第九段，當日梁山泊宋公明傳令已了，分調眾頭領已定，各各領了兵符印信。筵宴已畢，人皆大醉。明日宋江鳴鼓集眾，都到堂上，焚一爐香，要眾人對天盟誓，各無異心，生死相託，患難相扶，一同扶助宋江，仰答上天之意。

第十段，盟誓人名單和盟誓全文。當日眾人歃血飲酒，大醉而散。（夾批：第四重結束。）（夾批：一百八人姓名，凡寫四番，而後以一句總收之，筆力奇絕。）

第十一段，是夜盧俊義歸臥帳中，便得一夢。（夾批：晁蓋七人以夢始，宋江、盧俊義一百八人以夢終，皆極大章法。）夢見一人，其身甚長，手挽寶弓，自稱「我是嵇康，（夾批：影張叔夜字，妙。）要與大宋皇帝收捕賊人，故單身到此。汝等及早各各自縛，免得費我手腳！」盧俊義夢中被砍斷右臂，捆縛做一塊，宋江等一百七人一齊哭著，膝行進來。那人令行刑劊子二百一十六人，兩個服侍一個，將宋江、盧俊義等一百單八個好漢在於堂下草裏一齊處斬。（夾批：真正吉祥文字。）盧俊義夢中嚇得魂不附體；微微閃開眼看堂上時，卻有一個牌額，大書「天下太平」四個青字。（夾批：真正吉祥文字，古本水滸如此。俗本妄肆改竄，真所謂愚而好自用也。）

第十二段，盧俊義夢中看到「太平天子當中坐」等詩三首，最後一首末句，是「語不驚人也便休」。這也是《水滸傳》作者對《水滸傳》的評價。（夾批：好詩。○以詩起，以詩結，極大章法。」）

這個結尾，學者們有兩種解釋。一是，金聖歎反動，他要將梁山英雄斬盡殺絕，在現實中做不到，就用厄夢來表達自己的這個理想。二是，金聖歎用這個惡夢警告起義者：投降和受招安都沒有好下場，只有造反革命到底，才是正路。文藝作品不像數理化題目，往往沒有明確的答案，多種解釋往往各有其理，不同的看法，只能永遠爭論下去。

伍、許自昌《水滸記》研究

《水滸記》的本事演變及版本簡說

「水滸」題材的作品之本事，正史中《宋史》和其他一些野史作品有少量的涉及，而與傳奇《水滸記》的內容則關係不大。《水滸記》的本事來源，最早出自《大宋宣和遺事》(又名《宣和遺事》)「宋江因殺閻婆惜往尋晁蓋」一節和「宋江得天書三十六將名」、「宋江三十六將共反」兩節中的部分內容。

《宋江因殺閻婆惜往尋晁蓋》的全文為：

是年，正是宣和二年五月，有北京留守梁師寶將十萬貫金珠珍寶、奇巧疋段，差縣尉馬安國一行人，擔奔至京師，趕六月初一日為蔡太師上壽。其馬縣尉一行人，行到五花營堤上田地裏，見路傍垂楊掩映，修竹蕭森，未免在彼歇涼片時。撞著有八個大漢，擔得一對酒桶，也來堤上歇涼靠歇了。馬縣尉問那漢：「你酒是賣的？」那漢道：「我酒味清香滑辣，最能解暑薦涼。官人試置些飲？」馬縣尉方為饑渴瘦困，買了兩瓶，令一行人都吃些個。未吃酒時，萬事全休；才吃酒後，便覺眼花頭暈，看見天在下，地在上，都麻倒了，不省人事。籠內金珠、寶貝、疋段等物，盡被那八個大漢劫去了，只把一對酒桶撇下了。

直至中夜，馬縣尉等醒來，不見了擔仗，只見酒桶撇在那一壁廂。未免令隨行人挑著酒桶，奔過南洛縣．見了知縣尹大諒，告說上件事因。尹知縣令司吏辨認酒桶是誰人動使，便可尋覓賊蹤。把那酒桶辨驗，見上面有「酒海花家」四字分曉。當有捉事人王平到五花營前村，見酒旗上寫著「酒海花家」四字。王平直入酒店，將那姓花名約的拿了，付吏張大年勘問因由。花約依實供吐道：「三日前日午時分，有八個大漢，來我家裏吃酒，道是往嶽廟燒香，問我借一對酒桶，就買些個酒去燒香。」張大年問：「那八個大漢，你認得姓名麼？」花約道：「為頭的是鄆城縣石碣村莊住，姓晁名蓋，人號喚他做鐵天王，帶領得吳加亮、劉唐、秦明、阮進、阮通、阮小七、燕青等。」張大年令花約供指了文字，將召保知存，行著文字下鄆城縣根捉。

有那押司宋江接了文字看了，星夜走去石碣村，報與晁蓋幾個，暮夜逃走去也。宋江天曉，卻將文字呈押，差董平引手三十人，至石碣村根捕。不知那董平還捉得晁蓋一行人麼？真個是：

網羅未設禽先遁，機穽才張虎已藏。

那晁蓋一行人，星夜走了，不知去向。董平只得將晁家莊圍了，突入莊中，把晁蓋的父親晁太公縛了，管押解官。行至中途，遇著一個大漢，身材迭料，遍體雕青，手內使柄潑鑌鐵大刀，自稱鐵天王，把晁太公搶去。董平領取弓手回縣，離不得遭斷吃棒。

且說那晁蓋八個，劫了蔡太師生日禮物，不是尋常小可公事，不免邀約楊志等十二人，共有二十個，結為兄弟，前往太行山梁山濼去落草為寇。一日，思念宋押司相救恩義，密地使劉唐帶金釵一對，去酬謝宋江。宋江接了金釵，不合把與那娼妓閻婆惜收了；爭奈機事不密，被閻婆惜知得來歷。

忽一日，宋江父親非（生？）病，遣人來報。宋江告官給假，歸家省親。在路上撞著杜千、張岑兩個，是舊時知識，在河次捕魚為生；偶留得一大漢姓索名超的，在彼飲酒；又有董平為捕捉晁蓋不獲，受了幾頓粗棍限棒，也將身在逃，恰與宋押司途中相會。是時索超道：「小人做了幾項歹的勾當，不得已而落草。」宋江寫著書，送這四人去梁山濼尋著晁蓋去了。

宋江回家，醫治父親病可了，再往鄆城縣公參勾當；卻見故人閻婆惜又與吳偉打暖，更不睬著。宋江一見了吳偉兩個，正在偎倚，便一條忿氣，怒髮衝冠，將起一柄刀，把閻婆惜、吳偉兩個殺了；

就壁上寫了四句詩。道是，詩曰：

殺了閻婆惜，寰中顯姓名。

要捉凶身者，梁山濼上尋。

《宋江得天書三十六將名》接上敘曰：

是時鄆城縣官司得知，帖巡檢王成領大兵弓手，前去宋公莊上捉宋江。爭奈宋江已走在屋後九天玄女廟裏躲了。那王成根捕不獲，只將宋江的父親拿去。

宋江見官兵已退，走出廟來，拜謝玄女娘娘；則見香案上一聲響亮，打一看時，有一卷文書在上。宋江才展開看了，認得是個天書；又寫著三十六個姓名，又題著四句道，詩曰：

破國因山木，兵刀用水工。

一朝充將領，海內聳威風。

下列三十六人姓名和綽號，多與後來的小說《水滸傳》相同：吳加亮、楊志、史進、公孫勝、張順、秦明、阮小七、阮小五、林冲、李逵、柴進、徐寧、李應、劉唐、董平、雷橫、朱同、戴宗、孫立、花榮、張青、穆橫、燕青、魯智深、武松、呼延綽、索超、石秀、杜千、晁蓋，另有幾人，《水滸傳》已改了姓名：玉麒麟李進義（盧俊義）、混江龍李海（李俊）、短命二郎阮進（立地太歲阮小二）、大刀關必勝（關勝）；賽關索王雄、火船工張岑，小說中已無此二人。

《宋江三十六將共反》則敘：

宋江為此，只得帶領得朱同、雷橫、李逵、戴宗、李海等九人，直奔梁山濼上，尋那哥哥晁蓋。及到梁山濼上時分，晁蓋已死；又是以次入吳加亮、李進義兩人做落草強人首領。見宋江帶得九人來，吳加亮等不勝歡喜。宋江把那天書說與吳加亮等，道了一遍。吳加亮和那幾個弟兄，共推讓宋江做強人首領。寨上元有二十四人，死了晁蓋一個，只有二十三人，又有宋江領至九人，便成三十二人了。當日殺牛大會。抱天數點名，只少了四人。那時吳加亮向宋江道：「是哥哥晁蓋臨終時分道與俺；他從正（政）和年間朝東嶽燒香，得一夢，見寨上會中合得三十六數；若果應數，須是助行忠義，衛護國家。」吳加亮說罷，宋江道：「今會中只少了三人。」那三人是：

花和尚魯智深　一丈青張橫　鐵鞭呼延綽

後來魯智深等三人反叛，亦來投奔宋江，三十六人數足。

《宋江三十六將共反》敘梁山濼「各人統率強人，略州劫縣，放火殺人，攻奪淮陽、京西、河北三路二十四州八十餘縣；刼（劫）掠子女玉帛，擄掠甚眾。」後「有那元帥姓張名叔夜的，是世代將門之子，前來招誘；宋江和那三十六人歸順宋朝，各受武功大夫誥敕，分注諸路巡檢使去也。因此三路之寇，悉得平安。後遣宋江收方臘有功，封節度使。」由上可知，宋江故事是《宣和遺事)「水滸」部分的主要內容。

《大宋宣和遺事》是南宋時的白話小說，也是最早描寫宋江、晁蓋起義的文學作品。接著元雜劇有大量的水滸戲產生，今存劇目三十種，占現存元代雜劇存目總數近二十分之一。明初雜劇的水滸戲僅朱有燉所著的兩種。現存之劇多以李逵、魯智深為主角，偶有宋江為其中之配角者。元雜劇存目中以宋江為主角的水滸戲，僅有《宋公明排九宮八卦陣》、《宋公明喜賞新春會》和《宋公明劫法場》三種，皆為佚名之作，亦已全佚；另有佚名之佚作《征方臘》，亦可能以宋江為主角。從劇名看，以上諸劇之內容，與《水滸記》傳奇皆無涉。

元末明初的長篇小說《水滸傳》被列為明代四大奇書之一。《水滸傳》上承《宣和遺事》，吸收了《宣和遺事》和元雜劇中水滸戲的部分內容，也可能吸收了宋元兩代「水滸」題材的講話藝人的藝術創造，經過文人作家的整體構思、人物塑造和文字加工，終於成為一部取得巨大思想和藝術成就的劃時代偉著，成為中國和世界文學史、文化史上的傳世巨著。

《水滸傳》描寫宋江和晁蓋「逼上梁山」的人生道路的有關內容，主要為第十三回（赤髮鬼醉臥靈宮殿，晁天王認義東溪村）、第十四回（吳學究說三阮撞籌，公孫勝應七星聚義）、第十五回（楊志押送金銀擔，吳用智取生辰綱）、第十七回（美髯公智穩插翅虎，宋公明私放晁天王）、第十八回（林冲水寨大並火，晁蓋梁山小奪泊）、第十九回（梁山泊義士尊晁蓋，鄆城縣月夜走劉唐）、第二十回（虔婆醉打唐牛兒，宋江怒殺閻婆惜）、第二十一回（閻婆大鬧鄆城縣，朱仝義釋宋公明）、第三十八回（潯陽樓宋江吟反詩，梁山泊戴宗傳假信）和第三十九回（梁山泊好漢劫法場，白龍廟英雄小聚義）。

除以上這條主線外，《水滸傳》描寫宋江的尚有第二十二回（横海郡柴進留賓）、第三十一回（錦毛虎義釋宋江）、第三十二回（宋江夜看小鰲山，花榮大鬧清風寨）、第三十三回（鎮三山大鬧青州道，霹靂火夜走瓦礫場）、第三十四回（石將軍村店寄書，小李廣梁山射雁）、第三十五回（梁山泊吳用舉戴宗，揭陽嶺宋江逢李俊）、第三十六回（沒遮攔追趕及時雨，船火兒夜鬧潯陽江）、第三十七回（及時雨會神行太保，黑旋風鬥浪裏白條），共八回，情節複雜曲折。

《水滸傳》描寫宋江和晁蓋的逼上梁山的主線，全承《宣和遺事》而來，但作了極大的發展和藝術加工，就其主要方面來說，首先在情節方面，作了重要藝術創造。《水滸傳》作者將晁蓋自智劫生辰綱、消滅前來圍剿的官軍、上梁山火併王倫，和穿插其中的宋江報信、劉唐下書，及以後宋江的殺惜、刺配、題詩、被救、聚義等等，構思了完整的過程，而且情節豐滿、曲折、複雜，前後銜接自然，整個情節的設計非常完美、驚險，具有引人入勝的極強藝術效果。其二，人物性格的塑造達到高度的典型性。無論是胸懷大志的宋江、足智多謀的吳用、粗獷正直的晁蓋、勇敢剛烈的阮氏三雄，還是愚蠢昏庸的蔡九知府、精明刻毒的黃文炳，和市井小民如閻氏母女等，作者皆能刻畫得鮮明突出，栩栩如生。其三，《水滸傳》的語言自然生動，精練明快，表現力極強。其四，作者將晁宋起義提高到「替天行道」的高度，將梁山義軍描寫成一支政治上成熟、組織上嚴密、軍事上強大、紀律嚴整、愛國愛民的一流武裝力量，讀之令人神往。此外，《水滸傳》以此主線為基礎，刻畫了林冲、武松、魯智深、李逵等眾多英雄人物及其逼上梁山的多種曲折過程，描寫了梁山義軍三打祝家莊、攻克高唐州、大名府等多次重大戰役，極大地豐富發展了原來題材的內容和人物，取得了極高的藝術成就，成為中國和世界文學史上的一部巨著，具有巨大和深遠的影響。

明初的「水滸戲」，僅朱有燉的雜劇兩種：《豹子和尚自還俗》和《黑旋風仗義疏財》。其寫作方法和描寫內容皆承元雜劇之餘緒，而與《水滸傳》無關。自李開先的戲文《寶劍記》起，「水滸戲」皆據長篇小說《水滸傳》改編。此後，與許自昌《水滸記》大致同時的「水滸戲」有沈璟（1553～1610）的《義俠記》、沈自晉（1583～1665）的《翠屏山》。前者描寫武松，後者則以石秀和楊雄為主角。《寶劍記》《義俠記》《水滸記》和《翠屏山》都是藝術成就大致相當的名家名作；另有李素甫（生卒年不詳）之《元宵鬧》演盧俊義的故事，亦尚有藝術特色，其產生年代亦與《水滸記》大致同時。

明代的「水滸戲」除明初朱有燉的雜劇外，都取材於《水滸傳》，但擷取的內容和劇中所確立的主人公互相不同。以宋江為主角，以智取生辰綱至江州劫法場為題材的戲劇作品，目前國內僅見許自昌《水滸記》一種，因此王起主編的《中國戲曲選》認為：「劇本主要寫《水滸傳》中晁蓋、宋江兩位首領先後反上梁山的故事。作者第一次把《水滸傳》中的關鍵部分改編成戲，表現他高人一等的見地。」國內論者頗有持這種觀點者。此論高度評價《水滸記》選擇、開掘題材的卓特眼光，確有見地，但「第一次」則不能成立。吳梅原藏後被日寇炸毀之《青樓記》（又名《水滸青樓記》），因此書已毀，不知真貌，吳梅此劇之跋謂兩書「絕異」，但仍不能排斥部分情節相同、相似之可能。另日本成簣堂文庫所藏明萬曆十八年（1590）金陵世德堂刻本《水滸記》南戲，出版時許自昌年僅十三歲，顯為早於許著《水滸記》的同名異作。此本《水滸記》據日本德田武教授為徐朔方抄錄其四十八折之目錄，知此劇全據《水滸傳》描寫宋江、晁蓋「逼上梁山」的整個過程敷演，情節主線沒有增減和變動。參照《曲海總目提要》卷四十二《水滸青樓記》所列之四卷四十八出之目錄，可知吳梅原藏之書與世德堂本是同一著作，僅因版本不同而略有異文。我們從其目錄（括號內為《曲海總目提要》的異文）即可看出全劇之內容：

卷之一（《曲海》本以下「折」皆稱「齣」）
第一折　家門始終
第二折　家庭訓子（宋江自敘）
第三折　議取生辰
第四折　眾劫生辰
第五折　始交婆惜
第六折　晁蓋上山
第七折　久違調情（文達詞情）
第八折　劉唐送書
第九折　夜香保佑
第十折　江殺婆惜
第十一折　宋江逃罪
卷之二（《曲海》所錄齣目仍從第一齣標起，下同）
第十二折　清風相遇
第十三折　江投花榮
第十四折　劉高觀燈
第十五折　榮救宋江
第十六折　志（智）捉花榮（第六折　家書寄江）

第十七折　秦明中計
第十八折　黃信入夥（火）
第十九折　郭呂鬥戰（戟）
第二十折　石勇遇江
第二十一折　宋江回家
第二十二折　受配江州
第二十三折　長亭拜月（此折《曲海》無）
卷之三（《曲海》本《智捉花榮》後有《家書寄江》齣，而無《長亭拜月》一折。）
第二十四折　義別梁山
第二十五折　揭陽相遇
第二十六折　薛永賣武
第二十七折　穆莊聚會
第二十八折　管營厚江
第二十九折　戴宗初識
第三十折　李逵賭博
第三十一折　張李相爭
第三十二折　父思宋江
第三十三折　潯陽誤題
第三十四折　文炳（煥）抄詩
卷之四
第三十五折　戴宗設（授）計
第三十六折　鞠（鞫）審宋江
第三十七折　戴宗拜別
第三十八折　信至梁山
第三十九折　偽書救友
第四十折　通判辨奸
第四十一折　眾劫法場
第四十二折　無為報仇
第四十三折　眾英上山
第四十四折　私奔回家
第四十五折　宋江受難

第四十六折　玄（元）女賜書

第四十七折　父子團圓

第四十八折　反邪歸正

綜觀以上目錄，此劇之內容已可基本了然。德田武教授又曾為徐朔方先生抄示此劇第二折《家庭訓子》前半，其中宋江上場時自報家門說：

〔英雄□〕（生扮宋江上）……小生姓宋名江字公明，濟州鄆城人也。遠祖宋玉，布古郢之才名。從兄宋庠，特先朝之宰輔。貂蟬接武，冠蓋盈門。奈爾來奸宄縱橫，致我族賢人隱遁。父親宋太公，衡門棲隱，甘為龐德之朋；母親宋太婆，早歲歸全，竟切仲由之恨。妻房王氏，諧琴瑟而申□（饋）相供，兄弟宋清，協塤篪而同胞多幸。但念我幼雖存心六籍，長而有志四方。年及三旬，具養濟萬人之度量；身無七尺，懷掃清四海之心機。仗義疏財，呼保義名傳九有。賑窮周急，可惜遭時多阻厄。淹淹未展經綸，且卷藏蓋世宏才，聊幹理押司小吏……

《遠山堂曲品》評闕名《青樓記》云：「竊宋江一事，全無做法，止是順文敷衍，猶稍勝於荒俚者。」《曲海總目提要》評此劇目：「不知何人作，全據羅貫中《水滸記》，敘宋江逃竄戰鬥之事甚多。詞意粗鄙，不逮梅花墅所編遠矣。第二齣《宋江自敘》，至認宋玉為遠祖，宋庠為從兄，尤可噴飯。」從上述目錄和宋江自報家門之文字看，《遠山堂曲品》和《曲海總目提要》的評語都十分恰切。《曲海總目提要》所舉第二齣「至認宋玉為遠祖，宋庠為從兄，尤可噴飯」一例，正巧德田武教授錄示的第二折前半即有此兩言，更可確證《青樓記》和世德堂本《水滸記》是同一著作。

徐朔方認為，許自昌「此記據同名南戲改編」，即據世德堂本改編。郭英德也持此說：「許自昌《水滸記》，蓋取此劇（按指《青樓記》，又名《青樓水滸記》、《水滸記》）第一卷，而詳加鋪敘。」郭英德並認為世德堂本或即與《青樓記》為同一本子。他的這個推測是正確的。

一般認為許自昌《水滸記》乃直接取材於《水滸傳》。現代學者中，趙景深師最早研究此劇，早在半個世紀前他即指出，《水滸記》「係據《水滸》第十三、十四、十五、十七、十八、十九、二十、二十一、三十八、三十九諸回而作。但人物多從省略，頗與李漁《閒情偶寄》所云：『減頭緒』相合。搶劫生辰綱的七星，只留下晁蓋、吳用、公孫勝和劉唐，而把阮氏三弟兄刪去；偽造蔡京回信的聖手書生蕭讓和玉臂匠金大堅也被削除；捉劉唐的雷橫和他的同事朱仝也一併從略：這都是作者的優點，但第二十齣《火併》連王倫的對手林冲也變成無名氏，似覺不當。」（趙景深《許自昌的〈水滸記〉中國戲曲初探》，中州書畫社，1983 年第 1 版，第 186 頁。）

景深師在指出許自昌《水滸記》係據《水滸傳》所作之同時，又肯定其省略人物、減少頭緒的改編方法。此外，《水滸記》還刪去小說原作中不適宜舞臺演出的一些大型場面，如何濤帶領五百官兵奔石碣村圍剿，朱仝、雷橫星夜率眾包圍晁蓋、宋太公的莊園，捉拿晁蓋、宋江等；又為了使全戲情節集中，刪棄不少繁複的情節旁枝和故事細節，使全戲顯得緊湊、明快。在人物設置方面，除了刪棄一些人物外，還改動了一些人物。如白勝，原作描寫他被人告發後遭官府逮捕、拷打，嚴刑之下他招出智取生辰綱的為首者與參與者，官府從他身上打開缺口從而破案，若不是宋江通風報信，晁蓋等即被一網打盡。此劇則改成由公孫勝提議：「我們劫了生辰綱，少不得連累地方，又不是我們倡義的本意了。不若就叫白勝哥出首在本府，待本府來拿我們的時節，貧道設起法來，呼風喚雨，走石飛沙，把官兵驚得他魂不附體，我們竟逃到梁山泊水窪哨聚，豈不兩得其便？」這樣一改，便改變了白勝的「叛徒」形象，又突出了晁蓋、公孫勝等英雄愛民的氣概和聚義計劃的周密性。

更值得注意的是，許自昌《水滸記》對原來的宋江題材作出四個重大的改造：

其一，為適應當時觀眾的欣賞習慣和趣味、愛好，傳奇作品一般都以生旦為主角。《水滸記》為此特增設宋江的原配夫人孟氏一角，讓孟氏在戲中貫串始終，最後孟氏也被梁山義軍派人接到山寨，與自江州救回的宋江在梁山相聚，構成生旦團圓的結局。

其二，眾多的傳奇作品以生旦為主角是因為愛情這個永恆的主題對一般觀眾有經久不衰、歷久常新的吸引力。但此劇中宋江和孟氏都是嚴格遵循傳統道德、男女之間的關係之處理顯得十分古板的人物，兩人之間的感情缺乏戲劇性，劇本無法描寫和渲染；為了增強戲劇性，作者大力發展張三郎與閻婆息姦情一線，又增強婆息珍重她與張三的戀情的意識，既豐富了情趣和笑料，以便吸引觀眾，又淡化色情因素，批判張三這個見花愛花和逢場作戲式的醜惡色鬼形象，同情婆息未能得到丈夫應有之愛和所遇非人的不幸遭際，把握的分寸頗為確當。在這條情節線中所增添的王婆這個藝術形象也頗有特色。

其三，明代傳奇首倡情節設計的雙線結構，尤其是自《浣紗記》發其端，至清代《長生殿》、《桃花扇》而到達頂峰，戲曲作家將時代興亡與生旦愛情雙線平行交叉，這樣的創作手法是我國戲曲家對中國和世界文學史、戲劇史作出的傑出貢獻。許自昌此劇顯然亦有意追求這個創作境界，故而將原作題材改造成晁、宋造反一線和宋江與孟氏、張三與婆息情感一線，平行交叉，劇情豐富、複雜、曲折，從而取得頗為強烈的藝術效果。

其四，增強了晁、宋兩人的革命性，突出了他們在政治上的成熟，進一步加強了題材原已具有的革命性和進步性。如晁蓋向宋江強調：「小弟們此舉，也不專為些須財寶哩！為豺狼當塗擾民，英雄發憤，甘共叢神一逞。」宋江和孟氏平時也感慨世道黑暗、貪官當道，欲因此而有所作為。這便將原作中阮氏三雄等強調經濟生活上的翻身，以「大塊吃肉，大塊分金」為草莽英雄的理想，和晁蓋、吳用劫取不義之財的初衷，都全部歸併到「替天行道」，為民奮鬥，反對封建王朝殘酷壓迫的高度，具有強烈的批判精神和鮮明的時代精神。也正是具有強烈的針對性和時代性，許自昌《水滸記》的原刻本留傳不廣，在明末清初的汲古閣本之前，此戲也沒有別的刻本出版，此因書商怕政治上賈禍也。

《水滸記》最早和最重要的版本，應是許自昌完成此劇創作後的家刻本或書坊之刊本；此本為明代評論家的所見並著錄之本和後世流行諸本的祖本，惜今已蕩然無存。明末汲古閣原刻初印之《水滸記》，為此劇現存最早和最重要的版本。此本凡二卷，三十二齣，《古本戲曲叢刊初集》即據之影印。清初「汲古閣訂，本衙藏板」之《六十種曲》本申集所收《水滸記》即汲古閣原刻本之重印本。原刻初印本之六十種曲，乃分批刻印，重印本則一次出齊，故而至重印時才有《六十種曲》的叢書名稱。據蔣星煜先生的研究，《六十種曲》中的《西廂記》、《還魂記》之類，可能因讀者和戲曲界需要最多，所以印的次數也最多，漫患的情況特別嚴重，所以大量地重刻。而《水滸記》則不屬於這個情況，因此汲古閣《六十種曲》本《水滸記》與汲古閣原刻初印本《水滸記》實即完全相同的版本，是此劇現存最早、最重要、流行最廣的一個版本。

在汲古閣原刻的重印本《六十種曲》之後，據蔣星煜先生的研究，清代又曾有一個重刻本，重刻之年代不詳。此後則有「道光乙巳年重修」、「同德堂藏板」的《六十種曲本》。1935 年上海開明書店出版《六十種曲》排印本，即以道光乙巳重修本為底本，其中三十一種據原刻初印本校勘。建國後，文學古籍刊行社據此本重印；1958 年中華書局又據此本重印，現在最流行的《六十種曲》包括其中的《水滸記》，即中華書局的多次重印本。傅惜華《水滸戲曲集》所收之《水滸記》，亦為汲古閣所刻《六十種曲》本。

此外，《水滸記》尚有清康熙四十五年（1706）永睦堂龔氏抄本、民國元年（1912）上海藜光社石印本、民國八年（1919）成都存古書局刊印本，皆二卷、三十二齣。這些版本皆流傳不廣。

在明末汲古閣原刻初印本《水滸記》之前，祁彪佳《遠山堂曲品》即已著錄此書並有評語，惜未題所據版本。《遠山堂曲品》和《六十種曲》及汲古閣原刻初印本皆署明《水滸記》的作者為許自昌，而《古人傳奇總目》題為「梅花墅作」，《曲海總目提要》卷十四著錄此戲時謂：「自署梅花墅編，不知何人所作。」可見兩書作者所見之本，非汲古閣原刻初印本和《六十種曲本》，可能為汲古閣本之前的明刻本，惜亦未提所據之版本；兩書作者既不知《水滸記》之作者為許自昌，亦不知梅花墅乃自昌之別墅並以之為號。

與許自昌著《水滸記》之劇名相同、相似因而極易混淆並誤認作同一著作者，共有以下三種：

祁彪佳《遠山堂曲品》在王無（一作元）功名下，列《水滸》，並云：「此梅花主人改訂者，曲白十改八九，稚弱亦十去八九矣。前本用犯調，有不便於歌者，今取調極穩。前本宋江有妻，似贅，今並去之。惟下韻仍雜，不能為全瑜耳。」此本與同書許自昌名下所列《水滸》，劇名相同，又云「此梅花主人改訂者」，作者又相同；但王無功名下又云「梅花主人改訂」，即許自昌自己所改訂，則不應列於王無功名下。從其語氣看來，此為《遠山堂曲品》之筆誤，「此梅花主人改訂者」，應為「此據梅花主人改訂者」。可見此《水滸記》乃許自昌《水滸記》之改訂本，即修訂本。此修訂本今已不存。

《曲海總目提要》卷四十二著錄明隆、萬間有闕名《水滸青樓記》傳奇，一名《青樓記》。吳梅原藏明富春堂本《青樓記》有《青樓記跋》謂：「吳門許自昌作《水滸記》，刊入《六十種曲》，與此書絕異，不知誰氏筆也。文字頗古拙，當是明中葉人作，與伯龍、伯起，喜以駢語入白文者。富春刻傳奇，共有百種，分甲、乙、丙、丁字樣，每集十種，藏家目錄，罕有書此者。」吳梅此本交商務印書館影印，日冠侵華初期轟炸上海時，商務印書館涵芬樓亦被日冠炸毀，吳梅提供給該館影印並暫藏於涵芬樓的多種善本珍本古籍亦被燒毀，此書也在其中。此書原為孤本，因此而失傳。因吳梅原藏此書，故能明確指出此書與許著為不同之作。

傅惜華《明代傳奇全目》所錄許自昌《水滸記》之版本，主要為兩種，一為汲古閣《六十種曲》本；一為明萬曆十八年（1590）金陵唐氏世德堂刻本，四卷，藏日本東京御茶水圖書館成簣堂文庫。限於客觀條件，國內學人包括傅惜華先生在內，皆未能實睹此書，因此或認為此書即許自昌《水滸記》的現存最早版本，或以為此書與吳梅原藏《青樓記》為同一劇作。今據徐朔方《許自昌年譜》，日本德田武教授替徐朔方先生錄示此書全目並介紹詳細內容。知此劇四卷凡四十八折，內容遠較許著繁雜，本文前已有述，據《曲海總目提要》關於《青樓記》之評論和列舉之齣目，可知兩書實為同一著作。

第三種為《群英類選》所選之闋名《水滸記》。有的論者認為此《水滸記》可能與《水滸青樓記》為同一作品。今細觀《群英類選》（今為孤本，且已不全）諸腔類卷四所選《水滸記・潯陽會飲》一齣，乃敘宋江與戴宗初識，於酒樓歡飲，李逵與張順搶魚爭執，又推倒賣唱歌女宋玉蓮，卻無宋江誤題反詩的情節。而《青蓮記》和世德堂本《水滸記》的有關情節則在卷三分為四齣：《戴宗初識》《李逵賭博》《張李相爭》《潯陽誤題》，可見《群英類選》所選之《水滸記》，既與許自昌《水滸記》不同，也與《水滸青蓮記》和世德堂本《水滸記》完全不同，此乃明代戲曲中的第三種《水滸記》，而明清曲目皆未予著錄。

綜上所述，許自昌《水滸記》在明代「水滸戲」中是與《寶劍記》《義俠記》並列的成功之作，在宋江和晁蓋造反題材方面是藝術上領先於同名同題材其他劇作的優秀之作。汲古閣《六十種曲》的《水滸記》是此劇最早、最重要的版本。

《水滸記》全劇藝術評論

第一齣　標目

全戲開首引用北宋詞人宋祁的著名詞作〔玉樓春〕。引用前人詩詞作為開端之引子，這是明代戲曲和小說作品的習慣做法，長篇小說甚至每回前也引用前人的詩詞或散曲。引用前人作品，或用來烘托氣氛，或藉此表達和引申作者的某種觀點，如引用得當，能做到王國維《人間詞話》中所講的：「借古人之境界為我之境界。」乃是一種高明的手段。

本戲所引之〔玉樓春〕，用明麗輕快的筆調描寫明媚亮麗的春天景色，為宋詞中的千古名篇，其中尤以「紅杏枝頭春意鬧」一句最見精彩，一個「鬧」寫出春意盎然、充滿生機的自然風貌，表現一片動人的景色。作者用這樣美麗的自然景色來反襯社會生活的黑暗艱難，和主人公宋江「劍底風生，激得有家難奔」的人生道路形成強烈的對比。

〔滿庭芳〕一曲概括全戲之內容。最後四句下場詩，介紹此戲的三位主要角色：閻婆息（惜）、宋江和晁蓋。這也是明代傳奇的常規。將《水滸傳》中的配角閻婆息（惜）定為主角之一，既是傳奇以生旦為主角的慣例，也是作者的一個創意。

自〔滿庭芳〕看，全戲的情節分兩條線索：一條是宋江幫助晁蓋等人在劫取生辰綱後順利逃脫，並上梁山聚義。另一條是宋江因好善樂施而與婆息結親卻又因婆息偷情、喪命造成宋江有家難奔，經江州事變後也上梁山。這樣的雙線結構，是明代傳奇之創舉和所長，也是明代傳奇在世界文藝史上所作出的重大藝術貢獻。

第二齣　論心

宋江正式上場，即自抒懷抱。他因身材矮小，故而開口即以春秋時身材矮小的齊國之相、大政治家晏嬰（尊稱為晏子）自比。宋江作為小吏，他的社會地位不高，所以他自比遊俠郭解和游說之士虞卿。又因抱負很高，所以又以漢初之開國名相蕭何、曹參為榜樣。長篇小說《水滸傳》的作者是下層文人，而《水滸記》作者許自昌是上層學者。故而小說僅寫宋江有志於受招安，為朝廷效力。至於如何效力，比較模糊，無法明寫。《水滸記》則以晏子、蕭何、曹參為楷模，自期能成為治國之賢相，使中原太平、政風清明。

與小說原作不同，本戲添一新角，即讓宋江有髮妻孟氏。家庭完整、夫婦和睦，是儒家所持的人生的規範之一：「修身齊家治國平天下」，這才是一位有志者的完整、圓滿的人生。小說描寫宋江因有造反之異志，並知造反道路之兇險，故而屏棄家室之累，保持獨身；為防連累老父，又讓老父以反對他做吏為由，「本縣長官處告了他忤逆，出了他籍」，斷了父子關係。這都有違儒家之做人規範。許自昌修補宋江家庭，設立其妻孟氏一角，既將宋江自刀筆小吏的形象提高到儒家政治家的地位，且更是一個藝術創造，也滿足了觀眾對宋江獨身無家所抱的缺憾。觀眾一般都推重完整的人生，希望自己所熱愛和崇敬的角色、人物前景遠大、家庭美滿、生活幸福。

孟氏的塑造，符合儒家和一般民眾的期望。她與宋江，夫妻和睦，且相敬如賓；既是賢妻，治家有方，又深明大義，支持丈夫擺脫「碎聒家務」，不以「肥家潤身」為念，要宋江放眼於「外寇不寧、內亂交作」，憂國憂民，關心國家大事。

儘管如此，作者堅持「藝術第一」的創作原則，僅讓孟氏當配角。因為孟氏固然德行高尚，還有政治眼光，但在劇中「沒有戲」。

這齣戲描寫宋江因「今日公門閑暇，不免到家中探望一回。」邊說邊行，「說話之間，早已到自家門首了，不免逕入。」充分體現了戲曲舞臺上人物動作和景物設置的虛擬性和寫意性。城廓、道路、房屋皆無實景；走在路上，只要在舞臺兜一圈，即算到了家門口；在虛空中做一二個敲門或推門的動作，即可做跨入家門的動作，而臺上的全部設施，僅一桌兩椅而已。妙哉，中國之戲曲舞臺！

接著是晁蓋聽說宋江回家，前去探望。與小說原著不同，戲中宋江有家可回，於是也就在家中接待朋友，增加了晁、宋晤談的場面。兩人相會，不談私事，一起憂心國事，感慨豺狼當道，恨自己「無因借劍，斬佞臣之頭」；又不能「擊中流之楫」，即帶兵北伐，恢復被遼國佔領的燕幽失地，阻止契丹的南下。晁蓋的這種「意氣凌雲，肝腸貫日」之政治抱負，也是戲曲作者對小說原作的提高。

以上三人的說白和唱詞，都用對仗駢儷之句，而且典故很多，顯得失度、過分。作為明代傳奇作品的特色，適當運用典故和駢句，具有「陌生化」的效果且富於詩意，是很好的；但許氏此作用得太多，便有違生活真實，更使讀者、觀眾頗有欣賞障礙，故而受到古今曲家之批評·

第三齣　邂逅

在這齣戲中，閻婆息母女和張三全部上場。至此，全戲的重要角色和主要角色全部已亮過相，這是戲曲必需盡快推入劇情之需要。

小說原作敘閻氏一家三口從東京來鄆城縣投奔一個官人不著，流落此地。他們本是賣唱人家，而這裡的人不喜風流宴樂，因此不能過活。閻公因害時疫亡故，這閻婆無錢發送，只能央王婆做媒，嫁女葬夫。王婆找到宋江，宋江慷慨贈銀。閻婆事後感謝宋江時，見他尚未娶親，她為報恩而將女兒嫁他為妾。劇本則改為閻婆因母女生計無著，女兒又無好的去處，所以要女兒找有錢者先嫁過去再說，如不滿意，以後再找藉口、找機會離異。這樣的改編。一則因戲中宋江已有妻室，二則更突出閻氏母女的水性揚花之性格，與原作的構思，各有千秋，異曲同工。

縱現古今中外，有的平民和貧民女子因稍有姿色，嫌惡平凡、艱苦的勞動，婚姻上又嫌貧愛富，於是下焉者便做娼妓，誠如司馬遷《史記·貨殖列傳》所說的：「刺繡文，不如倚市門。」即辛苦刺繡做女紅，還不如倚門賣笑、當妓女，賺錢輕快。上焉者便做小妾、外室，如今北方稱做「傍大款」，上海稱為「金絲鳥」；時代進步了，此類女子多少有些文化，而男子又有權勢，於是他們的野合則昵稱「泡小蜜」。此亦自古有之，閻婆息（小說為「婆惜」）即這個脂粉隊伍中的一位古代「明星」也。

小說內張三有尊姓大名：張文遠。他是宋江的同房押司，喚做「小張三」。戲中省去名姓，徑稱張三，又將小說中「眉清目秀，齒白唇紅」的「風流俊俏」青年改為鼻上塗著白粉的小丑，成為淨角，此也為適應舞臺之需要而改。張三遇婆惜，本是宋江帶他回家喝酒而引兩人相識，戲中則婆息在未嫁時，張三路過閻家見她風流貌美而借討茶的名義，進門勾搭。張三無宋江的財力，未免心有餘而力不足，所以閻家不會將女兒嫁他，儘管他們年貌相當，情投意合。封建社會的婚姻多以金錢為第一標準。

這場戲在時間上是與前場同時進行的，這也是適應劇情必須迅速發展的需要。上半場閻氏母女商量生計和婚嫁，然後閻婆去找媒人王媽媽；閻婆剛前腳出門，張三后腳便已上門。劇情推進迅速而明快，顯出許自昌寫戲之深厚功力。

張三在街坊散步，撞見婆息時，作者一面用唱詞表達張三對閻婆息的渴慕，垂涎欲滴，一面用動作提示婆惜的心理狀態和表情、行為。戲中的動作提示為：「見小旦，小旦欲避不避介。」接著「小旦見淨避身低籲氣介。」「小旦見淨半躲偷覷介。」張三提出「借香茶一杯」時，「小旦含笑側身介」，「小旦回顧盧下。淨望介。」「小旦持茶上」，「淨見小旦，伸手接茶。小旦放桌上介。」「淨謝介。」一路上都是張三唱下來，婆息則一言未發，用一系列動作，作細膩的表演。最後，婆息點穿：「相公，你說的話，都是偷情的故事。我好意借杯茶你吃，你到有這許多閒言閒語，我那裏睬你。」邊說卻邊「偷看淨背介」。她的言語和動作，也表明她深懂偷情之道。故而張三「背介」：「我想他心私許，目亂離，何期相見便相依。」最後婆息說：「我母親回來快了，你自去罷。」張三才被迫離去。這段戲，動作細膩，層次分明，戲劇效果很強。由於這齣戲寫得精彩，所以為崑曲舞臺所常演之著名的折子戲，演出時將本出的題目改為《借茶》，如此則更為通俗和切題。

第四齣　遣訊

蔡京的兒子蔡九知府約同其姐夫梁中書同獻生辰綱，也與小說不同，是適合劇情的一種改編。此為過場戲。故篇幅短，情節簡單。

第五齣　發難

捕盜官軍上場詩稱「群盜尚如毛」，一語道出封建時代盜賊蜂起、多如牛毛的真實社會面貌。唐代李泌《贈盜詩》說：「暮雨瀟瀟江邊村，綠林豪客舊知聞。相逢何必曾相識，如今天下半是君。」也是此意。

官軍隨意抓人，驅良為盜。此齣中官軍將廟內醉臥的異鄉人當盜賊抓，可見當時冤案極多。不過這次他們倒歪打正著，確抓住一個想打劫生辰綱的人，卻又因地方豪強的說情和賄賂而隨便放掉，可見官軍之無能。

劉唐痛恨貪官權臣之勢驕貪饕，剝奪民間脂膏，準備投奔晁蓋，一起打劫生辰綱。這固然是正義行動；但他貪酒誤事，醉臥村廟，被官兵捉拿，而且自稱劫掠錢財，為的是「好供咱幾時賭博」，的確只有綠林遊俠的粗豪習氣。其素質較差。優點是勇敢而不怕死，為人忠誠正直，所以在晁蓋、宋江的領導下，也可以做一番事業。

劉唐醉時被官兵捉拿，醉眼朦朧地驚視官兵；他醉酒時舌頭麻木不靈，所以「俺俺俺、怎怎怎」，說話大打隔愣猶如口吃，都表現得逼真和傳神。

通過劉唐的敬慕，晁蓋在江湖上的威信，他的俠義和大志，也得到有力的渲染。這是用的旁襯之法。

第六齣　周急

上齣描寫劉唐投奔晁蓋，因途中貪酒，醉臥廟中，被官軍當賊捉拿。觀眾正惦記著劉唐的命運，心中充滿著懸念，此齣跳到另一個情節線中，上接前齣，敘述閻婆為女兒嫁人事來茶坊中尋找王媽媽。這樣的情節上的雙線結構，20 世紀西方藝術電影十分擅長，理論家稱之為平行蒙太奇。即將兩條情節線索交叉平行發展。前已言及，這種藝術手法由我國明代傳奇所首創，自《琵琶記》，尤其是《浣紗記》直至清代之不少傳奇都如此。我國傳奇戲曲家在世界上首創雙線情節結構，是我國文學家對世界藝術史的一個重大貢獻。

閻婆因母女生活無著，靠婆息的姿色，想嫁一個有錢男子作妾，這在封建社會中是尋常事。開茶坊的王媽媽為人熱心，肯幫助她，便想到自己的老主顧宋押司。情節的開展，雖與小說不同，也頗自然。

宋江聞說閻婆因貧困而願以女兒為抵押，向他借錢。他認為君子不能乘人之危，周濟錢財可以，「若因這些小惠，就起謀心，貪圖你的女兒為妾，這個豈是我們大丈夫的行事。」在金錢至上、人情淡薄的封建社會中，極為難得。閻婆感動之極，一面感謝宋江：「得君周急義何窮！」一面表示：「你雖不貪老身的女孩兒，老身思量起來，就是替女孩兒擇婿，也難遇著押司這等好人。」更堅定了要將女兒嫁他的決心。閻婆久闖江湖，閱人豐富，她的這種思路，在事起突兀之中暗蘊深思熟慮；更何況小說中的宋江年僅三旬，此戲中的宋江還要年輕些，與婆惜相配，要比紅顏白髮不知好出多少倍。如果說閻婆嫁女，原初本為生計，現在對方不僅有地位有金錢，而且更是有德君子，閻婆不管宋江的推託要緊緊抓住他，無疑是識人之舉。

第七齣　遙祝

梁中書自己聲明賴相府的岳丈作威作福，「一生富貴，止賴山妻；半世驕奢，惟憑岳丈」。又自己承認「搜括珠寶」。這和第四齣蔡九知府自稱「籍父親蔭庇為朝廷命官」，「括盡奇珍，搜逼異寶，差人獻納」一樣，戲曲中的反派角色自己講出罪惡，用貶語批評自己，為慣用的寫法。一則戲中人物的此類唱詞，帶有內心獨白的性質；反派人物往往嘴上仁義道德，而滿肚子男盜婦娼。二則，其中已加入作者的愛憎，有很強的傾向性。小說一般不允許這麼寫。

楊志和戴宗，原本缺乏政治上的是非現，他們全心全意為統治者服務，愚忠上司，而且也很有本領。他們後來發生一百八十度的根本變化，是因為生活的複雜性造成的，《水滸傳》和《水滸記》寫出了他們的複雜的人生道路，洵為千古名著。人世間的變化，人們難以預料，俗語謂：「天有不測風雲，人有旦夕禍福。」小說和戲曲的情節生動性，亦往往由此而來。

第四齣和這里第七齣雖都是過場戲，卻展開了新的戲劇衝突，將梁山英雄這條主線再分成兩條情節線：其一是晁蓋等要劫生辰綱，上梁山聚義；其二是蔡九知府和梁中書相約獻納生辰綱，並利用楊志的才華和武功，防範生辰綱的被劫。進一步展現了情節的複雜性。

第八齣　投膠

《水滸傳》中是雷橫帶隊的士兵，抓了劉唐，來到晁蓋莊上。戲中精簡角色，官兵皆用無名配角。官兵魚肉鄉民已成習慣，鄉民奉承、賄賂官兵也成為常套，即如晁蓋這樣的富裕有勢力的人物，也不能免俗，否則難以生存。封建專制社會中，腐敗已滲透到根裏。劉唐目睹此情，心意難平，但作為個人，再有更大的能耐，也無法打破這種陋習，只能無可奈何。

劉唐綁在樹上，晁蓋出來看視，兩人的對話和作者設計的人物動作都十分生動。

晁蓋聽說在本村抓住一條大漢，他是有心人，馬上想到這可能是一個人才，特地設法出來相看，顯出他所具有的領袖的智慧和氣度，也沒有辜負劉唐對他的敬仰。

煙、酒害人、誤事，是中國人的兩大陋習。煙草在明末才開始傳入，酒則自古即有。無論青年和成人讀書看戲應吸取其中的人生教訓，酗酒者應戒酒，醉酒常要害己誤事。劉唐如無晁蓋的智慧機變相救，豈不害了自己且誤了大事！

第九齣　慕義

小嘍囉誇耀梁山的險峻和義軍的不可戰勝，竟用了一千多字的駢體文，裏面充溢著大量典故，離開生活真實太遠。作者掉書袋，賣弄才情，引用古詩詞太多，這裡更是過分。

山寨糧草缺乏，王倫派嘍囉下山打劫，竟然搶了宋江家，真是大水沖了龍王廟，令觀眾發笑。而作者也正要製造這種喜劇效果，以活躍劇場氣氛。

第十齣　謀成

吳用向晁蓋授計，小說中未向讀者揭示計策之內容，戲曲只能明言。最後申言群雄聚義打劫生辰綱，乃「為嗔貪黷」，豈止為重金所惑。這便與「誨盜」劃清了界線，澄清了統治者對水滸英雄和《水滸傳》的污蔑，顯出此戲作者的高明識見。

第十一齣　約婚

宋江在縣衙向張三懇談自己憂國憂民的心事，並指責生辰綱擾民，又感歎：「如今人人思亂，家家動搖，豈是個太平景象！」未免對牛彈琴，難怪張三譏笑說：「公明，你又多事了。他們自家一身也顧不來，這樣的事管他做什麼。」庸碌之輩只顧眼前蠅頭小利，燕雀安知鴻鵠之志！

王媽媽陪閻婆來，再三勸說宋江接納其女做妾，可笑張三因從未見過閻婆，對面相逢不相識，也在一旁敲邊鼓，勸宋江「這是尋也尋不來的，何故如此推三阻四。」正是「以小人之心度君子之腹」。不知其女正是他渴慕到手的婆息。作者刻畫張三的瞎起勁，頗有喜劇性。

宋江所唱六句「莫不是」，乃許自昌學自沉璟《義俠記》第十二齣同一曲牌的四句「莫不是」。此前《西廂記》第二本「崔鶯鶯夜聽琴」第四折〔天淨沙〕和〔調笑令〕也有八句「莫不是」。這樣帶猜測性的唱詞句式，後來模仿者眾，京劇《四郎探母》鐵鏡公主猜測楊四郎心意時也用類似句式。

第十二齣　目成

張三又來尋訪婆息，撞見閻婆，方知婆息即宋江將娶之妾，他正感企羨與懊喪，閻婆卻感謝他：「前日多蒙押司攛掇，成就得這姻緣。」兩人的心理語言全不對榫，喜劇性頗強。

婆息聽媽媽叫喚，捧茶待客，出來一看，竟是張三：「小旦見淨，急轉身。老旦過接茶，小旦偷覷淨下。淨見，背笑介。」張三與閻婆閒扯之際，「小旦偷覷，淨望介。」兩人眉來眼去，眉目傳情。舞臺動作具體而生動，有很強的喜劇性。張假意走後，婆息問：「這個是什麼人？」閻婆告訴了，她才知張三身份，禁不住說：「這個人倒也俊俏。」婆息年方十六，閱歷尚淺，不知對方人品，只見外表便一見鍾情，社會經驗太少。姐兒愛俏，而鴇母愛鈔，閻婆馬上煞住她的念頭：「我的兒，你快不要說這樣話。我把你許嫁宋押司，原是貪他的錢財。」

沒想到張三未逮住勾搭婆息的機會，心猶不死，假意離開後，又殺回馬槍，尋到婆息門上。他滿以為閻婆可能不在，乘隙與婆息調情，可是閻婆仍在，他只好假稱遺落銀兩，回來尋找。婆息因母親在場，她裝清白，一直躲在母親的身後，欲擒故縱，勾引得張三更加心癢。

在這齣戲中，婆息不用一句唱詞，僅以一系列戲劇動作，有力地表現了她的隱秘心理活動、神態和性格，具有極強的戲劇性和喜劇性，故而崑劇舞臺上也作為常演的折子戲，戲目則改為《拾巾》。

本劇的雙線並進，採取一段（二至三齣）寫宋江、晁蓋的政治活動，一段寫宋江和婆息、張三和婆息的感情糾葛，這樣一段隔一段地發展劇情，與現當代西方電影的平行蒙太奇相似。每一段則有長有短。這裡，此齣戲和上齣戲則連著寫三人的男女糾葛之事。可見作者的手段在有規律中追求有變化，筆調是靈動的，結構也於嚴整中間顯得靈活。藝術創作，在任何方面都切忌呆板僵化。許自昌在情節設計、戲劇衝突的發展和關重要的戲劇結構的構思諸方面，極具匠心，故而本劇的情節開展十分生動自然，戲劇性又強，具有動人的藝術效果。

第十三齣　效款

梁山小嘍囉搶了宋江的家財，又奉王倫之命令，完璧歸趙，送回宋江家。這是此戲所增加的情節，為小說原作所無。

宋江詢問了梁山情況，又教育小嘍羅不要當強盜，種田做良民；又要他們轉告王倫，作為書生應該知法，不能向黃巢學習，做亡命之徒，情願將被劫的家財給他們做謀生的資本。宋江雖對貪官當道、朝政黑暗不滿，但他尚未被逼到走投無路的境地，所以無意造反，還勸別人也守法。英雄們都是被逼上梁山的，只有晁蓋等人因劫生辰綱而主動觸犯封建王法，從而走上造反的道路。

此時宋江規勸梁山小卒「怎學黃巢亡命」，第二十六齣《召釁》中，卻正是這個宋江在潯陽江邊題反詩：「肯笑黃巢不丈夫。」這並非如評論家所指出的，《水滸傳》中的宋江是兩面派。劇中的宋江，前後態度之改變，是因為環境能改造人。當宋江身處絕境時，胸中滿懷怨恨，加上酒醉，借酒澆愁更添愁，這才正式形成並表露了自己的造反之志。因此，宋江日後要效法黃巢，超過黃巢，心想造反，是真誠的；宋江今日敦勸王倫勿學黃巢，也是真誠的。這樣便真實地寫出了人的複雜性。尤其是英雄人物的內心和性格的複雜性，寫出了世間萬物和社會、歷史的複雜性，更寫了人物性格和思想的發展和變化。

第十四齣　剽劫

此齣正面描寫智取生辰綱的場面。與《水滸傳》小說相比，在描寫事件的複雜性和人物的心理方面，《水滸記》大為遜色。正如徐朔方先生所言：「第一流的小說名著改編為劇本，古今中外都只能如此。原著愈精彩，改編往往愈容易弄巧成拙。雖然改編的藝術可以高下懸殊，不及原作這一點卻很難改變。《水滸記》的獨到之處在於它並不徒勞地力求重視原作的精華，刻意求其形似。」（《許自昌年譜・引論》）「智取生辰綱」作為原作的重要情節，戲中也必須交代，而這場戲寫得乾淨利落，寫作技巧還是相當高明的。然而《水滸記》又致力於豐富張三和閻婆息這兩個藝術形象的描寫和刻畫，別開生面，沿襲原著，又超越原著。下面張三即又出場了。

另需指出的是，小說、戲劇在表現、描寫生活方面，各有所長。因此此劇不如小說原作之處，非自昌才力不夠，而是戲曲無法表達；而戲曲擅長之處，自昌則緊抓不放，發揮出色。

第十五齣　聯姻

許自昌此戲之人物說白寫得風趣、精彩。此齣開場，張三「姻緣姻緣，事非偶然」的一段感慨，十分切題別致，引人發噱。王媽媽「媒婆媒婆，兩腳奔波。成事時少，說謊時多。」語句滑暢流轉，後兩句自白，真實自然，引起觀眾的哄堂大笑也勢在必然。接著的張王對白，也是應對自然，妙趣橫生。

張生與宋江作為同事，相處多年，深知其為人，所以指明「只是宋公明不是個知趣著人的人哩。」又竟感慨：「一朵奇葩，倒把遊蜂採，野蝶穿。」婆息此人雖有姿色，但捧其為「奇葩」，固然是誇張過度，「情人眼裏出西施」；而視宋江為「遊蜂」、「野蝶」，更為顛倒黑白，混淆是非，這是張三此類無賴的混蛋邏輯。

也果然被張三言中，新婚之夜，宋江一本正經，不理新娘，而婆息倒自動貼上去：眾人走後，只剩他們兩人，「生坐，小旦移近生坐，笑介。」不僅陪笑臉，還主動講溫存話：「今夜得侍君子，真是三生有幸，百歲多緣。」而宋江仍然不理：「生笑、不語介。」婆息又邊說親親熱熱的甜言密語，邊「又移近生，笑介。」「貼生臉，笑介。」甚至「摟生頸介」：「我們去睡罷。」宋江依舊冷漠不理，睡在椅上，難怪婆息生氣、落淚，歎今生緣慳份慳。這場戲中的宋江的確不近人情。劇本將婆息的一系列動作表現得生動活潑，有很好的劇場效果。

這齣戲因宋江的冷漠無情和婆息的熱情碰壁而有很好的劇場效果，但仔細推敲宋江的表現，尚有不合情理之處。宋江起先不允婚事是因為大丈夫不乘人之危，又不能因借人金錢而以人抵債，陷於不義。在閻婆、王媽媽的一再懇求，又經張三勸說．他既已同意納妾，但又在新婚之夜坐懷不亂，堅拒婆息，從婆息的角度看無疑是欺人太甚，無端獨守空房一世，如何不要產生怨毒和仇恨？宋江自己埋下仇恨的種子，此戲在這一點上也不及《水滸傳》描寫之自然。《水滸傳》描寫宋江起先與婆息生活在一起，頗為協調，後來才漸漸冷了下來；後又聞知張三與她有了勾搭，這才有意疏遠婆惜並不再上門。但《水滸傳》和《水滸記》中描寫宋江在知曉張三和婆息有了姦情之後，裝作不知，只是自己不再到婆息處相聚，這樣的忍耐精神表現出一種堅忍、冷靜、胸襟寬大的品格，極為難能可貴；這又顯示出宋江深知「小不忍則亂大謀」的人生哲理，體現了一位成熟的政治家的應有器度。這也為他在殺婆息之前一再作出忍讓、滿足婆息的全部要求暗作有力的鋪墊，又為他忍無可忍只好殺死婆息滅口建立了堅實的道德基礎，從而獲得千古讀者和觀眾的由衷同情和深刻理解。這樣的描寫自然生動，照應嚴密，有力地為塑造人物的性格服務，非大手筆絕不能為。

第十六齣　報變

《水滸傳〉敘楊志在生辰綱被劫後，自知梁中書不會饒恕自己，故而流落江湖，不再回去，接著便上二龍山落草。此齣寫他去蔡九知府處報案，蔡九知府原諒他，一面移文到濟州府去緝盜，一面安慰他說：「我寫書與梁爺，一定不難為你的。」這便不很真實，以蔡京父子這類貪官權奸，心地偏狹，毫無器量，面對丟落巨量珍寶的失職之人，怎肯善甘罷休？而蔡、梁既肯寬恕其責，楊志這種愚忠上司、不肯放棄上進機會的不屈不撓之人，必會戴罪效勞，爭取將功補過，絕不肯落草為寇，點污祖宗清名。現在他「聞得梁山廣招豪傑」而擬上山去苟且幾時，一則梁山由王倫掌權，「武大郎開店」而排斥豪傑，所以「廣招」一語並無著落；二則眾英雄上梁山皆是走投無路之中被逼而出此下策，目前楊志仍可回梁府，尚未被逼到絕路；則楊志說：「只是我自羞見江東父老，怎麼回去得」，於是上了梁山——而按楊志的心理，落草為寇才是最最「羞見江東父老」的下劣行徑，不是萬不得已，是絕不肯叛君逆祖的。因此這齣戲違反蔡、梁、楊的性格邏輯和真實，應算作敗筆。

這是一齣過場戲。古代戲曲作者和讀者都講究情節的有頭有尾，這裡交待了智劫生辰綱中的另一方、押送者楊志的結局。

第十七齣　義什

第十四齣描寫眾好漢劫走生辰綱後，公孫勝提議：「我們劫了生辰綱，少不得連累地方，又不是我們倡義的本意了。不若就叫白勝哥出首在本府，待本府來拿我們的時節，貧道設起法來，呼風喚雨，走石飛沙，把官兵驚得他魂不附體，我們竟逃到梁山泊水窪哨聚，豈不兩得其便？」眾答：「此計正合我們意思。」與原作相比，有了很大的改動。《水滸傳》原作描寫白勝被捕後，受不了嚴刑拷打，只得據實招供，情節發展自然真實、曲折精彩。許自昌在戲中的改寫，也頗有道理：眾好漢「一人做事一人當」，不肯連累無辜，更見其器度不凡，是做大事業人之氣象；由公孫勝出面倡義，表現真正出家人的悲天憫人之慈善胸懷；眾好漢依計行事，顯得胸有成竹，而非倉卒行事、沒有遠見的烏合之眾。這樣的改動，並不影響宋江為朋友敢兩肋插刀，冒險去石溪村通風報信所蘊含的意義。許自昌的改編，適合於戲曲體裁，與小說原作異曲同工，各逞千秋。一般來說，改動名著的情節，往往以失敗告終。千古名著中的精彩情節，經過千錘百鍊，稍一改動，牽一髮而動全身，往往弄巧成拙，點金成鐵。許自昌的此處改動能獲成功，正是舉重若輕，極為不易。但藝術與思想密不可分，此齣改動原作而取得的藝術上之成功，是作者要求義軍應有愛民觀念這個進步思想指導下而獲得的。

第十八齣　漁色

此齣也是崑劇的常演折子戲，曲目則改稱《前誘》。張三乘宋江不在家，又闖來，尋求漁色的機會。他瞭解到宋江果真冷落了婆息，便正式向婆息進攻。婆息哀歎宋江假意娶她，娶後便讓她獨守空房，張三正在此時前來逼她，她便半推半就。徐朔方認為「張三郎不是她的理想情人，然而她又別無選擇。這才是她的真正悲劇。」（《許自昌年譜・引言》）前句不全對，因為她與張三最初見面時即眉來眼去，暗送秋波；又曾對母親說「這個人倒也俊俏。」（第十二齣）「別無選擇」倒是事實。如果宋江合情合理地對待她，婆息也可能「嫁雞隨雞，嫁狗隨狗」，抱從一而終之宗旨。《水滸傳》本為：宋江納妾後，「初時宋江夜夜與閻婆惜一處歇息，向後漸漸來得慢了。」並解釋：「原來宋江是個好漢，只愛學使槍棒，於女色上不十分要緊。」這個解釋合乎情理，無可指責。閻婆惜當然無法理解和諒解，更且「這閻婆惜水也似後生，況兼十八九歲，正在妙齡之際，因此宋江不中那婆娘意。」在此戲中，宋江於新婚之夜即不予理睬，而且態度生硬，不近人情，留下感情上的很大裂痕。

在本齣中，宋江回家，正好撞碎這對野鴛鴦，使其好事不成，張三只好溜走，他則一點沒有知覺。婆息倒茶給他，他取茶後「不顧下介」，竟對婆息看也不看，理也不理。氣得婆息「啐」他，並發狠說：「張三郎，張三郎，我一發思量你了。」宋江一推，張三一拉，閻婆息在戲中年方十六，人生經驗很少，便自然投向了張三的懷抱。許自昌這樣描寫，頗有一點憐香惜玉的味道，對婆息有同情之意。這也是古代書生的常見情懷，亦頗合弗洛依德的性心理學原理。

許自昌之母親，是他父親的妾，其母與其父要相差三十歲。許自昌寫作此劇時，已有三十歲，他結婚、生子也已有十餘年了，此時他已深知其嫡母作為人妾、作為老夫之少妻的種種痛苦，因此他對婆息身為人妾和未受丈夫之愛，是心懷同情的。也因此他雖寫婆息移情別戀之姦情，他對婆息有所批判，而批判的分寸也控制得相當恰當。

同時，晚明時期一方面資本主義萌芽開始出現，封建專制的不合理禮教開始受到衝擊，人們追求思想的自由和愛情的自主，這是進步的一面。另一方面，社會道德敗壞，男女關係中的道德因素也受到衝擊，淫風甚熾，《金瓶梅）和「三言」、「兩拍」等名著也反映了這方面的一些真實面貌。作為進步作家、正義感很強、道德感嚴正的許自昌對前者是擁護的，對後者是反感的，《水滸記》全劇處處體現出許自昌的這個原則立場，並給以藝術的表現。因此《水滸記》的成功，有多種深層次的原因。

第十九齣　縱騎

為適應舞臺演出，緊縮人物，智取生辰綱的隊伍便省去了阮氏三兄弟；這場戲寫官兵奉命來剿殺，小說中的水戰也就免了。雙方只在陸地上廝殺。帶兵的將領也成無名配角，為節約演員，讓前幾場出現的演「旦」的女角也「扮士卒」，上了戰場。聚義一方由晁蓋、吳用、公孫勝、劉唐四人對敵。公孫勝果然呼風喚雨，用鬼兵殺敗官兵，上了梁山。

公孫勝呼風喚雨，在《水滸傳》描寫晁蓋等對敵官兵時，也提到過；後來在梁山義軍與高廉對陣時，雙方也使用過。至於用「鬼兵」作戰，《水滸傳》則寫為紙兵作戰。呼風喚雨和紙兵紙馬作戰，古書、古史都有記載，如《明史・衛青傳》載唐賽兒「作亂」時，「役鬼神，剪紙作人馬相戰鬥。」谷應泰《明史紀事本末》載徐鴻儒部屬張世佩被俘時，從他住處搜出紙人數千張。唐賽兒的白蓮教起義是明代的一件大事，《拍案驚奇》和《聊齋誌異》都描寫過白蓮教和唐賽兒用紙做人馬作戰之故事。可見明清的史學家和文學家都信其真。但史書、小說也照樣寫其失敗，賴神通異術、呼風喚雨和紙兵紙馬獲勝則史無記載。這裡描寫公孫勝用神術獲勝，沒有生活真實之根據，純屬浪漫主義之筆法。

氣功和特異功能，屬於中國神秘文化中的一個部分。神秘文化與文學有不解之緣，中國最偉大的文學巨著如《水滸傳》、《三國演義）、《紅樓夢》以及湯顯祖的《牡丹亭》等的《臨川四夢》，蒲松齡《聊齋誌異》都如此，都寫到神奇的特異功能。當代小說名作《白鹿原》（陳忠實著，第四屆茅盾獎獲獎之作）、《女巫》（竹林著）、《塵埃落定》（阿來著）等，也都涉此類內容。梅新林指出：「人們只要環視一下世界文學史，偉大的天才傑作幾乎都不同程度地同時具有超現實的神秘主義色彩」，這「不是偶然的巧合。」

第二十齣　火併

為精簡人物，火併王倫的林冲，在此齣中也成了無名之輩。

「我是個秀才，怎脫得秀才見識。」王倫批評自己也用此語。「秀才造反，三年不成。」秀才們史書尚未讀通，而又書生氣十足，又缺乏實際的生活和鬥爭經驗，往往成事不足。故而秀才常被人嘲笑。此戲中的「生」角在殺王倫前宣判：「你這樣人也做不得寨主哩！」《水滸傳）中林冲的原話是「量你是個落第窮儒，胸中又沒文學，怎做得山寨之主！」金聖歎批道：「可見秀才，雖強盜亦不服也。」

當然，同樣是秀才，也有少數傑出的，吳用也是秀才，他可是世事洞悉，人情練達，足智多謀，山寨群雄對他言聽計從，極為敬重！在上梁山前，他即預見「那王倫不過一介書生，無甚伎倆，見了我們這一夥，他還未必肯容留呢。」上梁山後，王倫果真不出所料，晁蓋向他求計，他自信地勸慰：「憑小弟三寸不爛之舌，激動眾好漢，使他自相火併便是。」事件的發展，全按吳用所制訂的方向前進，可謂神機妙算。

王倫無能，無能者必妒忌有才能之人。此兄一上場便總結歷史規律：「女無美惡，入宮見妒。士無賢否，入朝見忌。」有才者被忌，有才者因此而往往失敗，事業也因此而失敗。只有重才不忌，才能獲勝。劉邦、劉秀、劉備等即靠這個法寶，才有西漢、東漢和蜀漢之事業。《水滸傳》有關情節的生動描寫揭示了這個歷史規律，《水滸記》也如此。

不僅是江湖強盜，朝廷廟堂亦往往被王倫之流所霸佔，許自昌身受其害，所以寫到手刃王倫時，他也筆帶感情也。

第二十一齣　野合

此齣寫張三與婆息互相調笑，出語尖新，時帶惡謔，有很強的喜劇性。王媽媽故意闖來，知他倆必有姦情；假裝離去後，又殺回馬槍。藏到門邊，想捉張三、婆息的「破綻」。差一點成功，惜因犬吠，又被閻婆發現。情節曲折且富懸念。由於這齣戲戲劇性和喜劇性強，有極好的劇場效果。所以崑劇舞臺也常演，並改齣名為《後誘》。

此齣戲，許自昌名其為《野合》，又讓王媽媽跑來批評一通，可見他一方面對婆息空守閨房的苦惱不乏同情，另一方面又對張三、婆息的苟合，堅守道德批判的立場。尤其是對張三這個品德惡劣、玩弄女性的角色，作者十分痛恨。劇中刻畫張三一口一個「尊嫂」，婆息奚落他：「什麼尊嫂尊嫂，若說尊嫂，須知『朋友妻，不可戲』了。」剝其畫皮，可謂入木三分。但作者對張三的諷刺、批判，絕無生硬說教之處，全在兩人真真假假的戲語中進行，作者高超的藝術手段，由此可見。

原作之婆息與張三之姦情，一筆帶過，僅作簡單交代。自昌此劇大加發展，一寫再寫，且能寫得生動逼真，細膩自然。許自昌為人正直，仁慈，德行高尚，舉止端莊，並無此類生活體驗，他卻能舉重若輕，優悠勝任，文人之文心，其深其廣實無涯際。真是「居心叵測」啊！

第二十二齣　閨晤

此齣戲寫王媽媽去宋江家中，通報孟氏。她一則眼看婆息行為不軌，與張三苟合，作為媒人，要為宋江負責；二則本人又受婆息之氣，思量報復，所以想去孟氏面前，「講些是非，叫他大娘子移那閻婆息到了家裏來。那閻媽媽不得賣俏了，那張三郎也行不得奸了」。王媽媽的想法和行動符合她的心理邏輯和生活邏輯。沒想到她竟碰了釘子。

孟氏在家形單影隻，好生寂寞，宋江十天、一月才回家一次。她在孤單之中，不禁妝樓佇望，悔教夫婿覓封侯。但當王媽媽告訴她，宋江在縣城另結新歡時，她仍為宋江著想，「我們官人獨處在外邊，正該尋個人兒伏事他。」完全是個封建時代的賢妻模樣。這使王媽媽無法講下去，只能趕快告辭。

「娶妻娶德，娶妾娶色。」封建時代確也有妻妾和睦，共力襄助丈夫的圓滿家庭。許自昌之父，早年貧困，年約四旬才娶妻，與原配沈夫人所生之子不幸夭折。沈夫人為使許家有後，又勸丈夫納妾，即自昌之生母陸氏。兩年後，自昌出生，其父已年屆五十。沈夫人愛護陸夫人，陸夫人敬重沈夫人，兩人合力相夫教子。許父在兩位賢內助同心協力地幫助下，發財致富（尤其是沈夫人，當年盡智盡力，與僮僕一起幹種種苦活粗活，又極善算計，許家之富，沈夫人起的作用最大）；自昌在兩個母親的嚴格教育和細心照料下，成長成才。自昌在描寫孟氏時，必會聯想到其母沈夫人，故筆下也可能帶有自己的感情也。

第二十三齣　感憤

梁山嘍囉奉晁蓋之命帶書信和黃金來酬謝宋江。《水滸傳》中這差使是劉唐承擔的，這裡改為嘍囉，酬金原為一百兩，也改為五十兩。這樣的修改，似沒有必要。

宋江被閻婆拉回家中，婆息聽說「三郎來了」，以為張三郎來了，以為又可重溫鴛夢，不知此「三郎」不是那「二郎」，來的是孝義黑三郎宋江，她的滿腔熱情，從沸點一下子降到冰點，但在下樓梯時講的風話卻收不回去了，不免有點兒尷尬；兩人「坐樓」時的互相冷落和互相嫌惡，尷尬的冷場，非常難表達，這裡卻表達得歷歷如繪，栩栩如生。《水滸傳》原本有這些描寫，《水滸記》改編得也頗為傳神。

這齣戲，在崑劇舞臺上稱為《殺惜》，後來京劇也常演，稱為《坐樓殺惜》；20世紀80年代，上海人民藝術劇院又據此改編成話劇上演，也頗獲成功。

徐朔方先生評論這齣戲說：「殺惜一場，戲曲細緻準確地避免對宋江直接有所指斥，它對他不得已而出此毒手作了令人信服的刻畫。」「作為起義的未來領袖，宋江殺惜是不得已而出此下策。作為閻婆惜的丈夫。他沒有處死她的權力。起義的正義性和封建夫權思想在他身上交錯。閻婆惜即使如衛道者斥責的那樣出於水性楊花，而不是由於丈夫不愛她，那也罪不至死。」（《許自昌年譜·引言》）宋江殺她，並非夫權思想作祟，本齣中特地點明，王媽媽已向他密告婆息與張三的姦情，宋江並不計較此事。小說中，婆息向宋江逼討一百兩黃金，而宋江只拿了劉唐一兩金子，他答應日後補給婆息，婆息堅逼不放；戲中她也已拿到休書、許嫁張三的書面允諾，又拿到五十兩金子，還不肯歸還晁蓋之信，於是將事情徹底搞僵，已使宋江沒了退路，在爭吵搶奪中又高呼「殺人」，將宋江逼入絕境，宋江只能立即殺人滅口，以免驚動眾人，當場被抓。這完全是閻氏咎由自取。凡事都只能適可而止，絕不能過分，更不能欺人太甚，隨便置人於死地，到頭來自己搬起石頭砸自己的腳。閻氏這樣做，利令智昏，已蠢到搬起石頭砸自己的腦袋了！這齣戲描寫英雄被美人所逼，英雄被迫手刃美人，戲劇性極強。照理寶劍配壯士，美人嫁英雄，此乃天作之合。《水滸傳》和《水滸記》則反其道而行之，美人嫁英雄，英雄卻不愛美人，還殺美人，這是多麼強烈的反差，打破流行公式，是多大的藝術創造。因此這齣戲是中國和世界戲劇史上的經典名篇之一。為傑出的表演藝術家提供了多好的英雄用武之地。可惜多少代藝術大師的精彩表演，我們都無緣看到了。幸虧尚有周信芳主演的京劇《坐樓殺惜》有彩色電影傳世（今已錄入 CD 盤出版），望讀者有機會觀看時切勿錯過。更希望產生新的藝術大師，演出崑劇此齣原作，弘揚我民族文化之精華。

第二十四齣　鼠牙

閻婆為人很有心計，騙得宋江不逃，隨她到長街上，她便要將宋江捉進縣衙。恰好撞見王媽媽，她將宋江放走。

開茶鋪的王媽媽，是《水滸記》中新增的腳色。她替閻婆找借錢的宋江，又為宋江做媒，為宋江而守候在門口想抓張三、婆息的破綻並報告宋江夫婦，最後又放走宋江，是一個非常重要的配角。她那熱情助人、伶口俐舌的性格，也刻畫得頗為鮮明。

第二十五齣　分飛

這短短一齣戲，看似過場，卻寫得很緊湊，而且情節曲折，一波三折。

宋江逃回家中，與妻子話別，未及多敘，捉人的公差已來敲門抓人。孟氏忙將宋江從後門放走，應付進門的公差；她還未將公差打發掉，張三又後腳跟進。

張三來的目的，是因為「我張三郎財色上安命的，閻婆息在日，我愛他的色。如今死了，真個與宋公明有什麼不共之仇不成。不免乘機去賺他的銀子用用，卻不是好。」他也認準宋江逃回家中，他跟蹤而來，想敲榨些錢財。宋江不在，他看到孟氏楚楚動人，「我張三郎偷香竊玉的心又動了，再把風月機關用。」於是他假意幫助孟氏渡過難關，替她將公差打發走了。

《水滸傳》中，張三這個人物寫得頗生動。戲曲中更豐富了這個人物形象，栩栩如生地描繪出這個頗有心機、善獵女色的荒淫之徒。

孟氏以為張三是真心幫忙，張三卻自作多情地錯以為「他心有靈犀一點通」，兩人的心理對話全不對榫，雙方各有錯覺，其中便有很強的喜劇因素。

宋江殺了人，正要倉皇出逃，劇情很緊張；張三想女人，闖來尋外快，令人好笑，劇情輕鬆活潑。作者將兩者巧妙地結合在一起，一張一弛，緊鬆自如，更且構思奇特，出人意料之外；銜接自然，又入情理之中。

第二十六齣　召釁

宋江逃出家門，直接投奔江州戴宗。情節比原作大為簡化，這是為了適應戲曲的突主線，減枝蔓的舞臺特點。同樣，宋江題反詩至案發過程，也直捷了當，劇情推進很快。

宋江平時性格沉穩，辦事深思熟悉，絕不張揚、魯莽。醉酒之後卻題反詩，反詩中鋒芒畢露，醒後卻全失記憶，毫無所知。酒能誤事，《水滸傳》中有多次描寫，此戲中則先劉唐，後宋江，誤事的後果一次比一次荒唐。看書看戲，要善於接受前人和書中、戲中人物之人生教訓。好學而深思，舉一而反三，在欣賞藝術之同時，又能有所得，那麼，看書看戲，應成為人生之必需也！

此劇與原作不同的是戴宗回到酒樓，見到宋江酒醉。但因他的粗心和缺乏文化——看到反詩也不懂其意，沒有發現宋江題的反詩。這便使劇情多了一層曲折。

第二十七齣　博執

宋江被捕，只能裝瘋。做大事業者必須處處小心。遇到任何挫折失敗，都要堅忍不拔，頭腦冷靜，保持良好的心態和情緒，尋機東山再起。心理脆弱者才借酒澆愁，越澆越愁。宋江並非澆愁而飲酒，但不慎酒醉，一著不慎便鑄成大錯。被捕後才知酒醉出事，情急中只好裝做發瘋，英雄變成小丑。雖有「龍門敢跳，狗洞肯鑽」的「大丈夫能屈能伸」的風度，但這並非是情勢所逼，而是自作自受，這本是不該發生的挫折。宋江心中雖後悔莫及，但悔之晚矣！凡後悔者，都是要化代價的，宋江差點丟了性命、賠光了老本。他最終雖獲救，但救助者卻費了九牛二虎之力，還傷了許多人的生命，才救了他的一命。

一念之差，一著不慎，便要鑄成大錯，角色便要轉換，英雄淪為狗熊。由《水滸傳》、《水滸記》的以上情節可以聯想到不少有能力、有作為的幹部、企業家，在事業如日中天之時或功成退休前夕，酒席之上或密室之中，也因一念之差收了賄賂，結果關入鐵窗，淪為囚徒，也此一例也，不同的是，此時已絕無可救，唯有自食苦果也。

第二十八齣　黨援

此齣情節與《水滸傳》大致相同。宋江賴戴宗神行工夫，才得到梁山的救助。

戴宗有日行八百里的神行工夫，似乎難令人置信，而古今皆真有此技。

褚人獲《堅瓠集》載：「成化中，臨清張成，以善走得名，日行百里。上官命入京師，往返僅七日，善馬弗能逮。足有長毫，每走勢發，足不能住，抱樹乃止。」成化為公元 1465～1487 年。臨清即今山東臨清縣，距北京近一千二百里。來回二千四百里，張成如日行五百里，與戴宗綁一個甲馬時的速度相同，那麼五天可走完，另有兩天可辦上官所交的公事。

明末清初的文壇領袖錢謙益，其明時詩文編為《初學集》。其中有一首七言歌行長詩描寫他所見聞的神行奇人玉川子（顧大愚）與馬競賽，此人從蘇北的淮陰出發，一日內到達蘇南的蘇州。此詩的題目很長，詳細介紹了玉川子其人其事：「《〈玉川子歌・題玉川子畫像〉。玉川子，江陰顧大愚，道民也。深目戟髯，其狀如羽人劍客。遇道士授神行法，一日夜走八百里。居楊舍氏，去江陰六十里。人試之，與奔馬並馳，玉川先至約十里許。任俠，喜施捨，好奇服。所至，兒童聚觀。亦異人也：》」以上是題目。其詩略云：「玉川子，何弔詭！朝遊淮陰城，暮宿吳門市。萬回不足號千回，趙北燕南在腳底。剛風怒生兩腋邊，蹇驢折著巾箱裏。闊衣褎，高屐齒。長鬚奴，赤腳婢……市兒拍手群追隨，君亦蚩蚩頗自哆。今年六十五，素絲披兩耳。髮短心尚長，足縮踵猶歧……」淮陰至蘇州約有千里，一日而至，故稱「千回」。此老年已六五，眼眶深陷，白髮披到兩耳之上（明代人留長髮，故稱他「髮短」），長鬚像刺蝟般張開著，衣袖闊大，赤腳穿著的鞋子，木底上有高齒。他的形貌穿著皆怪異，故而引得小兒拍手群隨聚觀。日行八百里，則與戴宗綁兩個甲馬時的最高速度相同。錢謙益是江蘇常熟人，與此人所居之地江陰（今為縣級市，屬無錫市管轄）楊舍相鄰不遠，故以親見親聞作詩。可見戴宗日行八百里的神行工夫，還是有生活根據的。

少見多怪，一般讀者都認為戴宗的神行工夫是虛假的描寫。中國古代作家則見多識廣，用心留意各種奇人奇事，攝入自己的筆下，寫在作品中另有一種妙筆生花的工夫，此為超過西方文學之處。本世紀的西方作家也急起直追，俄蘇布爾加科夫的經典小說《大師和馬格麗特》、馬爾克斯《百年孤獨》乃至美國恐怖小說家斯蒂芬・金《起火者》等等，都大寫特異功能，取得後來居上的傑出成就。

第二十九齣　計迓

在第十八齣《漁色》（《前誘》）中，當張三勾引閻婆息時，他全用一派偷香竊玉之語，絕無山盟海誓之辭，完全是逢場作戲。離開婆息，他便將她丟置腦後；婆息慘死，他也無一毫傷感。如今宋江因殺惜而遠走他鄉，他竟因「小生一向有意於宋家娘子，不曾遇著便兒。今夜待我闖入他內室去。」真是恬不知恥之徒。

正在張三花言巧語誘騙孟氏之時，梁山派來的嘍囉衝進來，將孟氏搶出，救上山去。張三還不知這批強人的來路，竟一方面譏笑孟氏，落在強人手中還能保住冰清玉潔？另一方面又哀歎自己夢想之好事成空。張三的獨白十分可笑，喜劇性強。

此齣戲的情節構思很巧妙，將張三的誘騙和梁山的搭救安排在一起，達到「無巧不成書」的戲劇性效果，又使梁山的搭救具有雙重的意義：在接宋江上梁山之同時，又在張三這個色鬼的狼口中救出孟氏。

張三將宋江之妾騙到手，現在竟得隴望蜀，又乘宋江之危，妄圖凌辱其髮妻，其心之險惡，令人髮指。許自昌通過構思此齣情節，典型化地寫出了這個色鬼、色狼的藝術形象，是一個傑出的藝術創造。

高明的是，全劇關於張三調情、通姦的場面，既寫得熾熱、喜謔，又能用精彩的對話、人物語言和戲劇動作，寫巧、寫妙、寫足，但不帶色情成份，舞臺潔淨，是非分明：既讓觀眾入戲，感到有趣，又讓觀眾頭腦清醒，君子樂而不淫。許自昌的大家風範、高明手筆，在這方面要比《西廂記》、《牡丹亭》有時還要帶點濃鹽赤醬的語句（雖然因天才之作而保持詩意）似乎還要高出一籌，極為難能可貴。

第三十齣　敗露

這是一齣過場戲，情節與小說原作大致相同。

蔡九知府作為高官子弟，無德無能，因父親的權勢而得官職。他雖在做官，卻猶如行尸走肉，一點事也做不來，只能傀儡似地任人擺佈，沒有黃通判的暗中指點，他就兩眼抹黑。

許自昌自幼刻苦讀書，又智慧過人，卻四次考試，四次未中，蒙受場屋失利的羞恥。三十歲時其父用錢給他捐了個中書舍人。此舉難以洗刷他科舉不利的羞愧，和平息他心中的憤慨，所以他不久即辭官還鄉，終生不仕，唯以作詩寫戲、刻印古代名著為餘生之事業，年僅四十六歲，即因喪母過痛而逝世。《水滸記》作於他三十歲或之後。他對大賢處下、不肖高居廟堂之惡濁官場和黑暗政局是深惡痛疾的。戲中對蔡九知府的無德無能，僅一句「下官到也不及詳察，那黃通判看了，便知道是假的。」已暴露無異。這個昏官連文書和家信中蓋章的規矩都不懂，對父親家書的私章也熟視無睹，可見其昏庸無用之至。中國歷來敗在這種敗類的手裏。

第三十一齣　冥感

《冥感》描寫閻婆息死後，她的鬼魂不忘舊情，思念張三郎，便到張三郎家裏，將他活捉進陰間，以求團圓，償了夙願。活捉張三郎，想像奇特，情節瑰異，演來引人入勝。這個情節，既完滿地完成了婆息的戲劇動作，又滿足了觀眾的期待心理——觀眾痛恨張三，希望他惡有惡報，張三一死，觀眾抱恨之心便釋然了。這場戲既是全劇的壓臺戲，也是崑劇舞臺上至今常演的著名折子戲，出名則索性改為《活捉》。京劇也有改編本《活捉》。

「然而她認定鴛鴦冢是『兩人的夙願』，卻是她單方面的自我安慰。果真如此，那就用不著『活捉』了。張三郎不是她的理想情人，然而她又別無選擇。這才是她的真正悲劇。不是《王魁負桂英》那樣的『活捉』，一個被遺棄女人的陰魂向負心漢報仇雪恨，而是被害女人的陰魂執著地繼續她生前的追求，雖然對方配不上她。這是既無前例、又無來者的獨特創造。她因受環境而沾染的不良習氣在慘死中得到淨化。」「作為宋江的小妾，即使她得不到任何撫愛，也要對他忠實，這是不合理的要求。現實生活豐富多彩，不受任何教條的約束。我們不能要求文學作品中的男女角色不是十全十美的正面人物，就是不可救藥的反面人物。許自昌苦心孤詣地深入到卑賤者閻婆惜的靈魂深處，在罪惡和無邪的犬牙交錯的界線上作出有益的探索，以它的別具一格得到不可替代的成就。晚明社會思想和文學藝術的時代特徵：它不是伴隨資本主義原始積累而降臨的文藝復興，然而又有類似文藝復興的若干徵象。說它們是新生事物，卻包含著太多的封建因素；說它們陳舊，卻又不是傳統所能概括。《水滸記》的《活捉》恰恰是這一特徵的具體而微的體現。」(《許自昌年譜・引言》)

閻、張的感情糾葛這一情節線，其中偏頗之處是，婆息因硬扣釗文袋和晁蓋來信，爭執搶奪中又在萬籟俱靜的深夜高呼宋江通粱山之敵和殺人，將雙方都逼進了死路，宋江只能殺人滅口。當然，宋江如平時能正確處理和調節他和婆息的關係，也不至於發展到這一步。另外，許自昌對婆息的同情，也因為他自己的母親也是小妾，且嫁了一個比她大約三十歲的丈夫。作家個人的出身、經歷、家庭情況和社會地位，對其創作傾向往往有重大影響。

徐扶明先生則批評「閻婆息所識非人，輕易被誘」，而且「發展到為了他們的曖昧關係，不惜從政治上去傷害宋江，就完全失去了人們的同情。」他又分析，《水滸傳》「原著對張三的結局無交代。」此齣彌補了原著的缺陷。張三被活捉時感到奇怪：「冤有頭，債有主，你該尋宋江，怎麼來尋我哩！」在他想來，宋江殺了她，她就該尋宋江報復、索命。婆惜卻回答：「奴家今夜不為討命而來」，「效於飛雙雙入冥，我才得含臚鴛冢安然寢。」因為張三曾向婆息發誓：「若得神繞巫山，香夢圓，便做韓重赴黃泉，鴛冢安。」作者強調發誓，必須兌現。徐扶明先生認為：「他終於落個做『風流鬼』下場，咎由自取。所以活捉三郎不同於活捉王魁，前者是情勾，是嘲笑；後者是索命，是怒罵，但皆成文章，皆有戲。」（徐扶明《〈水滸記〉與〈宋十回〉》）

徐扶明又介紹：據說，過去，蘇丑楊三演張三被捉，始而將眼往上一挺，黑珠定在中間，繼而黑珠只剩半個，在眼皮內露出；接著雙眼盡白，毫無黑珠，至終場，死後僵伏，即鐵板橋工夫。程曾壽演此戲張三，躺僵以及屍體下場時挺直不動的表演，稱為絕活。姜善珍演此戲，張三繞桌環行時，不露足；被捉時，閻婆息鬼魂將繩套在他的頸上，他將頭上轉繞，成一絞綸形。這都是表演特技，非一日之功。可是，閻婆息鬼魂身掛冥錢長弔，不時作鬼叫聲，張三頻露畏鬼狀，用「三摸臉」，模擬被鬼嚇得面如死灰；臨時流大串鼻涕，可隨意伸縮，因此顯得鬼氣陰森，比較恐怖。朱傳茗和華傳浩合演的此戲，通過疑猜、覿面、憶舊、追逐幾段戲，著重表現情勾過程雙方心理狀態的變化，尤其是華傳浩長於水袖工夫，如托袖、磨袖、搭袖、擺袖等，藉以表現張三輕狂之態（同上）。總之，此齣戲的獨創性的情節設計，戲劇性強，表演難度高，為傑出藝術家提供高明演技和表現絕技的極好機會，故而長演不衰，至今猶然。

第三十二齣　聚義

此齣描寫梁山義軍在江州劫法場。戰亂中晁蓋命令部下：「蔡九知府既已殺了，其餘人民與他無干，不要害他。」作為一位有良知、平時又愛護百姓、經常接濟貧苦人民的優秀知識分子，許自昌顯然不滿《水滸傳》此節中李逵亂殺無辜百姓的野蠻過火行為。

眾義士救宋江回到梁山，恰好孟氏也被救到梁山，寫戲最重視的是巧合。此劇最後的生旦團圓，照顧到傳奇的撰寫慣例和當時觀眾的欣賞習慣，也是作者的用心之處。

寫宋江、晁蓋的命運，至江州劫法場，晁蓋救出宋江，同上梁山聚義而結束，是非常高明的。英雄團聚、夫婦團圓，一筆收煞，戛然而止，乾淨利落。此戲可稱「鳳頭、豬肚、豹尾」，十分圓滿。

許自昌及其《水滸記》述評

許自昌，字玄祐，號霖寰，又號去緣居士，自稱梼道人，又稱梅花墅。著名戲曲家、出版家、詩人。長洲甫里（今江蘇蘇州甪直鎮）人。生於明萬曆六年（1578），卒於天啟三年（1623），終年僅四十六歲。

據盧純《許文正公蘇郡甫里重修祠堂記》和董其昌《中書舍人許玄祐墓誌銘》載，許氏先祖「原出中州（今河南），先由南渡護蹕」，又於南宋孝宗淳熙年間（1174～1189）從江右至吳江縣為吏，「後由紅巾避亂」，即定居於此；至明朝，又遷居長洲甫里。自昌父許朝相（1529～1610），字國用，號怡泉，雖欲讀書求仕，卻因家道中落，只能經商謀生，不久即為吳中巨富。其長子許自學年僅二十餘歲而卒。許朝相原配夫人孫孺人以繼嗣為念，為其夫擇良家女子為側室，得陸孺人。許自昌即為其父側室陸孺人之子。其父年已五十，復得自昌，對自昌抱有很大期望，「延名經書訓督，而修贄有道之門，一時名通孝秀屨滿戶內」。許自昌則無意仕進，「少讀書即好漁獵傳記兩漢四唐之業，築舍而藏之，飲食其中，不屑屑為經生言。」故而他「屢扼京兆試」，連試四次不中。三十歲時，其父命他赴京納貲，「謁選授文華殿中書舍人」。自昌本無意於仕途，又因非正途入仕，有一種難言的屈辱感，所以不久即辭職，養親告歸，終生優游林下。

回故鄉不久，許自昌在姚家街西之吳淞江畔、唐代陸龜蒙故居處營造梅花墅。這個別墅成為晚明江南最著名的私家園林，成為江南著名文人的聚會場所。為此園撰寫匾額、詩文者皆為許自昌平生交遊的文壇、畫壇諸多名家、大家和晚明文人、名流，如董其昌、陳繼儒、王伯谷、鍾惺、祁彪佳、李流芳等，後來追和題詩的有陳子龍、徐汧等。自昌平生交好的名士不下百人，除上述外，另如焦竑、屠隆、王稚登、申時行、錢希言、張大復、張獻翼、薛寀等。

許自昌在園中著書、刻書、觀劇、會友，生活非常優越。惜於四十六歲那年因母喪而悲痛、勞累過甚，猝然去世。

許自昌著述甚多，其刊行之詩集有《詠情草》《百花雜詠》《臥雲稿》《霏玉軒草》《秋水亭集》《秋水亭詩草》《鵂齋詩草》《唾餘草》及《樗齋詩抄》等；所撰傳奇七種：今存《水滸記》《桔浦記》《靈犀佩》三種，《弄珠樓》存佚齣，《報恩亭》《臨潼會》《瑤池宴》三種已佚；改訂明人傳奇《節俠記》《種玉記》二種，皆存；又有散曲作品，散見於明季曲選。

此外，許自昌另有《樗齋漫錄》《捧腹編》《草書要領》等著述和書編。

許自昌雅好收藏善本和異書，並熱心刻印，為佳作巨著之留傳流播作出卓異貢獻。其所校刻的唐人詩文集有多種，著名的如《分類補注李太白詩》《集千家注杜工部詩集》《唐甫里先生集》《唐皮日休文藪》等。尤其是《太平廣記》五百卷，目錄十卷，宋刻已佚，今全賴明刻本傳世，雷夢水先生《古書經眼錄》稱許：「《太平廣記》明許自昌刊大字本，較小字本偽缺尚少，可稱佳本。」

許自昌與其父雖家有巨富，而心懷仁慈。蘇州地區稅賦奇高，徭役繁重，荒年則百姓更難以存活。許氏父子慷慨仁德，許朝相辛勤致富後，「不為錙銖屑瑟」，「年祲出儲粟減市價什之三，又煮糜以食餓者，而槽死者所全活無慮數十家」。「吳中有興必首屬公，如增郡城，葺郡學，有力者皆遜避，公獨銳身承之，損帑數千無吝色。」（焦竑《郡墓怡泉許公暨沈孺人合葬墓表》，《吳郡甫里志》卷四）自昌辭官歸里後「代郡幕公為德益力，歲凶則減半平糶，屑弱療饑，所全活甚夥。凡里中徭役最劇者，率身任之，不以煩桑梓，先後燔責券無數。末年，產益落，然族屬故人之以緩急告者，未嘗不捐歲入應之也。」（董其昌《中書舍人許玄祐墓誌銘》）許氏父子愛民助人熱心公益的熱腸十分難得。

許自昌所處的時代，是晚明政治最黑暗的時期。他生於萬曆六年，萬曆間明神宗朱翊鈞之昏庸與荒淫使其成為明朝衰亡的關鍵人物之一。萬曆與當政者為維持其驕奢淫逸的生活享受，搜刮江南民財無所不用其極。神宗死於萬曆四十八年，時自昌四十三歲，三年後他也逝世，自昌可以說與萬曆相始終。明廷對江南敲骨吸髓般的殘酷剝削，使江南人民忍無可忍。萬曆十九年，蘇州爆發葛賢領導的織工暴動，反對稅監。萬曆二十年，又發生市民爆動。當時許自昌年已十四、五。少年時代的許自昌目睹國家政治的黑暗，人民的無窮苦難，頗有志於舒展自己的才華，以有所作為。《吳郡甫里志》稱他「弱冠遊雍，有雋聲」。董其昌亦云：「既遊南雍，登覽江山，志意抒發。四方名士，皆折輩行與交。」許自昌《臥雲稿》有詩云：「少年意氣輕山嶽，摘句尋章何足學。橫梢指顧風雲生，走馬射雕自超卓。」與此相聯繫，他自幼喜歡白居易關心時局、同情人民疾苦之詩，他自稱：「余垂髫時，得元白《長慶集》一帙，讀而好之，不勝技癢。」（許自昌《詠情草》卷末識語）錢希言說他居恒讀唐人《白香山集》，嗜之甚。乃棄去舉子業，習為詩。下筆奕奕，輒有元和間氣。他傅粉子弟誦之，都不能句云。」（《臥雲樓集序》，《松樞十九集·討桂篇》卷十五）除詩歌外許自昌的創作多用力於戲曲，其戲曲作品的藝術成就亦高於其詩作。現存的《水滸記》、《桔浦記》和《靈犀佩》都歌頌正義、批判邪惡，有很強的愛憎感。《桔浦記》據《太平廣記》卷四一九引《異聞集》之《柳毅傳》改編。許自昌在柳毅傳書的故事中插入柳毅救靈蛇、猿猴，蛇、猴皆知報恩，救人卻反被告密受害的情節，不禁有「眾生好度人難度，寧渡眾生莫度人」的感慨。穢道比丘《桔浦傳奇敘》指出：「作記者其感於近日人情物態乎？是可慨也，特為拈出。」晚明時代士人在高壓政治下，趨炎附勢、出賣友朋而投靠權貴者甚多，世風很壞，自昌在戲曲中給予批判，故而引起論者、觀眾的共鳴。《靈犀佩》鞭撻高官子弟霸佔、凌辱民女，無才無德卻能高中科舉，而真正的才子只能落第。另一劇作《弄珠樓》亦寫男主角有科舉失利之苦，許自昌結合自己的親身體驗，表達了他對科舉制度中的不公和考官的昏庸造成大材屈下、有背景的庸才得中的局面之憤慨。可見許自昌的創作有很強的現實意義和批判力量，是他痛恨黑暗政治和社會現實的藝術反映。

《水滸記》是許自昌最重要的作品，許自昌選擇「水滸」題材絕非偶然。許自昌支持《李卓吾評忠義水滸全傳》的出版，他向刊行者袁無涯、馮夢龍等提供《宋鑒》、《宣和遺事》、《水滸忠義一百八人籍貫》等重要資料，刊印於此書之卷首。由此可見他對反封建的進步思想家李贄其人和鼓吹造反、起義的《水滸傳》此書的政治態度。此書刊行於萬曆三十七、八年，正巧與《水滸記》的寫作、完成大致同時，可見許自昌對「水滸」這個題材之重視。《水滸記》直接改編自《水滸傳》，此亦為一重要的證據。

《水滸記》與《水滸傳》小說原著相比，具有更強烈更鮮明的政治色彩。全劇伊始，宋江夫婦一出場即議論時局之黑暗艱險。宋江夫人孟氏鼓勵丈夫說：「我看方今外寇不寧，內亂交作，那些腰金佩玉的，又只管肥家潤身，不顧民害。似你這等挺生豪傑，卻又婆娑胥吏，困躓簿書，全不去經營，卻來碎聒家務，是何道理？」「看當道豺狼無厭，怎不把梟獍都殲。私相勸，暫艱貞蒙難，待他年縱橫江海效齊桓。」這段唱詞看似寫北宋末年的政治形勢，實則完全符合許自昌所處的明代政局，孟氏的言辭，噴發出許自昌對時勢的滿腔怒火。接著晁蓋來看望宋江，見面後未作寒暄即直奔主題：「公明，你我意氣淩雲，肝腸貫日。有意棄繻，擊中流之楫；無因借劍，斬佞臣之頭。如何是好！」宋江回答：「正是，我們且藏器待時，隨緣行事便了。」晁蓋接唱：「姦臣弄主權，墨吏釀民怨。我把杞人憂切，漆室愁偏。田横倡義咸思變，陳涉憑陵遂揭竿。誰釀亂，瀕危不安，誅讒佞，酬吾願。」這便有力地揭示了宋江夫婦和晁蓋平生蓄積的憂國愛民之志向和高遠的政治抱負，這樣的描寫正是《水滸傳》所欠缺或不敢直接表達的。當生辰綱此舉案發，宋江通風報信時，晁蓋特向他說明：「小弟們此舉，也不專為些須財寶哩。為豺狼當塗擾民，英雄發憤，甘共叢神一逞。」(第十七齣《義什》) 此乃作者從政治上、道義上極力肯定智取生辰綱的正義性和必要性，從反封建專制主義王朝殘酷壓迫、掠奪人民的高度來描寫智取生辰綱這一事件，具有很強的批判力量。

從晁、宋造反這條情節線的關鍵場面《謀成》(第十齣)、《聚義》(第三十二齣)，結合《論心》、《義什》兩齣中人物的言論，劇作鮮明有力地表達了「官逼民反，民不得不反」這一重大主題，抒發出一種「替天行道」的浩然正氣。《謀成》描寫群雄商議、策劃智取生辰綱的行動方案，真實反映了進步人士反抗封建統治者殘酷壓榨人民的迫切要求和高度智慧；《聚義》則描寫義軍的強大和必勝。這便將「官逼民反，民不得不反」，又發展到「造反必勝」，統治者貌似兇惡實則腐朽、無能、虛弱，正義必將戰勝邪惡的主題。《水滸記》表達了與《水滸傳》同樣深刻而有時代意義的主題，而其局限性也完全相同：反貪官而不反皇帝，鼓吹受招安是義軍必然的前景。這是時代的局限。

在英雄人物的描寫方面，由於戲曲與小說的體裁樣式不同和篇幅的限制，《水滸記》在人物心理活動和行動細節等方面作了刪節，但大的方面沒有改變，基本保持了原著所刻畫的各自性格特點，宋江、晁蓋等皆能寫得栩栩如生、躍然紙上，在有些地方還作出勝過原著的改動。除直接表達晁、宋的政治見解、遠大抱負方面，如上所述勝過原著之外，另如《謀成》一齣中晁蓋說：「抵掌圖謀，應非草草。(白：只是有一件可慮，) 他累年遭虜，到今日提防必然周到。(白：學究，這個定須用著你的計較。) 難調，千鈞倚重，藉武侯錦囊機巧。(白：學究，據小弟愚見，此事又動不得干戈，使不得氣力，) 怎能勾將伊輜重，任吾傾倒？」表現晁蓋既能看出問題、難處之關鍵，又能鼓勵、啟發吳用開動智慧，用其所長，體現出他作為頭領的水平和風度。劉唐說：「權相當朝，只為生辰，剝盡民膏。奇珍異玩，看輻輳渾如水船多寶。(白：我思量那黃泥崗上，人跡罕到的所在，我們預先屯聚在那裏，不怕他走了天上去。）林皋、先張羅網，料千箱須臾籠罩。」原作描寫劉唐豪爽可愛，嫉惡如仇，但粗豪有餘，精細不足。此處則寫出劉唐有勇有謀，見解卓特，豐富了人物的性格。這樣的劉唐，晁蓋派他月夜下書這類艱險且需機變的任務，才能勝任。可惜此劇未派劉唐下書而僅讓無名小卒承擔此職。

總之，《水滸記》晁、宋造反、逼上梁山的情節主線，基本忠實於《水滸傳》有關回目並給予成功的藝術表現，誠如《遠山堂曲品》所評：「記宋江事，暢所欲言，且得剪裁之法。」在有些方面還超越了原著，尤其是在批評時局黑暗、姦佞當權方面皆能「暢所欲言」，絕無顧忌。

晁、宋造反、逼上梁山的情節，屬於中國文學史上頂級的重大題材之一，由元雜劇的幾部名著，尤其是長篇小說《水滸傳》完成了圓滿的藝術表現，成為中外文學史、文化史上的頂級巨著之一。面對這樣巍峨高山般的煌煌巨著，許自昌《水滸記》選擇其中的關鍵部分改編成戲，的確表現出高人一等的見地；更且改編成功，已極為不易，貢獻卓著。許自昌又發展宋江後院這條副線，並將這條副線發展得十分豐滿、有趣。其所達到的高超藝術成就，使這條副線，不僅在劇本中補充了主線之不足；與主線雙峰對峙、交相輝映、相得益彰，而且在舞臺上還達到喧賓奪主的出色藝術效果，令人咄咄稱奇。如果說《水滸傳》的圓滿藝術表現和成為完整巨著，是幾百年中世代無數民間藝人的集體智慧之積晶和歷代文人反覆改造加工的積聚型產物，而許自昌為其發展、創造的副線全賴一人、數年之力，那麼他的傑出貢獻及其取得之不易，從某種意義上說，有其更值得珍視之處。

《水滸記》共二卷三十二齣，其情節主線，為以下幾齣：

第一齣《標目》，總敘劇本大意；此齣亦帶敘副線。

第二齣《論心》，宋江回家探望夫人孟氏，晁蓋來訪，同訴政治遠志。第二齣又述副線。

第四齣《遣訊》，蔡九知府派戴宗與梁中書聯絡籌備生辰綱及其路途防範之事。

第五齣《發難》，劉唐前來報信，因酒醉被官兵所捉。

第七齣《遙祝》，梁中書派楊志押送生辰綱，遙祝蔡京壽辰。

第八齣《投膠》，晁蓋宴請官兵，又救下劉唐；劉唐持刀追上官兵，為討還謝金而毆鬥，被晁蓋勸回。

第九齣《慕義》，梁山泊嘍羅奉王倫之命下山打劫；嘍羅抒發熱愛梁山事業並為之自豪之情；嘍羅洗劫了宋江宅第，還山後遭王倫批評，並勒令原物奉還。（此齣為主線中另一支線。）

第十齣《謀成》，晁蓋、吳用密謀智取生辰綱的行動計劃，公孫勝也前來人夥，共舉大業。

第十三齣《效款》，梁山嘍羅到宋宅歸還劫去的財物，宋江規勸嘍羅另尋合法生計，不要聚眾造反。（此為支線，接第九齣。）

第十四齣《剽劫》，正面描寫智取生辰綱的全過程。

第十六齣《報變》，楊志向蔡九知府報告生辰綱被劫之案。

第十七齣《義什》，宋江自濟州府派來的緝事公差處知晁蓋案發，急馬去石碣村報信。

第十九齣《縱騎》，官兵前來圍剿，公孫勝試法術殺敗官兵，晁蓋等全師奪圍而走。

第二十齣《火併》，晁蓋等上梁山，火併王倫。占山為王。

第二十三齣《感憤》，晁派人下書送金，答謝宋江。

第三十六齣《召釁》，宋江殺人後逃到江州，投奔戴宗，卻又在潯陽樓上醉酒後誤題反詩，闖下大禍。

第二十七齣《博訊》，宋江被捕裝瘋，受嚴刑逼訊。

第二十八齣《黨援》，戴宗上梁山求救，吳用施假信計失敗，梁山眾英雄決定去江州武力相救。

第三十齣《敗露》，戴宗帶回假信，被識破下獄候斬。

第三十二齣《聚義》，梁山英雄下江州、劫法場，將宋江、戴宗救上梁山共舉大業；宋江與孟氏團聚。

以上共二十齣。其中二齣為開場；二齣寫梁山小卒搶劫宋宅和歸還財物，乃插科打諢之插曲；第二十三齣僅開頭表演下書與贈金描寫晁、宋造反事業之主線的，凡十五齣。

其情節副線，為以下幾齣：

第一、二齣，簡單透露副線基本內容；展現宋江與其妻孟氏平時家居之情況。

第三齣《邂逅》，閻婆因家計無著，思找一闊老，嫁出女兒，便去尋媒婆王媽；婆息在家，張三見她美貌，藉口借茶，與她調笑。

第六齣《周急》，閻婆來央王婆做媒，王婆介紹宋江，兩婦堅勸宋江接納婆息為妾，而宋江則堅拒不從。

第十一齣《約婚》，王婆、閻婆又來勸宋江納妾，張三在旁也一力攛掇、勸說，宋江才勉強允婚。

第十二齣《目成》，張三又來閻家尋婆息，遇見閻婆，才知婆息即宋江將納之妾；他與婆息眼來眉去，但無從下手。

第十五齣《聯姻》，新婚之夜宋江冷落婆息，令她怨恨不已。

第十八齣《漁色》，張三又來勾引婆息，正要人港。宋江正好回家，撞碎兩人的好事。

第二十一齣《野合》，張三與婆息終於勾搭成奸。王婆尋上門來，看出兩人姦情。

第二十二齣《閨晤》，王婆去宋宅向孟氏通報婆息之不軌，孟氏並不理會此事，王婆無功而歸。

第二十三齣《感憤》，宋江剛拿到梁山來信、贈金，即被閻婆拖回家中；宋江與婆息為討回梁山來信事爭執而坐樓殺息。

第二十四齣《鼠牙》，閻婆拖宋江去公堂，王婆救出宋江。

第二十五齣《分飛》，宋江逃回家中，正與孟氏話別，追兵已到家門。宋江剛從後門逃出，張三已從前門進入，想來勾搭孟氏。

第二十九齣《計迓》，張三又上宋宅，妄想凌辱孟氏，正好晁蓋派來的「強人」趕來。將孟氏救上山去。

第三十一齣《冥感》，婆息雖死，難忘舊情，到張三住處，將他活捉去陰間團圓。

以上第一、二齣為開場戲，其所表現宋江與孟氏、婆息及其張三之情節副線也為十五齣。從全劇的分布來看，主線與副線份量相當，主副線的場次分隔得當，兩線平行交叉、齊頭並進，劇情的發展速度控制適當，而且全劇的場面有聲有色，環環相扣，最後同時推向高潮，並在進入高潮之時戛然而止，到達結局。

晁宋主線，可分為兩條情節線。徐扶明先生認為：此線又以宋江為主線，晁蓋為副線，到《感憤》二線交織。全劇三十二齣，寫生辰綱占十一齣之多。全劇以鬧江州為大收煞，順理成章，水到渠成，結構緊湊，布局完整〔註1〕，

〔註1〕徐扶明《〈水滸記〉與〈宋十回〉》，《藝術百家》，1994年第4期。

極為有見。

情節主線中實際上又插入一條小的支線，即用兩齣戲描寫梁山嘍羅打家劫寨。前齣寫打劫錯人家，竟洗劫了宋江家宅，正是大水沖了龍王廟，革命革到梁山未來的領袖頭上；後齣寫嘍羅來歸還家財，又受到未來造反領袖教育他們不要造反的一頓訓話。這兩齣戲，反差太強烈，喜劇性很強，引人發笑，兩齣戲本身就是一種大型的插科打諢。情節副線本應由宋江與孟氏、婆息組成戲劇衝突，而此線中派生出一個副線，即張三與婆息的姦情形成的戲劇衝突。表現張、閻姦情的戲有五齣之多，這五齣戲喜劇性強，笑料多，對全劇而言，其本身就是一個更大型的插科打諢。更妙的是，從宋江與孟氏這條副線中又派生出一條小的支線，共兩齣戲，描寫宋江因殺息而倉皇逃離之時和稍後張三乘機去調戲、勾搭孟氏。因此，單是本劇之事，已有三戲交叉，這便增強了劇情的複雜曲折性，充分顯示作者構思情節、駕馭題材、組織戲劇衝突的出色才華。

《水滸記》的重要關目、關鍵場景之描寫，豐滿、細膩，精彩、獨到，有時還暗寓深意，本書已在各齣短評中略作分析和論述。其中尤值得稱道的是《感憤》(即《坐樓殺惜》)和《冥感》(即《活捉》)兩齣。這兩齣戲是閻婆息與兩個異性的感情糾葛之最後結局，前齣成功改編原作，用戲曲這種藝術形式重新演繹小說的經典性描寫，取得異曲同工、各呈千秋的傑出成就；後齣是作者的全新創造，達到與前齣交相輝映的藝術成就。這兩齣戲，已成為戲曲史上長演不衰、為傑出表演藝術家提供發揮才華的廣闊藝術空間的千古不朽之作；這兩齣戲和整個《水滸記》在文學史上固然堪稱傑作，而其在戲曲史上的地位則更高於文學史，具有多方面的意義。仍以《感憤》為例，其一，《水滸記》在改編文學巨著時，不僅能忠於原著，保留原著之精神與精華，更能作出自己新的創造；其二，在同題材的表現和創新作體裁轉換時，能充分發揮新體裁的審美表現力，並據此作出自己新的藝術創造。這體現在戲劇動作、人物語言的直觀性、喜劇性都較原著強烈和有力等方面。其三，充分考慮讀者和觀眾的不同接受效應，如現場的熾熱感和煽情的現場效應，對大團圓的執著追求。《感憤》用出人意表的人物心理和結局來勾畫一個特殊的團圓。婆息被殺後竟在陰間不甘寂寞，思念陽間的昔日情人，這種人物心理頗出觀眾意料之外，但又符合人物的性格和不幸的境遇，顯得十分合情合理；這種心理，不僅獲得觀眾的理解，更且搏得觀眾的同情。於是觀眾在欣賞此齣戲時，獲得意外的雙重心理滿足：閻張的「團圓」令觀眾解頤，這個負情色鬼死於非命又使觀眾解恨。這使活捉的戲劇動作又讓觀眾獲得雙重的審美享受：活捉的陰森淒慘，讓觀眾感到恐怖，惡有惡報的結局有令人警懾的教育效果和驚險的審美愉悅；張三始以為豔福降臨，感到意外之喜，接著發現對方是鬼，非常害怕，繼而感到宋江才是女方的仇人，她不去報復宋江怎麼來拖我去死的大惑不解，然而又恍大悟，如此強烈的心理反差和一系列的滑稽動作，喜劇性極強，觀眾獲得一種開懷一笑過後又有回味的審美享受。此齣戲能將恐怖和戲謔兩種反差極大的審美因素天衣無縫地、互相交融地完美結合，真非大手筆不能為。

《水滸記》以最後兩齣戲分別將副線和主線推上高潮，而且一進入高潮便戛然而止，成為「豹尾」式的響亮結局，亦頗具匠心。

《水滸記》在人物塑造方面也取得很高成就。與原作相比，新添了孟氏一角，借用了王婆一角並作了全新改造，在戲中都起到應有作用。發展了婆息、張三兩人的性格，具有很強的典型性，並以宋江和他們兩人同為全戲主角，別出新裁。論者指出：「善於通過動作、表情及其與唱詞、賓白的配合刻畫人物，是本劇的一大特點。劇本中許多動作提示（即「介」）直接參與戲劇進程，值得注意。如第十二齣《目成》，張三去閻婆家勾引婆息，『小旦見淨急轉身，老旦過接茶，小旦偷覷淨下，淨背笑介』，急轉身、偷覷、背笑這些動作，不用一句話，就生動地點出了人物的神態和隱秘的心理活動。」「劇作家十分熟悉舞臺，懂得劇本是為舞臺演出而寫的，而在舞臺上就不能只靠語言，還要靠演員的動作表現，在整體構思和寫作時，就要作通盤考慮，給演員提供充分的餘地。一些折子戲能保留下來，與表演的精彩大有關係。」〔註 2〕此劇第十五齣《聯姻》、第二十三齣《感憤》和第三十一齣《冥感》等眾多重頭戲，都具有這個特點。這也是經過充分發揮戲劇的審美表現力並充分顧及觀眾方面的接受美學而取得的傑出藝術成果。

《水滸記》像一切成功的藝術作品一樣，也不可避免地有時代局限、思想局限和藝術上的不足之處，前人也已有所指出。有的批評則不一定對，如認為「作品對張三郎與閻婆息的姦情渲染過多」〔註 3〕，這種批評的觀念便比較陳舊；張、閻之戀實為作品的成功之處，本文前已論及。此劇的思想局限是傾向

〔註 2〕《中國古典名劇鑒賞辭典》，上海古籍出版社，1990 年，第 509 頁。

〔註 3〕《許自昌〈水滸記〉題解》，王起主編《中國戲曲選》中冊，人民文學出版社，1985 年，第 757 頁。

於受招安，這也帶有一定的時代必然性，並非許自昌所獨有。平心而論，《水滸記》的思想局限很少，反封建的進步性則非常突出。

《水滸記》藝術上的缺點，《遠山堂曲品》指出其曲「多稚弱句」。趙景深師指出：「全劇多用駢儷，仍沿嘉靖年間積習，極不活潑。連閻婆息的母親（第三齣《邂逅》）近似鴇母那樣的人物都用起駢四儷六來，甚至第九齣《慕義》開端，小嘍羅都會說出洋洋千言的梁山賦來，別的可推想而知了。」〔註4〕與此相聯繫，詞曲的用典太多太濫。這個弊病，誠如景深師所言，「仍沿嘉靖年間積習」，明代傳奇作品多有此病，積習難改，是文人作家賣弄學問、掉書袋的炫耀心理在作怪，連不少經典作品如《臨川四夢》亦未幸免，但《水滸記》的這個缺點是嚴重的。在實際演出中，藝術家們刪棄這些深奧的駢體，作了必要的改動，從而取得了舞臺實踐的極大成功。

許自昌是晚明很有影響的著名戲曲家，《水滸記》是他的主要著作，但因此劇中批判黑暗政治和醜惡的社會現實，時代性和針對性很強，所以其印行的原本流佈不廣，且在明朝覆亡、清兵南下期間刊印的汲古閣本之前，竟未刻印過。即使如此，《水滸記》在晚明即已久享盛名，非常流行，但是流行、出名的可以講是半部《水滸記》（實則不到全作之三分之一），即《水滸記》中宋江與婆息及其與之有關的張三與婆息的這條情節線，在崑劇舞臺上稱為「宋十回」。其名聲大和流傳廣還體現在兩個方面：一方面明清的戲曲選本和曲譜競相收錄此劇的選出，如萬曆間《堯天樂》選《活捉三郎》，崇禎間《怡春錦》選《野合》，《玄雪譜》選《茶挑》、《野合》、《活捉》，《醉怡情》選《漁色》、《野合》、《殺惜》、《活捉》；清初《昆弋雅調》選《活捉三郎》，《歌林拾翠》選《三郎借茶》、《婆惜心許》、《漁色訂期》、《活捉三郎》，《綴白裘》選《借茶》、《劉唐》（又稱《劉唐醉酒》，與《劉唐下書》一齣內容不同）、《拾巾》、《前誘》、《後誘》、《殺惜》、《活捉》。景深師指出：「《綴白裘》、《六也曲譜》中所收各齣，卻添了許多插科，這才使得這傳奇能在歌場搬演。茲比較齣目如次：

原本　邂逅　發難　目成　漁色　野合　感憤　鼠牙

曲譜　借茶　劉唐　拾巾　前誘　後誘　殺惜　放江

「《曲譜》中的《劉唐》有酒樓插科，堂倌誤『上等的燒刀』為『上陣的腰刀』，誤『豬首』為『豬手』；這在《珍珠塔》彈詞第一回《大盜無心當劫珍》

〔註4〕《許自昌的〈水滸記〉》，趙景深《中國戲曲初考》，中州書畫社，1982年，第186頁。

裏也有的，當係《珍珠塔》抄襲《綴白裘》中的《劉唐》齣。」〔註 5〕

另一方面，《水滸記》問世後迅即風靡盛行於舞臺，明清兩代於此頗有重要記錄，如祁彪佳《日記》記其於崇禎八年、九年連觀此劇，《金鈿盒》傳奇第六齣《丑合》表演串客演弋陽腔《活捉》時說：「串得好張三郎，果然妙絕，蘇州沒有這樣花面。」姚廷遴《上浦經歷筆記》記載康熙二十三年皇帝南巡至蘇州時看戲，劇目中有《借茶》。另有《儒林外史》、《揚州畫舫錄》、《消寒新詠》等名著，都言及清代名伶演《水滸記》之選出。直至二十世紀三十年代，崑劇仙霓社還演全本《宋十回》；八、九十年代，上海崑劇團仍常演《活捉》等齣。京劇、地方戲產生後，也競相移植，如京劇有《生辰綱》、《火併王倫》、《劉唐下書》，京劇、川劇、徽劇、漢劇、滇劇、評劇等都有《烏龍院》，京劇、川劇、徽劇、漢劇、湘劇、晉劇、秦腔、豫劇、楚劇、滇劇、上黨梆子、河北梆子、武安落子等皆有《坐樓殺惜》，京劇、徽劇、川劇、漢劇、秦腔、滇劇、河北梆子等均有《借茶》《活捉》。〔註 6〕受《水滸記》成功演出的影響，京劇又從《水滸傳》中改編了《鬧江州》和《潯陽樓》。《坐樓殺惜》成為京劇表演大師周信芳的代表作。八十年代中期，上海人民藝術劇院又將京劇《坐樓殺惜》改編成話劇上演，還在電視臺多次轉播，也頗獲成功。除各種戲曲外，曲藝也據《水滸記》改編了一些劇目，如子弟書的《活捉》、《坐樓殺惜》，鼓詞、牌子曲的《烏龍院》、《活捉三郎》，影戲詞也有《坐樓》。

許自昌《水滸記》是中國文學史上的名作；在中國戲曲史上影響非常大，尤其是其中的「宋十回」部分（實則為《借茶》《拾巾》《前誘》《後誘》《劉唐》《坐樓》《殺惜》《放江》《活捉》九齣），在戲曲舞臺上的盛演不衰，就提供歷代表演藝術家、藝術大師和各地方戲劇種的改編者發揮傑出才華以堅實的基礎來說，置諸整個中國戲曲史的一流作品之行列而無愧。其所取得的傑出藝術成就和改編名著並進行再創造的成功創作經驗，值得當代劇作家和文學家反覆學習、研討、繼承和發揚，從而為當前創作的發展和繁榮，作出無愧於時代的新貢獻。

〔註 5〕《許自昌的〈水滸記〉》，趙景深《中國戲曲初考》，第 186～187 頁。
〔註 6〕參見郭英德《明清傳奇綜錄》上冊，河北教育出版社，1997 年，第 364 頁。

附　錄

上海畫報出版社版《水滸傳》序言

《水滸傳》是中國古代長篇小說中最傑出的著作之一，是一部描寫和歌頌農民起義、揭露和批判封建專制黑暗統治的劃時代巨著。

《水滸傳》所刻畫的農民起義領袖宋江是歷史真實人物，《宋史・張叔夜傳》說：「宋江起河朔，轉略十郡，官兵莫敢攖其鋒。」南宋・王稱（一作偁）《東都事略・侯蒙傳》說：「江以三十六人橫行河朔，官軍數萬無敢抗者，其才必過人。」《宋史・徽宗本記》又記載：「淮南盜宋江等犯淮陽軍，遣將討捕；又犯東京、江北，入楚海州界，命知州張叔夜招降之。」宋江率部接受招安後，又曾奉朝廷之命去征討方臘，《水滸傳》（一百回本、一百十五回本和一百二十回本）也描寫了宋江征方臘的故事。

發生在北宋末年的宋江起義，引起當時民眾的很大興趣，傳說其故事者很多，所以南宋末年至元初的畫家龔開，在《宋江三十六人贊・序》中說：「宋江事見於街談巷語，不足採者。雖有高如李嵩輩傳寫，士大夫亦不見黜。余年少時壯其人，欲存之畫贊。」可見南宋時已有人為宋江等三十六條好漢作圖。南宋時也已出現不少以水滸故事為題材的話本小說，南宋羅燁《醉翁談錄》「小說開闢」記有「公案類石頭孫立」、「樸刀類青面獸」、「杆棒類花和尚、武行者」等。現存最早記錄水滸故事的小說是宋末元初的《大宋宣和遺事》話本，內有晁蓋率眾劫生辰綱、宋江殺閻婆惜和楊志賣刀等情節，並介紹張叔夜招降他們後，「遣宋江收方臘有功，封節度使。」

元代除話本小說繼續流行外，又產生了一批「水滸戲」。根據現存資料，元雜劇中的水滸戲約有三十三部（包括元明間的作品）；現存的還有六部，其中以李逵為主角的為多，最著名的是高文秀《黑旋風雙獻功》和康進之《梁山泊李逵負荊》。

元末明初出現的長篇小說《水滸傳》是在宋元以來二百多年中流傳的民間故事、話本小說和戲曲作品的基礎上，進行選擇、提煉和再創作而成的。其作者，據明代嘉靖年間的高儒《百川書志》記載：「《忠義水滸傳》一百卷，錢塘施耐庵的本，羅貫中編次。」大致同時的郎瑛《七修類稿》記載《宋江》一書，也認為是羅貫中據「錢塘施耐庵的本」所編。除這兩個最早記載外，明刊本一百回本和一百二十回本《水滸傳》的作者也多署施耐庵集撰、羅貫中纂修。所以自明末金聖歎至今，已確認施耐庵是《水滸傳》的作者。

關於施耐庵其人，目前尚無有關他生平的確切資料。有些學者認為他名施彥端，興化白駒場（今屬江蘇大豐）人。據傳他曾入元末農民起義領袖張士誠幕下。

《水滸傳》的思想成就和藝術精華主要體現在前七十回之中，作者生動描繪眾多英雄好漢，尤其是宋江、林冲、武松和魯智深、李逵、楊志等人被迫落草、逼上梁山的曲折歷程，揄揚以宋江為首的綠林好漢「八方共域，異姓一家」，團結一致「替天行道，保境安民」，同時又打家劫寨，劫富濟貧的俠義精神。

《水滸傳》首先揭露和批判封建專制統治者的腐敗無能和扼殺人才、殘酷壓榨人民的罪行。如宋徽宗和高俅只會踢球、享樂，不懂治國，更無力抵禦入侵之外侮。蔡京的女婿梁中書，靠裙帶關係得任高職，以收刮巨額錢財孝敬丈人為能。貴妃之兄慕容彥達倚託妹子的勢要，任青州知府，殘害良民，欺罔僚友，橫行不法，無所不為。高俅之弟高廉、螟蛉之子高衙內，或霸持一方，或在堂堂京城內公然欺凌良家婦女。還有鄉村或城鎮中的鄭屠、蔣門神、祝朝奉、毛太公和西門慶，無賴、潑皮牛二，及貪官污吏張都監、陽穀縣和鄆城縣知縣、太師府門下奶公、公差董超和薛霸等，織成一個封建專制統治和黑暗社會的大網，欺壓剝削底層人民，直至世襲貴族柴進、將門後裔楊志；八十萬禁軍教頭王進和林冲則大材受壓，「屈沉小人之下」，「空有一身本事，不遇明主」，最後都只能流落江湖或投奔綠林。小說形象地揭示封建社會中官逼民反的歷史事實，正面歌頌受壓迫者造反有理的正義行動，取得極高的思想成就。

作為古代作品所必有的歷史局限，則體現在「只反貪官，不反皇帝」，鼓吹接受招安的「忠義」式投降主義，但同時又寫出封建專制統治者善玩陰謀，不講信義，投降者都被先後翦滅，絕無好下場的歷史真實，也有醒世的意義。

從總體上來說話，《水滸傳》洋溢著英雄主義的精神。無論是魯達抱打不平、拯救受辱弱女和落難英雄的壯烈義舉，武松敢鬥猛虎、為兄報仇的雄渾氣勢和林冲在英雄末路時善於忍耐，手刃王倫時智勇雙全、虎虎生威，呈現大丈夫能屈能伸的大智量和大氣魄，都令讀者熱血沸騰，伸張了民族的正氣。《水滸傳》在描寫眾多英雄人物時，不僅寫出他們可歌可泣的動人事蹟，還能傳達出一種飽經滄桑卻依舊能積極向上的人生感悟和心境，展示出一種曲折跌宕而又充溢實在的人生境界的詩意的美；更能面對複雜的社會和人生，站在歷史和時代的高度，以不同的視角，讓讀者看到不同命運的人們的深層心理，在似有似無的字裏行間蘊含無比豐富的人生內容，以及寄意遙深的人生哲理，從而取得了驚人卓越的思想藝術成就，並給讀者以激勵和鼓舞的力量。

圍繞眾英雄有聲有色、可歌可泣的人生歷程和俠義行動，《水滸傳》又塑造眾多的次要人物的藝術形象。其中有他們的親人、親戚、友好和鄰居街坊，有諸色流氓、地痞、鴇母、惡婆及小販等社會渣滓和市井之徒、方外人物，還有壓迫英雄的官僚、武夫、教頭、公差等等，形形色色的人物，組成一條長長的琳琅滿目的配角群像的藝術畫廊，形成一個五光十色、層次井然且又生龍活虎、真實全面的封建社會。小說在這方面表現出的舉重若輕、左右逢源、生動形象和全景色描繪以及高超的藝術表現力，不僅在中國文學史而且在世界文學史上也屬極為罕見的，只有比它晚二百多年的莎士比亞配備「福斯塔夫式背景」的劇作可以媲美。小說所描繪的寺廟、酒樓、街坊、民居中的生活場景和水蕩、山崗上的搏殺、戰鬥場面，歷歷如繪，猶在目前。又如赤日炎炎或冰天雪地的環境或景色描寫，寥寥幾筆即能營造逼真的氛圍，表達其中的神韻，顯示超凡拔俗的藝術功力。

《水滸傳》令人驚歎的語言藝術成就還表現在作者將民眾口語加以提煉並和優秀的文學語言完美結合，使全書的行文明快洗練、流暢生動，極富表現力，描寫人物或敘述事件往往能繪聲繪色，栩栩如生，形神畢肖。善於將人物的語言和行動結合起來作整體的表現，又能以人物的語言表現人物的性格，從而「能使讀者由說話看出人來的」。（魯迅《花邊文學．看書瑣記》）《水滸傳》的這個典範性的高超藝術手段，給《西遊記》和《紅樓夢》以重大影響，西方小說要到十九世紀的巴爾扎克才達到這樣的藝術水平。

《水滸傳》中的不少經典篇章，如《魯提轄拳打鎮關西》《魯智深大鬧五臺山》《花和尚倒拔垂楊柳》《魯智深大鬧野豬林》《林教頭風雪山神廟》《汴京城楊志賣刀》《吳用智取生辰綱》《宋江怒殺閻婆惜》《景陽崗武松打虎》《武松醉打蔣門神》《黑旋風鬥浪裏白條》《黑旋風沂嶺殺四虎》和《宋公明三打祝家莊》等等，都是幾百年來膾炙人口、家喻戶曉的藝術極品，具有極大的影響。

《水滸傳》和《紅樓夢》代表著中國古典長篇小說的最高成就，不僅是中國文學史上的兩座高峰，而且也是世界文學史上的兩座高峰。

明末清初的大批評家金聖歎認為《莊子》、屈騷、《史記》、杜詩、《西廂記》和《水滸傳》代表著中國諸體文學的最高成就，是學習文學寫作的典範之一，這個觀點得到大多數學者和讀者的贊成。《水滸傳》作為中國傳統文化的傑出經典之一，近已被教育部規定為大中學生素質教育的重點書籍之一。

上海畫報出版社出版的《水滸傳》，配以明代刊本的精美人物繡像而精印出版，讓讀者得到文學與美術雙重美的享受。《水滸傳》的精美插圖和人物繡像有陳老蓮這樣的大畫家參與創作，不僅與小說原作珠聯璧合，相得益彰，而且其本身也是中國美術史上的名作，具有獨立的審美價值，是古今人物畫家的極好教材。

二〇〇一年四月於上海

《貫華堂第五才子書水滸傳》〔註1〕解讀本前言

《水滸傳》是與《紅樓夢》並列的兩大經典小說，但在明清兩代，《水滸傳》在民眾中的影響最大，清代的《紅樓夢》只是在知識分子中間流傳，至今還基本如此。到了20世紀，還有許多人，例如胡適、錢穆等，對《水滸傳》的評價都高於《紅樓夢》。在韓國、日本，《水滸傳》的聲譽和影響至今仍都遠大於《紅樓夢》，讀者非常多。平心論之，《水滸傳》和《紅樓夢》的思想和藝術成就大致相當而各有特色，的確是中國古代小說的頂峰式的巨著，也是世界文學史上少數頂峰式的巨著之一。

〔註1〕周錫山編著《貫華堂第五才子書水滸傳》解讀本，《金聖歎全集》16開法式精裝增訂解讀本第一、第二冊，萬卷出版公司，2009年。

金聖歎的《貫華堂第五才子書水滸傳》簡稱《金批水滸》是《水滸傳》的最佳版本，是中國美學史上最為傑出的少數巨著之一。

《水滸傳》的研究，自明清到當代已經出版了許多成果，而其中最精彩的是金聖歎的評批，魯迅稱之為「最有名的金聖歎」〔註 2〕，代表著中國獨有的文學評批的最高峰，詩文戲曲小說的評點，都達到最高水平。毛澤東最愛看金批《水滸》，不喜歡其他的《水滸》版本。〔註 3〕

《水滸傳》和金批的精彩，可以挖掘之處還很多。還有不少分歧，如《水滸》是否描寫農民起義，即造反之書等，這與理解《水滸》的精彩在何處也有很大的關係。聲譽遠播海內外的《新民晚報》「夜光版」副刊正在連載我的「《水滸》新說」，我將全面地分析學者和讀者沒有注意到的《水滸》和金批的精彩之處，從全書的主題到細微描寫，提出全套的新的觀點。2008 年 6 月上海作家協會委派我在東方講壇所作的《〈水滸傳〉與人生哲學》等 3 個講座，受到熱烈歡迎，上海作家協會會刊《上海作家》2008 年第 6 期刊載了這篇講稿，上海圖書館拍攝了講座的全程實況錄像，由文化部圖書館司發放至全國各級圖書館供讀者共享，在文化部網上也可點看有聲視頻。限於篇幅，這裡將我的有關主要觀點略作展開。

《水滸傳》的偉大思想、藝術成就

1.《水滸傳》的深刻主題和思想傾向

《水滸傳》自問世以來，家喻戶曉，人人喜讀，成為明清至 20 世紀名聲最大的古典小說，首先是因其藝術成就極高，具有極大的藝術魅力；又因此書精彩地表現封建專制社會中人的生存困境即人生的艱難，而這個問題具有至今為止的歷史的普適性：貧困纏繞著底層民眾的一生；還缺乏人身和財產安全——這又是各個階層共同面臨的困境。天下大治之時，社會和諧，生產發展，生活平安。當統治者腐敗無能，造成經濟發展停滯、社會秩序混亂之時則盜賊橫行，亂世為王。不要說普通老百姓缺乏安全保障，連當官的也如此。有一次一位官員在半路上被強盜攔住，這是一位清官，兩袖清風，沒有什麼可以搶的。強盜說，那麼你就做一首詩送給我們吧。這批強盜倒也風趣，沒有什麼可搶，「搶」一首詩也比空手而歸要好。這位清官見了強盜一絲不慌，冷靜理

〔註 2〕魯迅《南腔北調集‧論語一年》。
〔註 3〕佘大平《毛澤東與金本〈水滸〉》，《中華讀書報》，2007 年 5 月 16 日。

智，就當場吟詩一首相贈：「暮雨瀟瀟江上村，綠林豪客舊知聞。相逢不用（一作何必）相迴避，世上如今半是君。」（唐代李涉《贈盜》）錢鍾書《管錐編》卷一記載了封建時代流行的「湖州歌」（「胡謅歌」）：「老爺生長在江邊，不怕官司不怕天。昨夜華光來趁我，臨行奪下一金磚。」《水滸傳》中的張橫抓住宋江要謀財害命的時候，也唱了這首歌，只是將第二句改成「不愛交遊只愛錢」。錢先生認為這首歌的潛臺詞應該是：一顆心靈在遇到盜匪時所表現的「畏懼不安之貌也」。在《水滸傳》第三十七回，宋江狼狽逃到潯陽江頭，在驚恐萬狀之際，匆匆搭上了一條破船，船行至江心時，船上的艄公，即船夥兒張橫，一邊搖櫓一邊就唱起了這首使宋江心膽俱裂的強盜歌。錢鍾書形容舊時有過此類遭遇的人，心中往往是「震索索」的，嚇得心「都酥軟了」的。〔註 4〕

與盜賊橫行和惡勢力兇狠的社會狀況相關，中國民眾歷來還有一個俠的情結，俠客、劍客和他們「路見不平，拔刀相助」的故事總是令人欽敬和神往。唐代賈島有詩《劍客》云：「十年磨一劍，霜刃未曾試。今日把與君，誰為不平事？」描繪劍客的一腔豪情。《水滸傳》中的綠林好漢助人危難的故事，精彩動人，更是打動了無數讀者的心。

《水滸傳》的主題主要講的是人的基本生存困境的問題，至於逼上梁山、造反有理，懷才不遇，仗義疏財是這個問題的派生，是第二層次的主題，而描寫和歌頌農民起義，在作者的心目中和原作的體現中更是第三層次的主題。當然，後人對於這些主題的提煉和分析，都是準確的。但研究家只認為造反有理、描寫和歌頌農民起義，是《水滸傳》要表現的最高主題，是有偏頗的，沒有理解原作的主旨與精華。

《水滸傳》與這個基本主題並列的是表現了另一個重要的主題，這個主題是儒道兩家文化所主張的：與人為善、助人為樂，做事要克制忍耐、謀而後動，既然做了，就要認真徹底但又要功成身退，這樣重要人生哲學、人生原則和人生智慧。故而學者一般認為行俠仗義、鬥爭到底是《水滸傳》宣揚的唯一主題，而且是最高主題，也是有偏頗的。

與之相適應，《水滸傳》真實準確反映了兩個思想傾向：第一、梁山好漢只反貪官不反皇帝，這是毛澤東首先提出的（所以他只喜歡看金批《水滸》，對一百二十回《水滸傳》等都不喜歡）；但需要補充的是，《水滸傳》也不反對一般的官僚階層，只反貪官。二、殺商賈不殺地主的鬥爭原則。所以《水滸傳》不是描寫

〔註 4〕錢鍾書《管錐編》第一冊，中華書局，1990 年，第 31 頁。

階級鬥爭之書。這是我提出的觀點，我認為學者和讀者一般都只知其一，不知其二，以為是寫階級鬥爭的書，這與原作表現的完全不符。不殺地主，是他們的主體善良仁義，對當時的農業生產起了至少是維護和管理的作用。在古代，地主階級的產生和存在是歷史的需要，而且地主和農民的身份在不斷的轉換之中（地主富不過三代，第二第三代或因天災人禍、或因嬌生慣養、好逸惡勞、吃喝賭嫖而破產；或因子女多、子孫多，不斷分割遺產，成為農民或窮人；有的農民勤勞加上善於經營，致富成為地主，有的造反成功成為地主階級的一員）。宋朝是中國文化的最高峰，科技高度發展，政治和社會都比較和諧，尤其是優於明清兩代。宋朝在經濟文化的發展都領先於世界，是當時世界上最先進的國家，而地主階級是當時掌握先進文化的領導階級。我們不能用對待近現代的地主的眼光來看待古代的地主，而且對近現代地主也要具體分析。至於商人，在古代，各階層對他們都沒有好感。古代認為農業是根本，而商業是末，所以從商是「捨本求末」、「捨本逐末」。農業的收穫，通過地主的手，交給國家的極多，絲毫不敢少繳，交的是糧食，是看得見的最重要活命的物品。因為經商利潤大，甚至很大、極大，儘管風險也大，小商人各地奔走，餐風沐雨，非常辛苦，還時遇野獸和盜賊。但其他人對此沒有體會，只看到他們獲利多；另一方面，又因為缺乏有力的監控機制和手段，他們繳稅少，甚至大量地偷稅漏稅，或者利用災害和戰爭，奇貨可居，獲取暴利，故而說「無商不奸」，於是打擊他們，有時還顯得挺有「理由」的，所以水滸英雄殺害商人毫不手軟。從今天的眼光看，這是有偏頗的，商人也不能一概而論，商業對社會的發展的貢獻更不能否定。但我們首先要理解古人的觀點和立場，儘管我們可以不同意或反對。

我們只有正確理解，也即吃透了《水滸傳》原作的以上精神和歷史、時代背景，才能發掘和理解《水滸傳》的偉大思想、藝術成就。

《水滸傳》是現實主義的偉大作品，又是現實主義與浪漫主義完美結合的劃時代巨著。

現實主義首先表現在真實正確描寫了農民起義的革命性和不少落後殘忍愚昧的作為，作者主管上是欣賞和歌頌，但作品的真實描寫，暴露了農民起義的局限和錯誤。譬如軍紀壞，亂殺人、甚至吃人；搶奪女人；缺乏文化素質，故而破壞性大，不懂建設。農民起義成功，建立興旺的朝代，只有兩漢和明朝。

但有人指責李逵殺看客，以此證明梁山不是農民起義，這是似是而非的錯誤認識。不能單單指責他殘忍，其中有真實生活才能體會的智慧和生活的辯證法，有其複雜性，必須具體分析。

現實主義又表現在真實寫出當時的時代和社會風貌。例如：

在封建社會，國家的政權只建立到縣一級，縣以下的鄉鎮和村莊，由民間的地主階級知識分子通過宗族、家族的系統管理，有效地維持了封建社會的和諧格局。所以縣上的公差到鄉下騷擾，不是社會的主流，只是時有發生的事情。熟讀儒道典籍的地主階級知識分子是當時掌握先進文化、維護社會穩定和主持農業生產的基本力量。《水滸傳》中英雄殺的是少數惡霸地主，他們並不痛恨和打擊一般的地主，有幾個英雄還是地主之子，宋江、史進，穆氏兄弟之父都是「太公」，還有劉太公等，都是善良的老人。當然他們會向周圍的地主收一些錢財，如桃花山上的李忠、周通聚集五七百人，打家劫舍，但不搶劫桃花村劉太公，只是向他「討進奉」。在討進奉時看到劉太公的女兒，也不搶劫，撇下二十兩金子、一匹紅錦為定禮，選好日入贅劉太公莊上。當時的地主，多有一定文化，維護當地的道德、秩序，是社會的進步力量和中堅力量，故而社會是和諧的。魯迅講中國的歷史是一部吃人的歷史，是小說中狂人的狂想，還不能說完全是魯迅的思想，儘管他的確有這個傾向性。如果說古近代的中國是吃人的歷史，有片面深刻的一面，那麼不能只譴責中國的古代的落後面，世界各國都是一樣的，十九世紀的西方經典小說《悲慘世界》、《瑪麗．巴頓》對十九世紀的英法兩國也做了這樣的揭示和描寫。總之，這要從什麼角度看。中國歷史的主流是創造和諧社會、創造文化科技、創造物質財富和倡立和平外交的光輝歷史。

談到《水滸傳》的浪漫主義手法，過去一般指神奇的描寫，如公孫勝和他的老師羅真人的神奇本事：呼風喚雨，將李逵升到天上，再送他到衙門上面跌進去，還有高廉用紙兵紙馬作戰，武松看到武大的鬼魂出現並要他報仇雪恨，等等。我將這類描寫分別歸結為神秘主義現實主義和神秘浪漫主義。浪漫主義還表現為理想化的、高於生活實際的誇張描寫，小而言之，在《水滸傳》中不僅表現在武松徒手打虎是藝術虛構，人力是做不到的，而且在人物、事件描寫上都如此。例如，武松的武藝從那裏學來？作為一個普通的貧民子弟，他有什麼機遇碰到身懷絕技的名家大師的精心傳授，即使拜師，能否付得起學費，學到如此高明的武藝？他從小的營養條件能否成為一個身材茁壯、力大無窮的勇士？《史記》寫秦武王和身邊的武士、項羽和劉邦的兒子劉長，力能扛鼎，《漢書》寫漢武帝的一個兒子力能扛鼎，都是貴族子弟，他們要吃多少富有營養的食品才能練出巨大的力氣，平民子弟是沒有這個條件的。賣炊餅的武大，住得起樓房？住房至今都是人生難題，賣炊餅的窩囊武大也能在市中心地區紫石街租得起比較寬敞的樓房，宋朝的城鎮就沒有窮人了。宋江仗義疏財的大量銀子從哪裏來？他父親宋太公作為普通地主是供應不起的。宋江作為一介小吏的及時雨名聲，江湖遍傳，甚至深入到窮鄉僻壤，也是小說出於塑造人物的目的而作極度誇張的描寫才能達到的結果，即使在傳媒發達的今日也是做不到的。大而言之，梁山義軍鎮遼、滅方臘都是理想主義的描寫，史實是他們並沒有這個實力，鎮遼不可能，打方臘雖然有零星的歷史記載，但他們至多僅是官軍的輔助，方臘是官軍消滅的，方臘本人是宋軍名將韓世忠抓獲的。

《水滸傳》極高的藝術成就，還在於達到最高水平的人物、情節描寫和語言的最高成就。

2.《水滸傳》通過人的生存困境的描寫提供正反兩面的生存智慧

《水滸傳》的基本主題講的是人的生存問題，這是人的一生最重要的問題。與之相關，《水滸傳》又講述了人生智慧，或者說人的生存智慧。《老子》說：人之大患，在於有身。《水滸傳》所講述的這個問題，打動了所有讀者的心，所以在明清至 20 世紀，成為中國影響最大的一部小說。在四大名著中，《三國演義》也講人生智慧，但主要偏向於政治、軍事智慧。《西遊記》講的是人生身心修煉的智慧。《紅樓夢》講的人生智慧，比較高雅，主要是針對知識分子的、上層家庭的，我出版了《〈紅樓夢〉的人生智慧》，有興趣的讀者可以參看。

《水滸傳》怎麼描寫人的生存困境的呢？錢穆先生說《水滸傳》裏的詩歌都要比《紅樓夢》中的自然、生動。我們可以從小說中的兩首詩歌談起。

一首是大家熟悉的，百日鼠白勝挑酒上崗時唱的：

> 赤日炎炎似火燒，野田禾稻半枯焦。
>
> 農夫心內如湯煎，公子王孫把扇搖。

這首詩批評貧富差距過大，閒苦的對比過大。一般有年成的歲月，終日勞作終年勞作的農民尚可活命，乾旱或水災的光臨，就大難臨頭了。但今人理解有誤，此詩中，農民憂心的是莊稼失收，而不是說盲目的攀比，他們不願意或不甘心種地，羨慕游手好閒的公子王孫。而且他們批評的公子王孫，不是地主和官僚。現在的人，都要做白領，不肯當工人農民，一個社會沒有分工怎麼行？沒有人種地，這個社會還可以維持嗎？古代更是如此。廣大的農民絕不會好高鶩遠或者妄想做強盜，靠殺人放火來大塊吃肉大碗喝酒，他們是本性善良的，安分守己的。造反或當盜賊是絕少數人，否則中國的經濟文化早就搞垮了，民族的發展也不可能。

這首詩歌，是農夫唱的山歌，講的是男性的生存艱難，當時男耕女織。封建社會中，甚至在當代社會，女性的生存更為艱難。《水滸傳》對此也有精彩的描繪。我們看《水滸傳》是如何描寫的。我們用另一首大家不一定熟悉的詩歌來做說明，這是從東京來山東唱戲謀生的美麗女子白秀英唱的一首詩歌。金批本第五十回描寫，雷橫在街上閒走，偶然進入勾欄看戲，剛坐下不久——

> 鑼聲響處，那白秀英早上戲臺，參拜四方。拈起鑼棒，如撒豆般點動。拍下一聲界方，念出四句七言詩道：
>
> 「新鳥啾啾舊鳥歸，老羊羸瘦小羊肥。
>
> 人生衣食真難事，不及鴛鴦處處飛！
>
> 雷橫聽了，喝聲采。」（本書第五十回《插翅虎枷打白秀英》）

金性堯先生說：「此詩為百二十回本所無，倘為聖歎添作，倒也是他的好詩。」〔註5〕

鄧雲鄉先生說：「這四句詩選得也極為得體，恰到好處。極有情趣，極為生動地反應了一個年齡雖不大，而江湖閱歷頗深的民間女藝人的內心世界。意態極為高揚，而感情極為深沉，聯繫到人物後面的發展，正顯示了極為深刻的社會內涵。是值得讀者再三思索，萬萬不可忽略掉的。」〔註6〕為什麼說「萬萬不可忽略掉的」，是因為《水滸傳》所描寫的優秀女性中，這位京城東京來到山東大膽闖蕩江湖的優秀女演員，她首次登臺賣藝的第一首定場詩就做了主題揭示。

這一首詩歌引出了一個精彩的故事。這個故事描寫白秀英父女和雷橫母子都缺乏必要的生存智慧，結果兩敗俱傷，同歸於盡。這是最壞的一種結局。雷橫的逃脫死罪是小說預設的一種僥倖，沒有普遍性的意義。具體情節限於篇幅，這裡不引，我們可以看本書第五十回原文。

雷橫是都頭，平時耀武揚威、託大慣了，所以平時不帶錢，可以白要或者

〔註 5〕金性堯《爐邊詩話》，上海人民出版社，1988 年，第 219 頁。
〔註 6〕鄧雲鄉《水流雲在雜稿》，北嶽文藝出版社，1992 年，第 126 頁。

賒欠；所以進了勾欄，就自然而然地在「青龍頭上第一位坐了」，在劇場裏佔據了最好的位子，成為最貴重的看客，照例要頭一個給錢，給大錢，以示氣派。誰知竟然沒有帶錢，一文莫名，使對方大失所望，已經給白秀英造成強烈的心理反差，十分惱怒。而雷橫不懂什麼道歉和反覆道歉，還居高臨下、大大咧咧地開空頭支票：「明日一發賞你」。他不是先表示歉意，一則他平時託大慣了，二則他瞧不起戲子，不肯道歉，在眾人面前又要充好佬，說「明日賞你」，已經感到態度極好了。白秀英的指責和諷刺也有道理，平時看白戲的地痞惡霸見慣了，照理不敢硬要，現在是相好的管轄之地，口氣就不自覺地強硬了起來，拿不到錢，就充分抒展口才，冷嘲熱諷，恰切有力，逼得對方下不了臺。雙方都是硬碰硬，終於動手打了起來，這也是雷橫平時兇橫慣了，講不過就打。這次可惹了禍。而當白玉喬罵雷橫「狗頭上生角」時，「眾人齊和起來」，可見眾人對雷橫平時的表現也是不滿的。

白秀英年輕貌美，色藝雙絕，她闖蕩江湖，要被惡霸盜匪欺凌霸佔，她被縣令霸佔，雅賊總要比惡賊稍許好一些，像鄭屠對金翠蓮，強要和蹂躪了她的身子，又讓自己的凶妻將她打罵出門，還追討沒有付過的典身錢，殘酷剝削她的賣唱錢，還不出錢就不斷地羞辱責罵。可是白秀英自感排頭硬，即背景硬，懲治對方，要做絕。自己要足面子，不給對方和自己留一點退路。雷橫的母親也不是好貨，平時也是個凶貨。所以開口就責怪兒子的同事，開口就罵原告，而且罵得兇狠兇橫，從「賊賤人」到有一連串定語的「賤母狗」，她用封建道德觀念藐視淪落風塵的可憐女性，借這個道德和社會地位的優勢辱罵對方，罵得煞根，罵到對方的心裏，她才感到煞氣。而且，她違背「矮簷底下要低頭」的古訓，激化兒子與對方的矛盾，是非常愚蠢的。因為即使受欺，此時也要問情原由，適當忍耐，合理調解，君子報仇十年不晚。她要當場對抗，報仇。白秀英對付這種罵語，被打中要害，即使伶牙俐齒也無法辯護，只有動手打，才解恨。雷橫此時陷入絕境，母親被打，情理難容，還手，以後還要受到更大的報復。他怒極之下喪失理智，還來不及考慮後果，就出手。他們雙方做人本來就缺乏分寸，他先動手打對方父親，她再動手打對方的母親，雙方以暴對暴，不斷火上加油，這時傷人性命，原在理中。如果換一個讀過書的師爺，就不是這樣的經過和結局了。

他們沒有樹立正確的「吃虧就是便宜」（語言吃虧、面子吃虧或者錢財吃虧）的人生哲學。這個人生原則看似消極，實質積極，體現了中國智慧中的最高思維水平。

與之相對比，史太公、劉太公等人，與人為善、助人為樂的人生哲學，就是這種人生原則的一種積極體現。（柴進的招待江湖好漢，屬於有意結交的政治行為，又當別論。）受到無理責怪，也能和顏悅色地檢討、解釋。

這個片段將沒有文化、缺乏道德修養的雙方的爭吵、毆鬥到鬧出人命的過程寫得歷歷分明、合情合理。雙方都有理，雙方都蠻橫；雙方都不懂退一步海闊天空，都不懂要有忍讓精神，「無故遭辱不驚」的境界更其離得遠。結果陷入絕境。從藝術上來說，從歡快的戲劇表演的場面，到爭執、暫停、懲治、雙方性命相搏的場面，轉換自然，而且每一個場面都描寫得細膩生動，歷歷如繪，使讀者猶如親臨其境，而又精練。人物語言、性格和情節的發展互相生發，恰到好處，完美酣暢。完全是世界一流的傳世經典的水平。與《紅樓夢》寫的場景、性格和語言，異曲同工，各呈千秋。

《水滸》此回關於這兩對父女、母子的描寫已經非常精彩了，但還不是全書最精彩的，可見《水滸傳》的藝術成就之高。

3. 典型人物的精彩描寫所體現的正反兩面的人生智慧

《水滸傳》最精彩的是前半部林冲、魯智深、武松、楊志、宋江、李逵這六位好漢「逼上梁山」的動人曲折經歷，和「智取生辰綱」這一重大事件；後半部分描寫梁山義軍發起的戰爭，其中最精彩的是「三打祝家莊」，及其有關的石秀、盧俊義等人上梁山的故事。

《水滸傳》的四大主角是綠林好漢魯達、林冲、宋江和武松，全書以最大的篇幅給以詳盡、精細的描繪，稱為林十回、宋十回和武十回，魯達也有近十回，生動寫出了他們艱難曲折的人生道路和顯現的人生智慧。其中最著名的無疑是武松。以武松為例，作者精彩描寫了武松這位蓋世英雄的複雜性格。如他的怕虎和打虎，武松打虎和李逵殺虎的不同性格支配的不同表現，武松的端莊和風趣、粗野和變化、仁慈和殘忍、勇武和怯弱、精明與愚鈍、武松醉酒時的大勝和大敗。圍繞武松還創作了一系列精彩的次要角色即配角，展現了武大郎可以脫逃的飛來橫禍、潘金蓮不可避免的淒慘悲劇等等。他們周圍的人結成社會關係網。這些人物的複雜性格、氣質和言行，充分顯示了這些英雄人物的人生智慧和不足。其他主要人物及其周圍人物的塑造與描寫也達到這樣高度的藝術水平。例如魯智深救人要救徹、林冲的忍勁和狠勁、宋江的銀子萬能和無能和李逵的先打後商量，等等。

4. 農民起義的軍紀和殺看客的問題分析，不做無聊的看客是重要的人生智慧

自從魯迅說過：

> 「俠」字漸消，強盜起了，但也是俠之流，他們的旗幟是「替天行道」。他們所反對的是姦臣，不是天子，他們所打劫的是平民，不是將相。李逵劫法場時，掄起板斧來排頭砍去，而所砍的是看客。一部《水滸》，說得很分明：因為不反對天子，所以大軍一到，便受招安，替國家打別的強盜——不「替天行道」的強盜去了。終於是奴才。〔註7〕

此論目光尖銳，筆力千鈞。針對《水滸》中的英雄以燒殺劫掠為鬥爭手段，而受害的多是平民的大量描寫，魯迅對此持否定批判態度，並因此認《水滸》中的「起義英雄」為強盜，這樣的對《水滸傳》的評價，牽涉到對於農民起義的總體評價這樣的重大問題，本文的觀點雖不全面，卻見解獨到，認識深刻，令人深長思之。魯迅嚴斥張獻忠喪心病狂地大肆殺人，陳寅恪和俞平伯揭露黃巢在長安吃人，馬克思和中國多位學者痛斥太平天國的殘民害民，軍紀極壞，等等，都牽涉到農民起義的軍紀問題。

不僅在古代，現代的戰爭也存在著這個問題。除了極少數仁義之師，即使在正義的戰爭中，遭殃的也往往是平民老百姓。以美軍為例，在諾曼第登陸的美軍在攻打納粹的同時，強姦眾多法國婦女，騷擾百姓之事也很多，給歐洲人民留下不少傷害。盟軍在對納粹德國空襲時，由於德軍對軍事和重工業設施防範甚嚴，美國空軍就決定對德國城市採取所謂「戰略轟炸」，即實施以德國產業工人聚居區為目標的轟炸，目的是為了最大限度地殺傷德國工人，至少也要使他們無家可歸，以使德國的戰爭機器癱瘓下來。在戰後美國空軍領導人仍然認為這個計劃是有效的和正確的。這還算與戰爭的勝負有關，更可惡的是，還有盟軍對既非軍事目標，又非工業目標的德國文化古城德累斯頓的毀滅性轟炸，將這座歷史悠久的文化古城夷為平地，造成了幾十萬德國平民的傷亡，其目的似乎只是為了報復。〔註8〕接著美軍在進攻日本時，以原子彈轟炸廣島和長崎的平民作為對日本軍國主義的迫降的威脅。這不僅喪盡天良，還反

〔註7〕魯迅《三閒集．流氓的變遷》。

〔註8〕參見王炎《從「虐俘」談「帝國」的內部矛盾》的評論，見《讀書》，2005年第1期。

而給當今日本某些陰險的人以可乘之機，他們不懺悔當年的戰爭罪責，卻借廣島受原子彈的禍害另做文章，妄圖藉此轉移世界人民對日本軍國主義的清算的視線。

德國獲得 1999 年諾貝爾獎的作家君特・格拉斯在其新作《蟹行》中也描寫了這樣的史實：1945 年德國豪華遊輪「古斯特洛夫號」被蘇軍潛艇擊沉，船上近萬人喪命，其中有 4 千多個少年兒童。這件比「泰坦尼克號」更大的海難，卻無人敢提及，更不要說將其作為小說素材來源。其原因較複雜。簡言之，儘管如此多生命被海浪吞食，而且又有這麼多無辜兒童，但擊沉者是代表戰爭正義方的蘇軍潛艇；「古斯特洛夫號」又是發動二戰的法西斯納粹德國的船，船上確實載有數千名德軍士兵，包括三百多名德國海軍輔助女兵，她們漂亮嬌媚地戴著有國徽上的鷹的船形軍帽，可最終卻在魚雷爆炸中與船上游泳池的玻璃馬賽克鑲嵌畫一起，成為被撕碎的肢體。對於正義懲罰與人道主義裹脅成一團，「你中有我、我中有你」的這麼件史實，簡單譴責其不講人道、毫無人性，或者讚揚打得好，都必然面臨兩難的尷尬境地。這歷史事件彷彿是為德國那些新納粹主義的光頭黨提供的口實，成為德國左翼正義力量望而生畏的「陷阱」。

可是反過來，在戰爭中濫殺無辜和砍殺看客是兩回事，魯迅先生將兩者混淆，需要辨正。我們再回到李逵砍看客的問題，其中也包含著複雜性。李逵之所以要砍看客，是因為看客也非常可惡。他與看客有舊恨新仇。張順在潯陽江請李逵吃水翻白眼時，江岸邊早擁上三、五百人，在柳蔭底下看，還嘲笑「這黑大漢不死也吃了一肚皮水」。而宋江和戴宗綁縛法場時，「江州府看的人壓肩疊背，何止一二千人」。大批看客堵擁在周圍，圍得水泄不通，起義軍救人得手後要儘量快速離開，避免大量官軍追來圍剿。而看客堵著他們撤退的路，隨便這麼呼叫，不肯或無法離開——有時因為看客是在太多，層層包圍，前面的看客被後面的看客層層堵住，也無法撤離。難怪李逵在緊急中只好亂砍看客，看客成為他們當前的大敵，他們已經被看客團團圍住，看客豈非變成了官軍的幫兇？李逵滿腔怒火不可遏制，先砍看客，這是沒有在緊急中被圍困的人，難以理解和體會的。陳寅恪先生提出研究歷史的人對歷史上的人和事要有「同情的理解」的原則，我們必須牢記在心。魯迅先生顯然於此有所欠缺。近日報刊發表消息，說美國有一個娛樂場所著火，事後受害者控告一個記者為了拍攝現場錄像，影響逃生，他和該報被判賠償巨額賠款。記者為了工作都受懲罰，何況影響人家逃生的看客。阻礙災難中逃亡，就是有罪：

新華社 2008-02-05《妨礙人們火裏逃生　攝影師同意賠鉅款》：

新華社北京 2 月 4 日電：2003 年美國羅得島州一家夜總會發生火災，100 人不幸喪生。被指控妨礙人們逃生的一家電視臺和一名攝相師日前與幸存者和受害者家屬達成了賠償 3000 萬美元的暫時性協議。

火災發生在 2003 年 2 月 20 日，原因是一支搖滾樂隊使用的煙花點燃了舞臺四周非常易燃的隔音泡沫。WPRI 電視臺的攝相師巴特勒當時正在這家位於西沃里克的夜總會拍攝有關公共場所安全狀況的情況。受害者的律師指控巴特勒妨礙了人群從前門逃生。

魯迅本人也是非常痛惡那些圍觀的看客的。上世紀初，魯迅在日本看教學電影時，「我竟在畫片上忽然會見我久違的許多中國人了，一個綁在中間，許多站在左右，一樣是強壯的體格，而顯出麻木的神情。據解說，則綁著的是替俄國做了軍事上的偵探，正要被日軍砍了頭顱來示眾，而圍著的便是來賞鑒這示眾的盛舉的人們。」魯迅看後極其憤慨和痛心，他說：「凡是愚弱的國民，即使體格如何健全，如何茁壯，也只都做毫無意義的示眾的材料和看客，病死多少是不必以為不幸的。所以我們的第一要著，是在改變他們之精神。」〔註 9〕魯迅看到這次圍觀殺人現象後，看客們的惡劣表現給他的精神刺激之大，難以言喻。他因此而徹底改變專業方向，棄醫從文，參加並參與領導了改變中國國民靈魂的鬥爭，成為文化革命的主將。後來在《熱風・娜拉走後怎樣》一文中寫道：「群眾，——尤其是中國的，——永遠是戲劇的看客。犧牲上場，如果顯得慷慨，他們就看了悲壯劇；如果顯得觳觫（恐懼顫抖的樣子），他們就看了滑稽劇。北京的羊肉鋪前常有幾個人張著嘴看剝羊，彷彿頗愉快。」又諷刺喜歡做看客的中國人。

可是二、三十年過去後，中國人依舊故我。魯迅又再次寫道：「假使有一個人在路旁吐一口唾沫，自己蹲下去，看著，不久準可以圍滿一堆人……」〔註 10〕魯迅先後恨批了東北、北京和上海的看客。

魯迅還曾指出中國人不要倚強欺弱，要尊重失敗者，尤其是頑強鬥爭到底而壯志未遂的失敗者，譬如看人賽跑，不嘲笑跑在最後一個而堅持跑到底

〔註 9〕魯迅《吶喊・自序》。

〔註 10〕魯迅《花邊文學・一思而行》。

的人，那麼中國就有救了。魯迅對中國人喜歡圍觀，尤其在圍觀中不分是非曲直，既不站出來伸張正義，還多倚強笑弱也是深惡痛疾之極的。

當代的中國人依舊此病常犯，並未改正。每見有人圍觀火災，弄得消防車開不進；圍觀鬧事和抓人，弄得警察難以工作；圍觀外賓，引起人家不滿和反感；甚至圍觀火葬場的車子到居民家中運死人……。真是痼疾難改。過去上海人也特別喜歡做看客。這也因為當時的民眾沒有文化享受，不像現在有電視、電影和電腦等等，又沒有書看，或者讀不起書而沒有文化，故而生活無聊，在路上看到什麼，都要做無聊的看客。

所以，《水滸傳》提供給我們一個人生智慧就是不要做無聊的看客。看到有什麼事情可以幫助的就幫，需要做證明的就做證明，千萬不要因為無聊而看熱鬧，做無聊的看客。

5.《水滸傳》的傑出藝術成就

《水滸傳》中的詩歌和山歌，自然真切，生動有力，內涵深沉，意蘊豐富，超過《紅樓夢》。

《水滸傳》描寫的戰爭場面，設計精巧，複雜曲折，智謀深遠，超過《三國演義》。

《水滸傳》描寫的法術、妖術等，所使用的神秘主義描寫手段，有趣而又富於機趣，可與《西遊記》媲美。

《水滸傳》人物性格的典型性描寫，達到中國和世界文學史上的高峰；人物對話的精彩、機巧和性格化，超過西方的小說名著。

《水滸傳》善於將重大、有趣情節，做重複描寫，並能夠各呈千秋，取得了無與倫比的重大成就。

《水滸傳》的眾多寫作技巧和方法，眾多情節的設計，是獨創和原創的，給《紅樓夢》等後世傑作以重大影響。

《水滸傳》的這些藝術成就，這裡不再舉例，本書解讀結合金批予以具體分析和評論。

金聖歎評批《水滸傳》無與倫比的偉大成就

金聖歎的《貫華堂第六才子書水滸傳》取得了無與倫比的偉大成就，古今中外至今還沒有一部評論、研究藝術經典巨著的成果及其巨大影響，能夠與此書媲美。

《金批水滸》問世後，自清初至今，眾多名家給以極高評價，《金批水滸》受到讀者熱烈歡迎的程度和所創造的出版史上的奇蹟，我在《金聖歎全集》前言中已經摘錄和介紹，這裡不再重複。

《金批水滸》建立了評點文學的理論體系和規範寫作體例，如書前的「讀法」、每一個章節的總批、原文中的夾批、眉批等等，為後世評點者所仿傚。

《金批水滸》將評點文學推向高峰，在世界美學史上首次提出了典型人物和典型性格理論，建立了中國小說的理論體系，而且使評點文學不僅成為領先於當時和後世世界學術界的重大理論成果，更以其極高的水平和成就，正式確立了這個中國獨有的文藝批評方式和審美形式。

金批歸納和總結《水滸傳》獨有的犯與不犯（即精於重複描寫又能各呈異彩）等寫作方法、對人物的精彩絕倫的情節構思、描寫藝術、語言藝術等等。

本書的各回總批之後和各回全文之後的解讀，都是結合《水滸傳》原著分析、評論金聖歎評批的偉大成就和細微的精彩之處，內容比較詳盡，所以這裡僅是提綱挈領地提出幾條自己的總的看法，不做深入、全面的展開。

本書的解讀主要圍繞金批對《水滸傳》這部巨著做思想、藝術分析，並將《水滸傳》每一回都做情節梳理，以便讀者欣賞。限於篇幅，對於《水滸傳》藝術成就，本書的解讀不能面面俱到地充分展開；對於精彩段落的具體分析，也只能挑選幾段作為例子，不能每段細析，我將另著一書予以闡發。

《水滸新說》前言（寫在前面的話）

《水滸傳》是與《紅樓夢》並列的兩大經典小說，還有許多人，例如胡適、錢穆等，對《水滸傳》的評價還高於《紅樓夢》。在韓國、日本，《水滸傳》的聲譽和影響至今仍都遠大於《紅樓夢》，讀者非常多。

《水滸傳》的研究，自明清到當代已經出版了許多成果，最精彩的是金聖歎的評批（見拙編《金聖歎全集》）。但《水滸傳》和金批的精彩，可以挖掘之處還很多。還有不少分歧，如《水滸》是否描寫農民起義，即造反之書等，與理解《水滸》的精彩在何處也有很大的關係。

《水滸傳》最精彩的是前半部林冲、魯智深、武松、楊志、宋江、李逵「逼上梁山」的動人曲折經歷，和「智取生辰綱」這一重大事件；後半部分描寫梁山義軍發起的戰爭，其中最精彩的是「三打祝家莊」，及其有關的石秀、盧俊義等人上梁山的故事。

《水滸傳》自問世以來，家喻戶曉，人人喜讀，是因其藝術成就極高，又因此書精彩地表現封建專制社會中人的生存困境即人生的艱難：貧困纏繞著底層民眾的一生；還缺乏人身和財產安全——這又是各個階層共同面臨的困境。天下大治之時，社會和諧，生產發展，生活平安。當統治者腐敗無能，造成社會經濟發展停滯、秩序混亂之時則盜賊橫行，亂世為王。不要說普通老百姓缺乏安全保障，連當官的也如此。有一次一位官員在半路上被強盜攔住，這是一位清官，兩袖清風，沒有什麼可以搶的。強盜說，那麼你就做一首詩送給我們吧。這批強盜倒也風趣，沒有什麼可搶，「搶」一首詩也比空手而歸要好。這位清官見了強盜一絲不慌，冷靜理智，就當場吟詩一首相贈：「暮雨瀟瀟江上村，綠林豪客舊知聞。相逢不用（一作何必）相迴避，世上如今半是君。」（唐代李涉《贈盜》）錢鍾書《管錐編》（第一冊，第 31 頁）提及封建時代流行的「湖州歌」（「胡謅歌」），全詩為：「老爺生長在江邊，不怕官司不怕天。昨夜華光來趁我，臨行奪下一金磚。」《水滸傳》中張橫抓住宋江要謀財害命之時，也唱了這首歌，只是將第二句改成「不愛交遊只愛錢」。錢先生認為這首歌反映一顆心靈在遇到盜匪時所表現的「畏懼不安之貌」。在《水滸傳》第三十七回，宋江狼狽逃到潯陽江頭，在驚恐萬狀之際，匆匆搭上一條破船，船至江心時，船上的艄公，即船夥兒張橫，一邊搖櫓一邊就唱起了這首使宋江心膽俱裂的強盜歌。錢鍾書形容有過此類遭遇的人，心中是「震索索」的，嚇得渾身「瑟瑟抖」、「都酥軟了」的。

與盜賊橫行和惡勢力兇狠的社會狀況相關，中國民眾歷來還有一個俠的情結，俠客、劍客和他們「路見不平，拔刀相助」的故事總是令人欽敬和神往。唐代賈島有《劍客》（一作《述劍》）詩云：「十年磨一劍，霜刃未曾試。今日把似（一作「示」）君，誰為（一作「有」）不平事？」描繪劍客的一腔豪情。《水滸傳》中的綠林好漢助人危難的故事，精彩動人，更是打動了無數讀者的心。

《水滸傳》的三大主角是綠林好漢林冲、宋江和武松，全書以最大的篇幅給以詳盡、精細的描繪，稱為林十回、宋十回和武十回，生動寫出了他們艱難曲折的人生道路。其中最著名的無疑是武松，我們就從他身上談起。

《水滸新說》「國際水滸網絡」轉載前言

應著名老牌報刊——上海《新民晚報》（全球五百強媒體，國內少有的創刊於民國時期的老報，當今國內唯一同時發行北美、歐洲版的報刊）著名的「夜光杯」副刊之邀約，自 2008 年 9 月 5 日起，我以連載形式刊登拙著《水滸新說》。基本上以兩週刊出一篇的速度進行，至今已經刊出 52 篇。共擬發表 101 篇，其中第一篇是「前言」，正文 100 篇。已發諸篇，大多已經轉載，有的篇目已有多個轉載，轉載的除著名的文化、讀書網站和報刊網之外，還有中國經濟網、法制類網站、哈爾濱工業大學網和婦女網站、房地產公司的網站等。更有一些讀者的博客熱情轉載，有的還特地做了精緻美觀的網頁，令我感動。讀者中也頗有喜歡拙著者，近月我搬入新居，小區門房的保安中也有「粉絲」，近看到報社寄來的稿費單，知我入住這裡，內人去取匯款單時，他熱情詢問周某為何許人也，他說非常喜歡《水滸傳》，故而喜歡拙文云。

近年頗有著名學者並未真正看懂《水滸傳》，對原作亂加否定和批判，對書中英雄亂作評論和否定。尤其是中央電視臺百家講壇中的錯誤演講，影響更大更不好。所以我在著述的百忙中，2008 年曾受上海作家協會指派到上海著名的東方講壇（徐匯區圖書館分場）演講 3 次，6 月 14 日第一講我即決定講《〈水滸傳〉與人生智慧》（上海圖書館拍攝了全程錄像，由文化部圖書館司分送各省市圖書館，免費供讀者觀看），受到聽眾的熱烈歡迎，《上海作家》2008 年第 6 期刊出這個講稿。同月，《新民晚報》副刊部「國學論壇」專欄組稿時，邀我商議提供稿件，同時商定合作開設《水滸新說》連載，9 月開始刊出。11 月，在我編校的《金聖歎全集》出版 23 年後，著名民營出版家汪俊先生來滬與我商議出版《金聖歎全集》增訂再版本事宜，他建議我出版解讀本。於是我在 2009 年初完成了《金聖歎全集》中的《貫華堂第六才子書水滸傳》的解讀（前言、每一回的金聖歎總批解讀和回後的原著與金聖歎眉批、夾批的解讀）凡 21 萬字，由他合作的萬卷出版公司於 2009 年 1 月開始出版小 16 開法式精裝本。此後，他退出與萬卷的合作，另與中南出版集團合作開辦了北京湧思圖書有限責任公司，此書今後由該公司繼續出版。我在這 3 個項目中，或正面敘述（如第 9 篇《武大郎可以逃脫的飛來橫禍》），或對錯誤觀點提出商榷（如第 19 篇《林冲的忍耐別解》第三、四段、第 20 篇《林冲娘子的表壯不如裏壯》第一段）的方式，闡發我對《水滸傳》與金批的觀點。

《水滸新說》限於報刊容許的篇幅，每一篇初為 1200 字，不久改為每篇 1 千字。有時感到不能暢所欲言，有的篇目未獲發表，100 篇也難以包含眾多的內容，另外還要顧及受眾的閱讀水平，擬在今後成書出版時再做增補。

今承《水滸國際網絡》美意，向我提供寶貴篇幅，將拙著《水滸新說》已刊諸篇發表於此。如果讀者有興趣，今後發表的篇目，包括未獲審閱通過的未刊稿，和我的講座講稿、《金聖歎全集》中的《金批水滸》解讀、《〈水滸傳〉新論》（2010．中國梁山．《水滸傳》國際研討會論文）、許自昌《水滸記》每一齣後的評論和總論，也可不斷在此刊出。深知拙著尚有不少不足之處，敬請專家和讀者提出寶貴意見，以便我修改，以利我寫作以後篇目時提高水平。

2011 年 3 月 5 日
於上海靜安九思齋

《〈水滸記〉評注》「國際水滸網絡」轉載前言

偉大小說《水滸傳》的同題材戲曲有多種。著名戲曲研究家傅惜華先生曾和杜穎陶先生合作，將現存的 21 種「水滸戲」輯編為《水滸戲曲集》（2 冊，2 集）。拙文《傅惜華的戲曲研究及其對 21 世紀戲曲研究的啟示》〔註 11〕主要論述傅惜華編纂《水滸戲曲集》的傑出成就，兼及我對水滸戲的一些看法。

元雜劇中的「水滸戲」作品比《水滸傳》產生得早，從現存的作品看，《水滸傳》並未採用這些戲曲作品的情節。明傳奇的「水滸戲」作品比《水滸傳》產生得晚，基本上是《水滸傳》改編的作品，其中《水滸記》是佼佼者。《水滸記》繼承了原作的精華，又做出自己的發展和創造，豐富了《水滸傳》的情節和部分人物的性格描寫，取得了很高的藝術成就。

1995 年，山西師範大學戲曲研究所因試圖創辦博士點，需要有重大科研項目，就設計了《六十種曲評注》這個高層次的大型課題，邀請我所在單位的學術權威、也是該所顧問的蔣星煜先生為全書顧問，邀約國內的戲曲研究專家完成。蔣星煜先生是《西廂記》研究的權威，故而其中《〈西廂記〉評注》一書由他本人親自承擔。

今年已經 92 歲的蔣星煜先生當時要去澳大利亞訪問，又有多種著作正要出版，需要看大量校樣，沒有時間完成《〈西廂記〉評注》；兼之他想到當年一代宗師趙景深教授在 1984 年曾囑託他支持我的《〈西廂記〉彙編彙校匯評》的研究、著述計劃，就將這個選題轉交給我來完成。我當然非常感激他對我的信任和提攜，愉快地接受了這個寫作任務，尤其是我研究金聖歎，金聖歎的《第

〔註 11〕中國藝術研究院主辦 07．傅惜華先生百年誕辰紀念研討會論文，刊中國藝術研究院戲曲研究所主編《戲曲研究》第 71 輯——傅惜華研討會論文專輯，文化藝術出版社，2008 年。

六才子書西廂記》也是我的重點研究對象之一。此書主編黃竹三和馮俊傑教授在全國範圍內物色各書的作者，我推薦、介紹了幾個上海作者，同時我主動認下《〈水滸記〉評注》的寫作任務，因為《水滸傳》和金批是我的重點研究對象之一，故而對這個選題很有興趣。可惜當時因為太忙，沒有接下另一個水滸戲《義俠傳》。

《六十種曲評注》的體例完美，內容豐富：規定每種戲曲都由正文、注釋、出後短評、兩篇總結性的論文和附錄組成。兩篇論文，第一篇介紹和論述作品的產生、演變過程和版本情況；第二篇論述作品的思想和藝術成就。附錄為作者資料彙編、序跋彙編、歷代評論彙編。我因為太忙，所以請研究生時代的同學黃明（她是學術權威、華東師大施蟄存教授指導的首屆研究生）《〈水滸記〉評注》的注釋工作，我則負責全劇的每出「短評」、資料彙編和兩篇總結性的論文：《〈水滸記〉的本事演變及版本簡說》（論述成書過程）和《許自昌及其〈水滸記〉》（介紹、評論作者和作品的思想、藝術成就）。

《〈西廂記〉評注》和《〈水滸記〉評注》皆在 1996 年完成並交稿。但《六十種曲評注》的出版由於某種意外，先後至少輾轉了 4 個出版社，直到新世紀才得以問世。

《六十種曲評注》為 25 冊精裝本，由山西省省長經費資助後，於 2001 年由吉林人民出版社出版，共印 1 千套，並於 2002 年榮獲中國圖書獎。

後來，中國藝術研究院戲曲研究所邀約我為該所承擔的大型項目《崑曲藝術大典》中的《文學劇目典》完成包括《水滸記》的三個劇本的整理標點本，我於 2007 年完成、交稿。

《六十種曲評注》因為價格高昂，定價近 3 千元，書店感到罕有讀者購買，多未進貨。於是，除高校、大型研究機構和大型圖書館有收藏外，一般難以見到。

今因中國水滸學會會長佘大平教授的熱情邀約——希望我將有關《水滸傳》的拙著、拙文提供給學會主辦的《國際水滸網絡》轉載，特借網絡的珍貴版面，轉載《〈水滸記〉評注》。正文則用我提交給《崑曲藝術大典》的整理標點本的電子文本（與《六十種曲評注》本相同），讀者可以據此對照原文，閱讀我撰寫的每出後面的「短評」和拙文的評論。敬請《水滸傳》的研究專家和愛好者指正。

周錫山

致《水滸爭鳴》編輯部、《國際水滸網絡》公開函

中國水滸學會《水滸爭鳴》編輯部、《水滸國際網絡》編輯部：

貴處發來的《致學術界各位朋友》收到。

旅美華人劉再復《雙典批判》3 年前在大陸出版伊始，我即已注意到有關報導，並通過媒體報導已知其觀點和立場。我認為此書是不顧中國傳統文化的優秀價值的昏話之書。反傳統人士往往妖魔化中國古代歷史和文化，而對西方則讚美備至。按照劉氏的荒謬觀點，西方經典《荷馬史詩》描寫掌權者不顧千萬人生命，為一美人發動血腥戰爭，其中描寫的人性的醜惡和木馬計之類的陰謀、權謀，也應徹底批判，此書也應徹底否定。但此類人往往崇洋迷外。例外的是，反傳統的祖師爺魯迅《文學與出汗》因莎士比亞劇本寫的是小姐的香汗，也曾做過否定。劉再復有時讀書粗疏，如他的《性格組合論》剛出版，我即在論文《金批〈水滸〉宋江論》、《金批〈水滸〉武松論》中提到他自稱發明的「兩重性格組合論」最早是金聖歎就有精彩論述的，他卻在書中錯批金聖歎。此文投稿給劉氏為主編的《文學評論》，結果，理所當然地遭拒。後來發表時這段有關劉氏的話被編輯刪去。此時劉再復在國內學界的地位炙手可熱，故編輯特別謹慎也。

與全盤否定《三國演義》和《水滸傳》之思想意義的同時，他對《紅樓夢》極度崇拜，將此書中的思想意義做了拔高和過渡闡釋。

最近某拍賣公司高調推出錢鍾書的書信，楊絳大怒，喝令停止。此因拍賣公司為吸引公眾眼球，賣個好價，透露錢鍾書先生在信中對「本單位」某人的《魯迅傳》不提朱安，表示不以為然。報上即有人提示，此即時任中國社會科學院文學所所長的劉再復的《魯迅傳》。拍賣公司弄巧成拙，透露即此一條，果然即已產生轟動效應，引起軒然大波。劉氏是性情中人，愛恨皆無正常規則，是魯迅「香汗論」的繼承者。而魯迅也常出爾反爾，雖然鄙視莎劇中的香汗，對《紅樓夢》寫小姐的香汗，則愛之有加，劉氏亦步亦趨耳。必須指出的是魯迅無限崇拜西方小說，對《紅樓夢》的藝術成就則貶得很低，對《水滸傳》尤其是《金批水滸》極為否定，鄙人在拙編《中國小說史略》釋評本（即將再版增訂本）、拙著《金聖歎文藝美學研究》（即將出版）與有關拙文中皆有指出。

對劉氏此書，有興趣的學者做一些反批評也很有必要。劉氏既然對古人的經典公開發表謬論，維護「雙典」者就有權利進行學術批評。但 60 年餘來，

此類歪論層出不窮，高潮已經過去，此乃餘波耳。而如劉公者，這種觀念已經病入膏肓，他是不會理會別人的反批評的。但學界應該有一批學者對誤導青年的此類歪論作全面具體深入的批評，肅清流毒，以免謬種流傳。

鄙人近日的主要寫作任務是應約完成《曹雪芹：從憶念到永恆》一書，構思此作時，也已聯想到劉氏對「雙典」和《紅樓夢》的極端態度。但感到其怪論的研究層次不高，所以書中或許不一定會具體予以分析、批評。

專此奉覆。

周錫山 2013 年 8 月 28 日於上海

附：《水滸爭鳴》編輯部、《國際水滸網絡》批評《雙典批判》的徵稿函

《水滸爭鳴》編輯部《水滸國際網絡》致學術界各位朋友：

美籍華人劉再復精心炮製的《雙典批判》一書（三聯書店，2010 年 7 月版），詆毀《水滸傳》和《三國演義》是中國自古以來「最壞的兩部書」，是「把中國人引向地獄之門」的「大災難書」；因為《水滸傳》崇拜暴力，《三國演義》崇拜權術。劉再復除了肯定少數幾部著作，如《論語》、《山海經》、《西遊記》、《金瓶梅》、《紅樓夢》，認為這些表現的是中國的「原形文化」，其餘他所提到的諸多著作，幾乎都是「偽形文化」，《水滸傳》和《三國演義》則是所謂「偽形文化」的代表。

喝著中華文化的乳汁長大成人的美籍華人劉再復，幾乎把中華文化全部徹底否定了。

著名學者歐陽健教授在自己的博客《古代小說與人生體驗》曾就劉再復的《雙典批判》發言（2011-04-26）：「他們對《水滸傳》和《三國演義》的毫無道理的批評，是迎合和利用精英階層畏懼革命的心理，閹割中國傳統文化中僅有的一縷陽剛，對中國人的心理和中國的國民性格貽患無窮。」

著名學者胥惠民教授在《中國古代小說網》撰文說（2012-01-20）：「劉再復雖然名為『文化批判』」「胡亂聯繫反映的是精神的錯亂。」「劉再復徹底否定《水滸傳》《三國演義》究竟意欲何為？」

山東鄆城盧明先生在《水滸國際網絡》撰文指出：劉再復「故做驚人語，並不能將雙典打倒。不顧實際地盲目抹黑，並不能加重作者及文章的份量，也抹殺不了經典的光輝，反倒暴露了作者的驕妄和輕浮」。劉再復「否定代表中

國文明的一大批經典著作，要把中國古代文化史抹得一團漆黑，究竟想說明什麼問題？」

劉再復所說的「崇拜暴力」，指的是《水滸傳》的「尚武精神」。所謂「尚武精神」，是人類歷史上所有民族為了生存和發展必須具備的；誰沒有尚武精神，誰就要被淘汰。何況，中華民族的「尚武精神」是為了反抗壓迫、匡扶正義、保家衛國。在幾百年的近現代史上，中華民族屢受西方帝國主義列強和日本倭寇的侵略，正是這種「尚武精神」保衛了我們民族的生存和發展。而在人類幾千年的文明史上，中華民族從沒有用武力侵略過別人。這樣的「尚武精神」有什麼不好！

劉再復說《三國演義》「崇拜權術」。所謂「權術」，如果剝離其中的感情色彩，其實指的就是政治家的政治智慧，是所有政治家必須具備的。試問從歷史到現實，有哪個政治家不搞「權術」？除非他是大傻瓜。當然，所謂「權術」要嚴格區分正義和非正義的性質。

這個問題在《三國演義》中表現得相當複雜。但是從歷史的角度來觀察，但凡那些有利於民生和社會發展以及國家統一的，就是正義的。劉再復不分青紅皂白，籠統地斥責所謂「權術」，不是弱智，就是別有用心。

劉再復《雙典批判》的所謂「新」東西，不過是早已有人使用過的老伎倆——用現代人的感情去曲解古人，用現代人的思想去批評古人，用現代人的法制、法律去批判古人。

總之，他們是用現代社會高度發達的科學文化和社會文明去譴責古人的「野蠻」和「愚昧」。這有點像手拿自動步槍的向手拿長矛大刀的挑戰。手拿自動步槍的即使是個大白癡，只要動一動手指頭，就能取勝。

歷史文化的問題，必須放在歷史文化的視野下來分析、研究。那些以現代文明去批判古代文明的人，雖然說得頭頭是道，其實是在耍小聰明，是在投機取巧，是在占古人的便宜，反倒暴露了他們其實是不學無術的騙子。

劉再復的所謂「新」東西，不過是以為自己是「美國人」，用帝國主義老爺的「高貴」眼光來「審查」並詆毀中華文化。

劉再復雖然已經成了「美國人」，但凡瞧不起自己原先母國文化的人，反而會被主流社會的美國人所看不起；並且，也一定會受到全球華人的鄙視和譴責。

因為，但凡正直的「美籍華人」，他們都清楚地知道自己來自另一個國家；

他們愛美國，但也愛自己的母國，絕不會去惡意詆毀母國的文化，即使他不喜歡母國現今的政治制度。

雖然國內外有出版社為《雙典批判》出版，雖然有文化名人為劉再復題寫書名，雖然有劉再復的母校請他去大放厥詞，雖然有一些不明真相的網友追捧他，但是這些都不能掩蓋《雙典批判》是一部詆毀中華文化、污蔑中華文明的壞書。

我們呼籲學術界有識之士立即行動起來，對劉再復的《雙典批判》據理駁斥，據理批判。這不僅是為了捍衛中華文化，更重要的是應該幫助那些才華橫溢卻不明真相的莘莘學子，以及許許多多年輕的網友，幫助他們認清《雙典批判》的本質，不要被劉再復蒙住了眼睛和心智。

《水滸爭鳴》編輯部《水滸國際網絡》

〔jsycjfm@163.com〕2013/07/28

傅惜華的戲曲研究及其對21世紀戲曲研究的啟示〔註12〕

傅惜華先生是20世紀中國的一位有傑出成就的戲曲研究家和戲曲文獻收藏家，我們在他百年誕辰緬懷他，並討論他的傑出研究成功和對我們的啟示，非常有意義。

中國戲曲研究在20世紀進入一個新的重要時期，尤其是20世紀前半期，戲曲研究出現了新氣象。

20世紀一十年代，王國維（1877～1927）創立了戲曲學學科，與王國維大致同時，於1870～1880年代出生的20世紀第一代戲曲研究家，還有王季烈（1873～1952）、姚華（1876～1930）、齊如山（1876～1962）、吳梅（1884～1939）、許之衡（？～1934）。第一代著名戲曲研究家共有六人。他們的研究成果多在1910～1920年代發表。

第二代研究家多是20世紀初前後出生的，在1930～1940年代成名的學者，他們是：黃芝岡（1895～1971）、周明泰（1896～？）、任中敏（1897～1991）、鄭振鐸（1898～1958）、孫楷第（1898～1986）、錢南揚（1899～1986）、馮沅君（1900～1974）、徐慕雲（1900～1974）、阿英（1900～1977）、周貽白（1900～1977）、陳汝衡（1900

〔註12〕中國藝術研究院主辦07·傅惜華先生百年誕辰紀念研討會論文，中國藝術研究院戲曲研究所主編《戲曲研究》第71輯，文化藝術出版社，2008年。

～1989)、俞平伯(1900～1990)、胡士瑩(1901～1979)、譚正璧(1901～1991)、趙景深(1902～1985)、王芷章(1903～？)、盧前(1904～1950)、嚴敦易(1905～1962)、隋樹森(1906～1989)、鄭騫(1906～1991)、王季思(1906～1996)、傅惜華(1907～1970)、董每戡(1907～1980)、杜穎陶(1908～1963)、俞大綱(1908～1977)、葉德均(1911～1956)、吳曉鈴(1914～1995)，另有主要以善本書收藏為特色的研究家馬廉、周越然等，共 27 人。

第二代研究家名家輩出，成果卓著。其特點是，首先，他們的傳統文化根柢紮實，又吸收了西方文化的精華，有的還精通印度文化；第二，其中有多位成就卓著的研究家雖以戲曲研究為主，同時也研究小說和曲藝，有的還研究古代文學和民間文學，甚或兼及藝術研究，學識和研究範圍廣博。第三，有多位研究家還精於收藏，尤其是收藏古代戲曲劇本，兼及小說和其他古典著作與文物，甚至講究善本書的收藏，並將收藏與研究相結合。其中有多位還是 20 世紀著名的藏書家，如吳梅、鄭振鐸、阿英、譚正璧、趙景深、馬廉、周越然、傅惜華和吳曉鈴等學者，都為戲曲文獻的搶救、保護和整理，作出過不可磨滅的貢獻。王季思先生領導中山大學的學者，在車王府曲本的保護整理和研究方面，取得了非常可喜的成績，為學術界所矚目。第四，有多位研究家還編輯戲曲研究的刊物。第五，他們大多是或曾經是大學教授，教授戲曲專業的課程。

傅惜華是 20 世紀繼王國維之後第二代研究家之一，就是這樣的全才，而且是其中的佼佼者之一。

傅惜華的戲曲研究活動始於 1931 年起在梅蘭芳、余叔岩、齊如山等組織的北平國劇學會任編輯部主任、代理事長，主編《國劇畫報》《戲劇叢刊》。1941 年在北京大學教授戲曲、小說，1949 年以後任中國戲曲研究院研究員兼圖書館館長。一生致力於中國古代戲曲、曲藝和小說的研究和收藏。其曲學著作有《綴玉軒藏曲志》《曲藝論叢》《古今民間文藝叢書》(與鄭振鐸、吳曉鈴等合編)、《戲曲選》《寶卷總錄》《子弟書總目》《西廂記說唱故事集》和《中國古典戲曲總錄》(已出版《元代雜劇全目》《明代雜劇全目》《明代傳奇全目》《清代雜劇全目》)。又與杜穎陶合作，輯編了《水滸戲曲集》(2 冊)和《中國古典戲曲論著集成》(10 冊)。

傅惜華作為第二代戲曲研究家的代表人物之一，雖以以戲曲研究為主，同時也研究小說和曲藝，有的還研究古代文學和民間文學，甚或兼及藝術研究，學識和研究範圍廣博。故而他的著作另有《中國小說史補編》《六朝志怪小說之存逸》《漢代畫像全集》（初、二、三集）、《宋元話本集》《白蛇傳集》等。

他也精於收藏，尤其是收藏古代戲曲劇本，兼及小說和其他古典著作與文物，講究善本書的收藏，並將收藏與研究相結合。

傅惜華的戲曲研究主要是收集和整理原始資料的基礎工作。他所做的收集和整理資料工作是全方位的：既有劇本，也有理論著作；即著重經典名著，也注意民間資料的收集與整理。

傅惜華先生在戲曲研究方面成就最大的是編著《中國古典戲曲總錄》（已出4種）、與杜穎陶合作輯編的《中國古典戲曲論著集成》（10冊）和《水滸戲曲集》（2冊，2集）。

他獨力撰寫的《中國古典戲曲總錄》（已出版《元代雜劇全目》《明代雜劇全目》《明代傳奇全目》《清代雜劇全目》），較前人的收羅更為齊全，為後人如莊一拂等人的戲曲總目的收集和編撰提供了紮實的基礎。

傅惜華與杜穎陶合作輯編的《中國古典戲曲論著集成》（10冊），校對精細，功力深厚。有的文獻，校記的篇幅大大超過原著，這樣的研究成果嘉惠學林，此書的每篇論著的前言，介紹作者、版本沿革和學術成就，資料詳盡，論述精到。各篇連綴起來，即成一部戲曲理論簡史。

傅惜華與杜穎陶合作，輯編了《水滸戲曲集》（2集），並由傅惜華獨力撰寫了每個劇本的題記。此書收羅齊全，並做了精心的校對，成為水滸戲曲的權威版本。

此書第一集是元、明、清三代水滸故事的雜劇，凡十五種：《黑旋風仗義疏財》，《黑旋風雙獻功》（元高文秀）、《同樂院燕青博魚》（元李文蔚）、《梁山泊黑旋風負荊》（元康進之）、《大婦小妻還牢末雜劇》（元李致遠）、《爭報恩三虎下山》（元無名氏）、《魯智深喜賞黃花峪》（元無名氏）、《黑旋風仗義疎財》（明朱有敦）、《豹子和尚自還俗》（明朱有燉）、《梁山五虎大劫牢》（明無名氏）、《梁山七虎鬧銅臺》（明無名氏）、《王矮虎大鬧東平府》（明無名氏）、《宋公明排九宮八卦陣》（明無名氏）、《宋公明鬧元宵》（明凌蒙初）、《戴院長神行薊州道》（清張韜）、《十字坡》（清唐英）。

第一集是明代水滸戲的傳奇作品，共六種：《寶劍記》（李開先）、《靈寶刀》（陳與郊）、《義俠記》（沈璟）、《水滸記》（許自昌）、《元宵鬧》（李素甫）、《偷甲記》（范希哲）。

《水滸傳》是中國長篇小說中的經典巨著之一，但此書的成書過程，難以知曉。而正如《水滸戲曲集》1984 年版的出版說明所說的：梁山泊英雄的事蹟和傳說，自南宋以來，一直為中國人民所喜愛，也是中國文學上的極重要的題材，這就形成了一系列的水滸文學。這中間，戲曲佔了重要的位置，自元迄今，累代著作、演唱不衰，和小說「水滸傳」內容互有異同，其間又相互影響，可以參證。這些戲曲不但顯示了歷代作家在發展這個題材方面的藝術創造力，亦且保留了大量有關水滸故事的民間傳說，實為我國文學上的一宗豐碩珍貴的財富。元代是水滸故事演化中的重要的承前啟後時期，元雜劇中的水滸戲，即已成熱門，對於水滸題材的形成，有重要作用。在從民間文學基礎上成長而又取得輝煌成就的元雜劇中，取材水滸故事的就有二十餘種，但流傳到今的僅有六種。在這些雜劇中，作者歌頌了揭竿而起的梁山英雄，表現了當時人們同情梁山起義的基本傾向，提供了不少生動的情節。有的情節被《水滸傳》說採用，有的未被採用。這些未被採用的情節，留下了宋元時期水滸故事的一些真貌，具有不可替代的重要文獻價值；而被採用的故事，更使我們瞭解《水滸傳》吸收、改造前人成果並作出自己藝術再創作的線索，對於我們學習經典著作的創作經驗，有著重大的借鑒作用。

《水滸傳》自明中期起，風行天下，影響極為巨大，連及水滸題材的戲曲，也在晚明崑曲興起的同時再次興起，至近現代，在京劇中更為風行。

有鑑於此，傅惜華和杜穎陶先生收集有關水滸故事的重要戲曲，分為二集，提供文學研究者和愛好古典文學的讀者參考欣賞。

但此書收齊現存的水滸戲曲，非常不易。其中有多種戲曲，如明季戲曲作家李素甫《元宵鬧》傳奇、清唐英《十字坡雜劇》，版本罕見，收集已經不易。有的如明張韜《戴院長神行薊州道雜劇》，甚至無人知曉，清人戲曲書目，以及近人王國維曲錄，均不見著錄，流傳極罕，是傅惜華先生本人發掘、發現的。還有明末清初《偷甲記》傳奇，原題秋堂和尚作，有多位研究家誤認為是李漁作，傅惜華先生則考證出，作者應為范希哲。

傅惜華先生為收入此書的每一部作品撰寫了一篇題記。題記極見功力。每篇題記都介紹作者生平、作品的產生情況、版本流傳情況和各種版本的特點、異同。每篇題記，根據作品的實際情況，詳略不同，而對重要作者和重要作品還作評論，評論的語言要言不煩，但月旦人物和作品評價皆精闢精當。這些題記的內容精彩，今作簡要述評如下。

《黑旋風雙獻功雜劇》題記介紹作者高文秀「雜劇作品，極稱豐富」。又說：

> 其全部作品中，搬演水滸故事者有九種，而以黑旋風李逵為主腳者乃有八種之多，惟惜今日僅存「黑旋風雙獻功」一種耳。高氏雖不幸早逝，然其作品已極豐贍，故時人號為「小漢卿」，使假以年，則其成就，或駕關漢卿之上，亦未可知。明初賈仲朋訂補「錄鬼簿」弔高文秀詞有云：「早年卒，不得登科。除漢卿一個，將前賢疎駁，此諸公麼末極多。」明寧獻王朱權「太和正昔譜」評其所制雜劇風格，喻如：「金瓶牡丹」。

「使假以年，則其成就，或駕關漢卿之上，亦未可知。」一言九鼎，既充分肯定了高文秀劇作的高度成就，又對他的創作潛力的不幸夭折，表示了最大的惋惜，筆下帶著作者的感情。「或駕關漢卿之上」，是一個警新的見解，值得重視。

明初朱有燉《黑旋風仗義疎財雜劇》題記引明清名家的評價說：

> 明李夢陽「汴中元宵絕句」云：「中山孺子倚新妝，趙女燕姬總擅場；齊唱憲王新樂府，金梁橋外月如霜。」沈德符「顧曲雜首」稱：「誠齋樂府，至今行世，雖警拔稍遜古人，而調入絃索，穩愜流利，猶有金元風範。」清朱彝尊亦評其雜劇：「音律諧美，流傳內府，至今中原絃索多用之。」又說：此本雜劇，最初見於明高儒「百川書志」著錄，標為傳奇一卷，題曰：「皇明周府殿下錦窠老人全陽翁著」。「寶文堂書目」亦著錄正名。明祁彪佳「遠山堂劇品」評此劇列入「雅品」，且曰：「粗豪之曲，而獨於假新婦處，冷然入趣。即如貨郎數調，反令元人望後塵矣。北詞五折，兩人唱，此變體也。」

又於其《豹子和倚自還俗雜劇》題記介紹：「遠山堂劇品」評此劇入「雅品」，並曰：「元人多喜制水滸傳詞，然皆非羅貫中所作。周藩亦戲撰豹子和尚一劇，雖極意摹元，而實自得三昧之妙。」

對於朱有燉以上兩劇，傅先生自己不作直接評價，而是引前人的言論，而且都是讚頌的評論，傅先生不言而言，表達了自己的傾向。在 1964 年這樣文革前夕而且「文藝整風」已經興起，即文革風暴「山雨欲來風滿樓」這樣嚴峻的形勢下，他堅持對帝王後裔的創作家作此公正的肯定，極為難能可貴。

20 年後，傅先生已經逝世多年，上海古籍出版社在再版此書的出版說明還作批判：

> 在明代，雜劇依然發展流傳。僅明初曾一度為以朱有燉為首的御用文人佔據劇壇，使雜劇消失了戰鬥傳統，風格也大失元代的生動、自然。朱有燉本人寫的水滸劇，對梁山泊英雄更是竭盡誣衊、歪曲之能事。如在「豹子和尚自還俗」中，不僅歪曲魯智深的形象，且痛罵農民起義是強盜行為；「黑旋風仗義疏財」中，明宣德間周藩原刻本寫黑旋風李逵高興地聽到張叔夜招安宋江、征服方臘信息，這顯然是歪曲了李逵的精神面貌。

這種階級鬥爭的論調，傅先生是堅決不用的。梁山好漢難道批評不得？招安問題難道不可討論？農民起義問題不可反思？傅先生引前人的論述，在當時的形勢下，公正評價朱有燉取得的藝術成就，是難能可貴的。

明張韜《戴院長神行薊州道雜劇》題記曰：

> 「續四聲猿」雜劇，清人戲曲書目，以及近人王國維曲錄，均不見著錄，流傳極罕。此集包括短劇四種，劇各一折，分演四事，不相連屬。第一種曰：「杜秀才痛哭霸亭廟」，第二種曰：「戴院長神行薊州道」，第三種曰：「王節使重續木蘭詩」，第四種曰：「李翰林醉草清平調」。張韜斯作，摹擬明代戲曲家徐渭「四聲猿」而作，故標名：「續四聲猿」。其自序云：「猿啼三聲，腸已寸斷，豈更有第四聲，況續以四聲哉？但物不得其平則鳴，胸中無限牢騷，恐巴江巫峽間，應有兩岸猿聲啼不住耳。徐生莫道我饒舌也。」作者制曲動機，於此可見。此本雜劇集，從無單行刻本，唯存清康熙時刻「大雲樓集」附錄本；卷首標名：「戴院長神行薊州道雜劇」，次行署題：「紫微山人填詞」，版心題簡名為：「薊州道」。本集校選此劇，即據「大雲樓集」附刻本。

因為這是傅先生發現的孤本，此書別人難得見到，所以詳盡介紹的版本的狀況和原書的狀貌，並簡明闡發戲曲作者的創作動機、緣起和作品的主題。這是傅先生首創性的學術成果。

清唐英《十字坡雜劇》題記曰：

> 此本雜劇，清代戲曲簿錄，向無記載。近人王國維「曲錄」，始見著錄此劇名目：現有清嘉慶間古柏堂刻本，傳流世間，然亦罕覯。

原本卷首，書名標作：「十字坡」，次行署題云：「蝸寄居士填詞」。

本集所選，即據此古柏堂原本重印。

因是罕見書，也詳盡介紹版本和原書的狀貌。「近人王國維《曲錄》，始見著錄此劇名目」一語，顯示傅先生遍覽書目後，充分肯定前人即王國維的功績，而自己是下了許多工夫，遍覽和熟悉各家的研究成果，才能得出這個結論的。每在此等細微處，顯現了傅先生的精深功力和嚴謹的治學態度。

以上是第一集，收集的是元明清三朝的雜劇作品。以下是第二集，收集了明清兩代的傳奇作品。

明沈璟「義俠記」傳奇之題記曰：

> 沈璟「義俠記」傳奇，明代戲曲大師沈璟作。璟字伯英，號寧庵，別署詞隱，晚號聃和。江蘇吳江人。生而韶秀玉立，穎悟超人。數歲屬對，應聲如響。授之章句，日誦千餘言，有神童之目。
>
> 嘗改訂湯顯祖之「牡丹亭還魂記」，曰「同夢記」；又重訂湯顯祖之「紫釵記」，曰「新釵記」，及考訂高則誠「琵琶記」，惜皆未見流傳。

又引呂天成曲品評此劇有云：「激烈悲壯，具英雄氣色。但武松有妻似贅，葉子盈添出無緊要。」今觀此劇，敘武松之俠義，武大之懦弱，西門慶之奸黠，王婆之刁詭，雖不及小說原本描摹細緻，然亦態各人殊，尚能曲盡其致。通本歌曲賓白，並重本色，於律極稱協合，故呂天成「曲品」評此劇列於「上上品」。

以上題記，先稱沈璟為「戲曲大師」，與時流貶低沉璟劇作的觀點，至少是評價不高的觀點，大相徑庭，而識見無疑很高。對於他改訂湯顯祖名劇，研究家至今都站在湯顯祖的一邊，給以基本或全盤否定。而題記中一個「惜」字，顯示傅先生對沈璟改編本的重視和珍視。最後，還是引用前人的權威性評論的方法，對《義俠記》的藝術成就做了公允的肯定。

明許自昌《水滸記》傳奇題記云：

> 所演張文遠借茶，閻婆惜活捉，宋江妻孟氏事，皆為小說所無，實出作者脫空結撰。原作本重在譜宋江閻婆惜事，然於晁蓋事敷衍過多，以至賓主不分，主腦全失。至於宋江事僅止於宋江劫法場、小聚會，即作收場，非若明清人譜水遊戲曲之必終於招安者，實脫窠臼而高一籌也。祁彪佳「遠山堂曲品」，列此傳奇於「能品」，且

評曰：「記宋江事，暢所欲言，且得剪裁之法。曲雖多稚弱句，而賓白卻甚當行，其場上之善曲乎？」總觀斯劇，作者每喜用駢綺筆，如第九齣「慕義」，僂羅定場白，敘述梁山泊形勝，妃黃儷白，長千余言，儼若一賦，然出自僂羅口中，未免不倫。又第三十一齣「冥感」，閻婆惜所歌「梁州序」曲，句用一典，純以堆砌為能事，辭意晦澀，殆無足取。且其韻腳，真文、庚青模糊不辨。同出張文遠所歌「漁燈兒」曲，雖止五句，而用柳下惠、蘧伯玉、李衛公、上元夫人諸典，以副淨色所飾書吏，乃歌此典麗華贍之詞，亦殊不稱。

題記中傅先生的評價，成為權威性的意見，當今對此劇的評論，離不開傅先生的基本觀點了。

明季戲曲作家李素甫《元宵鬧》傳奇題記云：

「元宵鬧」傳奇，搬演梁山泊慮俊義故事，因劇中吳用設計，元宵夜縱火翠雲樓，而救盧俊義出獄，故標傳奇名曰「元宵鬧」。通本情節內容，摭拾水滸傳小說中盧俊義事蹟，而以第六十五回「時遷火燒翠雲樓，吳用智取大名府」為骨幹，敷演而成。按小說中尚有宋江攻大名，蔡京遣關勝討宋江，宋誘降之，種種情節，因與盧俊義無關，故劇中皆為略去不詳。至於李固所交張孔目，劇中則改為張文遠，謂其殺婆惜後實未死，逃至大名，復為孔目，因與盧俊義妻賈氏有私，此則為作者任意牽合，藉景生情，以助波瀾而已。此劇登場腳色較多，關目亦嫌繁複，然賓主尚能分明，布置妥貼，起伏照應，頗為不紊，故甚適於場上爨演。惟其演盧俊義入泊，後受招安，以征方臘有功受爵，始為終場，仍未脫窠臼。

此劇前人沒有什麼評論，所以傅先生自己對此劇的藝術特點做了中肯、當行的分析和評論。

最後，明末清初「偷甲記」傳奇：

原題秋堂和尚作。清黃文暘「曲海目」，焦循「曲考」，以及近人王國維「曲錄」，並據康熙間金陵刻本「八種傳奇」所標「湖上李笠翁先生閱定」，而誤著為李漁之作，實屬大謬。……按清人姚燮「今樂考證」，著錄：「偷甲記」、「魚籃記」、「雙錘記」、「萬全記」、「十醋記」、「四元記」六種，俱題曰「四願居士」撰，並謂：「或云係范希哲作」，……嘗考清初笠閣漁翁「笠閣批評舊戲目」，著錄有

「萬全記」、「十醋記」、「雙錘記」、「偷甲記」、「魚籃記」，俱標為范希哲所作。據此可知四願居士、西湖素岷主人、小齋主人等號，實為范希哲別署無疑；姚燮著錄所題作者姓名，蓋即本於笠閣漁翁評目。此「偷甲記」傳奇，當亦為范氏所作。

《水滸戲曲集》將全本保存至今的諸本「水滸戲」，收羅齊全，尤其是收入難得見到的作品，整理、標點後精印出版，極便專家與讀者。但此書也有漏收的重要劇目，如清初蘇州派名家邱園的《虎囊彈》傳奇，雖然全本已佚，僅存六齣，其中《山亭》(《醉打山門》)最為膾炙人口，京劇和多種地方戲都有同名改編本，此劇的現存六齣，雖非全璧，也應收入。

傅惜華沒有收入此劇，可能是體例的限制，也即只收全本，不收殘齣，因為觀察他的學識，他不知此劇和此劇的殘存文獻，是不大可能的，尤其是《紅樓夢》中寫到賈府上演過此劇中著名的《醉打山門》，而且薛寶釵還就此齣的內容、唱詞的精彩，諄諄教導過賈寶玉，還背誦了幾句精彩的唱詞。

而根據一般認可的資料集的搜羅要齊全的原則，《水滸戲曲集》重版時，應該在傅編原本的基礎上增補所有水滸題材戲曲的全部材料。也可增加京劇和地方戲劇目，編成《水滸戲曲全編》〔註 13〕為研究者提供更為全面的資料。

傅惜華先生的戲曲研究給 21 世紀的戲曲研究有著重要的啟示。首先，我們應該重視戲曲全部現存劇目和現存作品的清理和總結的工作。傅先生當時盡了他的最大努力。隨著時代的發展，當今我們的研究條件要優於傅先生當年個人奮鬥的時代，公私藏書和海外、國外的藏書都能看到或瞭解。只有摸清家底，才能使研究更引向深入。現在有志者已經作出了自己的努力，例如列入國務院古籍整理十一五規劃重點出版項目的即有吳書蔭等《清代古典戲曲總目》、車錫倫等《中國說唱文學總錄》、李豫《中國鼓詞總目》等。

第二，盡快整理出版精校、篇目齊全的戲曲總集，將戲曲研究推向全面、深入和精細的階段，為 21 世紀中國文化的新高潮而提供傳統文化的資源。

最重要的是，我們要學習傅先生堅持獨立見解，公允對待前人的嚴謹學風。

〔註 13〕2022 年 12 月已有孫琳輯校《水滸戲曲集成》(全五冊)出版。該書基本將元明清三代「水滸戲」網羅殆盡。全書分為四編：雜劇十八種、傳奇十二種、《忠義璿圖》三個版本、折子戲一百零九齣。另有焦欣波《20 世紀中國水滸戲研究》(中國戲劇出版社，2022 年)，其附錄一 20 世紀以來中國水滸戲新編、改編劇目和附錄二「十七年」「戲改」時期京劇整理、改編劇目(部分)，也很有參考價值。

《水滸》學和小說史研究的重大新成果——曲家源《水滸傳新論》簡評

作者按：這篇評論作於 1995 年。今日看來，曲家源先生《水滸傳新論》中的不少重要成果，沒有受到應有的重視，近期的一些《水滸傳》評論的書文，重複了此書的研究成果，或者因未受此書的啟發而發表了錯誤的觀點。有的重要論題，例如怎樣看待水滸英雄殺人吃人問題，劉再復等人《雙典（按指《三國演義》和《水滸傳》）批判》等著作，和一些文章，還局限於魯迅的觀點，對古代經典作不切實際的全盤否定。魯迅說中國的歷史是「吃人」的歷史，以及他對《水滸傳》「殺人（尤其是「殺看客」）的否定性意見，是他不顧中外史實、一貫的英雄欺人之說的一個表現！西方古近代也盛行「吃人」，中國古代更並非僅是「吃人」的歷史：我不知魯迅先生是否認為他自己的祖先也是靠「吃人」而一代代綿延下來的？還有人說，《水滸》中的人物亂殺人，所以不是描寫農民起義的書。他們不知，除了劉邦和朱元璋這些少數特例，在起義過程中亂殺人的情況較少，農民起義就是亂殺人的隊伍。除了中國人民解放軍，美軍、蘇軍在二次大戰中皆有亂殺人的劣跡。我有《流民皇帝——從劉邦到朱元璋》（2004 年初版、2012 年增訂版）詳述過這個問題，有興趣讀者，可以參閱。

20 世紀初以來，《水滸傳》一直顯得熱氣騰騰又廣泛深入，在中國小說史的研究領域中，惟有《紅樓夢》研究可以與之媲美。新時期以來，在小說研究領域內，惟有中國《水滸》學會和中國《紅樓夢》學會是國家承認的兩個全國性的學術團體。《水滸》學研究家自 80 年代初以來，堅持定期召開研討會、出版學術刊物，達到相當高的整體研究水平，在國內外學術界產生了相當大的影響。在名家輩出、強手林立的《水滸》學研究界，曲家源教授是其中令人矚目的一位研究家。

自 1982 年以來，曲家源先生在研究中國史（重點是司馬光研究和抗戰史及盧溝橋事變研究等，其研究成果在國內外有很大的影響）之同時，又致力於《水滸傳》的研究，至 1994 年的 12 年中，撰寫和發表論文凡 30 篇。曲家源先生在這 30 篇論文中，在前人研究成果的基礎上另闢蹊徑，把重點放在對《水滸傳》原著的小說本體的解讀上，廣泛運用文藝學、社會學、民俗學、考據學以及系統分析等科學方法，把《水滸傳》放在宋元時代的社會文化背景中，對小說反映的思想傾向、人物品性、生活環境，所透露的社會意識、世俗觀念、風土人情等等，進行了全面系統深入的探討和研究，引據古今文獻資料 300 多種，發掘出許多新的問題，得出不少新的結論，取得了令人矚目的學術成就。不少論文在初次發表後即被中國人民大學資料中心的權威刊物《中國古代近代文學研究》全文轉載，有的文章被全國十多家報刊轉載介紹過，產生了很多的影響。為推動學術發展和增強學術交流，曲家源先生又將這些論文作了全面修訂，並薈萃成《水滸傳新論》一書（凡35萬字，444頁）〔註14〕，以饗讀者。

《水滸傳新論》全書30篇論文，除《自序》外，大致分成四組：

《水滸傳》思想意識系列（9篇）

《水滸傳》人物形象系列（8篇）

《水滸傳》所反映的宋代社會生活系列（9篇）

金聖歎研究系列（3篇）

其中《水滸一百單八將的階級屬性分析》《水滸一百單八將的座次是怎樣排定的？》與《再談》《三談》《水滸一百單八將綽號考釋》等篇章，發表後影響很大，在《水滸》學研究中是後來居上之作。這些論題雖有前人包括不少名家論及，但尚不夠深入，或因時代局限而觀點頗有片面性。曲先生的這些論文觀點新穎，論證周密，將研究水平提到一個新的臺階。

這些論文也是他從事《水滸》學研究的第一批成果，可見他的研究起點高，切入論題目標準確，因為在解決這些基本論題之後，再評論《水滸》中的人物形象即可居高臨下，勢如破竹了。

果然，曲家源先生後來所發表的論《水滸》人物形象的8篇文章，能見前人所未見，發前人所未發，見解新穎而獨到。他評論了宋江、林冲、魯智深、武松、楊志、李逵、楊雄與石秀、燕青，凡九人。以上諸人，除燕青外，筆者都寫過論文，從金（聖歎）批角度詳加論述。建國前後論者所評《水滸》諸人，在總體水平上並未超過金批，而且遵循金批觀點的人很多。有些文章與金批觀點不同的，因受左傾思潮影響，反而片面性很大。曲家源先生在研究金批的基礎上，遵循馬列主義的歷史辯證法和唯物辯證法，分析《水滸》九位英雄人物的人生理想、思想品質、性格特點，得出許多深刻而尖銳的結論。如他分析小說在描寫宋江時的種種性格矛盾和行為悖論，是因為施耐庵從《論語》中對君子的要求來塑造農民起義領袖的理想人格，將宋江描繪成「能行仁者王天下」這麼一個封建社會的理想「完人」，而現實又難以實踐，故而只能寫成奸雄式的人物。他對林冲在妻子遭高衙內襲擊但凌辱未成後所採取的息事寧人的態度作了令人信服的分析，指出其在合理「退讓之中，仍在鬥爭或準備鬥爭，不失其好漢本色」；其對朋友（陸謙）和上級（高俅）的「輕信——善良人的

〔註14〕曲家源《水滸傳新論》，中國和平出版社，1995年。

通病，是主要性格弱點。但輕信與好漢的剛強豪爽並不矛盾，反倒更襯出林冲的善良本性。正是林冲的善良和輕信才使林冲和讀者貼得更近，讀者同情林冲的遭遇，關心他的命運，是林冲形象更具藝術魅力」。曲家源先生在充分肯定武松、李逵的優點與剛烈等種種長處之同時，對他們的不足與局限之處也作了透徹的分析，相比較之下，他對魯智深的評價最高，認為「魯智深不僅是《水滸傳》中的絕頂人物，而且在中國古代小說人物形象畫廊中也屬絕頂人物之列」。相比之下，「武松思想比較狹窄，是非觀念不清，生活態度上世俗觀念太重，與魯智深愛憎分明、嫉惡如仇、高尚無私相比，不能望其項背。不僅武松，即使李逵也無法同魯智深相比併」。接著曲先生又作了具體而有說服力的比較，論證翔實。他又指出：「金聖歎對《水滸》人物評論很多，但只有在評魯智深時所說的『寫魯達為人處，一片熱血直噴出來，令人讀之深愧虛生世上，不曾為人出力』（第二回回前總評）一句最具現代意識，而且至今無人超過。」此言令人警醒，也令人感到十分沉痛，意味深遠。

《新論》中有多篇文章填補了《水滸》學研究中的空白或在研究者較少注意的內容中加以細心挖掘和精闢論述。如《論〈水滸傳〉中的血腥氣》《〈水滸傳〉所反映的世俗生活》《〈水滸傳〉所反映的婚姻和家庭》《〈水滸傳〉中保留的宋元戲曲史料》等論文，都有豐富的資料和獨到的見解，讀來引人入勝。如《論血腥氣》一文，曲家源先生就人們熟視無睹的《水滸傳》所「具體地描寫了許多爭打鬥毆、殺人流血的場面，甚至不加掩飾地描寫血淋淋的兇殺和吃人情景，造成了一種濃重的血腥氣氛」這個論題，作了詳盡的論述。他引多種歷史上吃人包括吃人之內臟的資料，十分詳盡，如與金克木先生《食人・王道》〔註15〕多次所引《資治通鑒》等書的史實一起參看，可知中國古代野蠻的食人之大觀也符合馬克思主義經典作家稱之為「食人之風」的世界性現象〔註16〕。曲家源先生指出：「《水滸傳》所描寫的食人之舉」，「是整個封建社會一定現實生活的反映」。而「作家有意識地加重渲染這種氣氛，顯然是與他的創作意圖和審美情趣有關」。並進而指出「要而言之，《水滸傳》在人物形象的塑造上，主要突出主人公的粗豪特徵，在情節敘述上，儘量使兇險情節平淡化；在環境描寫上，又極力使平常事物奇誕化。他創造出一種特殊的藝術氛

〔註15〕此文已收入筆者為金克木先生編選的《文化卮言》，上海文藝出版社，1996、1997年，增訂本，中國人民大學出版社，2005、2009年。

〔註16〕《新論》，第63頁。

圍，在讀者心目中使故事和現實產生距離感」。作者在對原作之文本作細緻具體的觀照和分析的堅實基礎上提出以上精闢獨到的論點，並進而推斷原著的寫作時代，很有說服力量。而「奇誕化」和「距離感」等語，顯然與俄國形式主義美學初倡、布萊希特和現代西方美學家所發展的「陌生化」理論有相通之處，可見我國古典優秀之作在寫作技巧及其體現美學思想方面，常有超越時代的成功佳例。而曲家源先生在熟練運用傳統的文藝學、社會學、考據學、民俗學等研究方法的同時，又善於借鑒西方的文化人類學、系統分析和多種美學理論，亦由此可見。

《新論》中，精彩的論析很多，如燕青的奴性、楊志形象中的豐富內涵，對金聖歎研究評論等等，因篇幅所限，只能略舉以上數例。

專著的出版，標誌著一位研究者對某一學科或專題研究已形成總結性的成果。《水滸傳》和中國小說史也是筆者所從事的研究領域之一，故而筆者認真閱讀過這個領域的不少論文和專著。筆者認為曲家源先生和張國光先生的有關論著是《水滸傳》研究領域的領先之作，取得了很大的學術成就，不僅值得作為同行的我們認真拜讀，而且也值得有志於從事古代文學研究的大學生、研究生認真學習，學習專家的治學途徑，尤其是在前人研究十分稠密的情況下，如何既出新見，又不譁眾取寵，踏實而有成效地前進的研究方法；儘管曲、張之作也有不足之處，因天下無十全十美之物也。

後　記

我最早閱讀的文學經典著作，是我在小學四五年級時閱讀的人民文學出版社 1954 年版 3 卷本（白封面紅字的）豎排繁體字的《水滸全傳》。這是從家父單位工會閱覽室借回家來的。我一下子入了迷，非常喜歡。我家所屬的上海南京東路派出所的戶籍警，走過我家門，看到我在看《水滸全傳》，說你這麼小年紀就能看這種書啊。我很快就讀完全書。

此後我沒有渠道借到好書閱讀，幸虧我們所住大樓的後弄堂福寧里對面的老四號三樓住著家父的同事，我們叫他「老太爺」的蘇北大爺，他收藏了一些線裝本的舊小說，有《三俠五義》《小五義》等等，只要我們上門求借，他都肯慷慨答應。可惜他的書不多，我很快就看完了。當時沒有借書渠道，更沒有錢買書，我常常為沒有書看而煩惱。

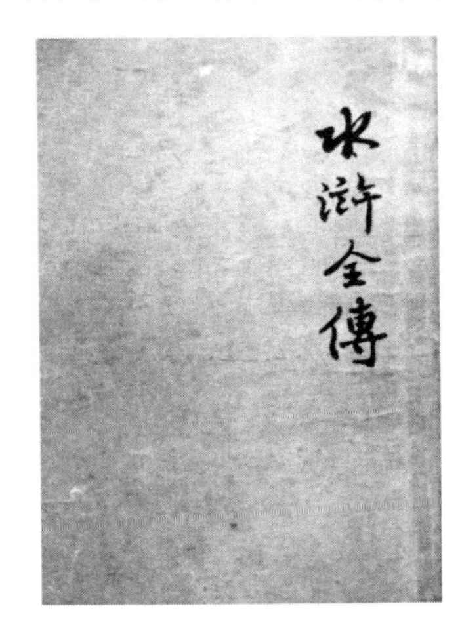

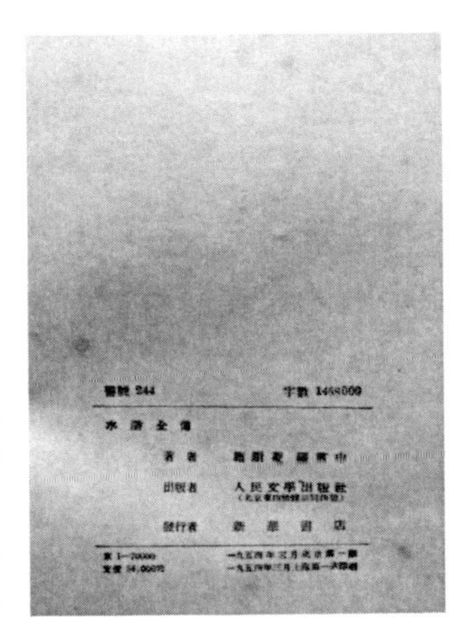
書號 244　字數 1468000

水滸全傳

著者　施耐庵　羅貫中
出版者　人民文學出版社
發行者　新華書店

到我考入上海市格致中學，進了初中，有了學生證，我就到上海圖書館、上海黃浦區圖書館閱覽室、上海市青年宮圖書館看書和借書。但是一直沒有重讀《水滸傳》。

1975 年批《水滸》時，出版了橫排簡體字版的一百二十回《水滸傳》（大 32 開平裝 3 冊）和七十回本的《水滸》）（小 32 開平裝 2 冊），中華書局還影印出版《貫華堂第六才子書才子書水滸傳》（大 32 開 11 冊），我才重讀《水滸傳》。

我最早正式出席的學術會議是張國光先生操辦的 1981 年 11 月在武漢舉辦的「全國首屆《水滸》研討會」。我當時是華東師範大學中國古代文學理論專業的 2 年級研究生，張國光教授 1980 年在武漢大學與我見過一面，是王汝梅教授介紹我認識的，他竟然邀請我為正式代表。當時教授出席會議的機會也極少。徐中玉師破例准假，並給我報銷旅差費。我請他和趙景深師、譚正璧先生，三位學術泰斗給大會寫了祝賀信，提交大會，給張國光先生一個大大的驚喜。我原以為張先生會安排我在大會宣讀三位權威的祝賀信，可以出出風頭，沒有想到，張先生自己在大會上宣讀，我當時頗感失望。

我向大會提交了 2 篇論文——《〈水滸傳〉在中國和世界文學史上的重要地位和意義論綱》和《〈水滸傳〉和〈艾凡赫〉》。《水滸傳和艾凡赫》，將《水滸傳》與英國最傑出的歷史小說家司各特的代表作（描寫英國最著名的強盜羅賓漢的名作，林琴南將書名譯作《撒克遜劫後英雄略》，是清末民初風行一時的外國小說）作比較。論文發表於《水滸爭鳴》第二輯（大會論文專輯）。我在研究生一年級時，外國文學研究權威和權威翻譯家王智量教授已向系裏提出，我畢業後改行，留校跟隨他做比較文學，獲得我的導師兼系主任的同意（畢業後改入華東師大中文系外國文學教研室任教）。所以我提交了這兩篇比較文學的論文，並翻譯了 2 個英國著名劇本，後來與 2 篇藝術評論一起發表於名刊《名作欣賞》（毛時安師弟介紹我給此刊的），作為我進入新的專業的前期準備。

1981 年到武昌出席會議很不方便。我事前不知，火車到達漢口後，漢口到武昌的末班輪渡已經趕不上了，只好在昏暗的、極其簡陋肮髒的小旅館過一夜。不僅旅館費的支出，對拮据的出差經費是一個負擔，而且浪費的時間和精力，非常影響情緒。而晚一天報到，又損失了在會議期間的活動時間、失去與眾多新朋友相識和交談的機會，也令我非常懊喪——當時能夠出席學術會議的機會非常珍稀。

第二天一早，我趕乘首班輪渡，再乘公交趕到會議的所在地「東湖賓館」，張國光先生剛起來。他帶我到會務組所在的房間報到。

當時的這個「東湖賓館」，實際上是武漢軍區空軍招待所，為擴展收入，對外營業時用這個名字。2004 年 5 月，我出席武漢大學哲學系和道家學會主辦的「海峽兩岸道家研討會」，也住在東湖賓館。賓館的北面是東湖的一角，風景優雅而優美。不知是否同一個地點。

空軍招待所當時剛到一批女的新兵，充當服務員，她們大多來自上海。

我與江蘇省曲藝家協會秘書長張棣華同住一室，與他交談甚歡。他研究揚州評話王少堂的《水滸傳》，並出版其表演的記錄本。他告訴我，他們創辦《評彈藝術》刊物，即將出版，並熱情邀請我撰文。他聽說我喜歡蘇州評彈，我談起邢雙檔在上海演出引起轟動。他說，邢雙檔是他們曲協一手培養和幫助的，後來他介紹我與邢雙檔相識。1983 年，他寄來《評彈藝術》創刊號。我給該刊寄去《著名評彈研究家譚正璧先生》，張棣華先生將它發表在第二期。不久張先生退休後，不再參與公共事務，隱跡江湖，我們失去了聯繫。我至今還很懷念這位熱情幫助過我的江蘇省曲藝界前輩。

在這次會議上，我與幾位上海來的與會代表相識，現在他們大多已經去世了。

按當時的通例，會議安排參觀項目，遊覽歸元寺和參觀辛亥革命紀念館。去年，1980 年古代文論全國第二屆年會，也去過歸元寺。當時武漢除了這兩地，和東湖，沒有吸引人的遊覽勝地。

會議不安排晚上的活動。我晚上到一個中型會議室，擠在人群后面，站著看小的黑白電視機播放的中國女排決賽。

吉林大學教授王汝梅先生於 1980 年上半年在教育部委託華東師大主辦全國古代文論教師進修班學習，我們研究生和他們一起聽課。因為我們的導師徐中玉是班主任。我是研究生班長，負責打雜，譬如分發教材（都是油印資料），傳達通知之類。當時教育部辦了 3 個高校教師進修班，另有北京大學朱光潛的西方美學，中山大學王季思的古代戲曲。

王汝梅先生後來成為《金瓶梅》研究權威。他那時獨自留下，在華東師大延長進修期半年（1980 年下半年），得到徐中玉師特批，仔細閱讀了華東師大圖書館所藏《金瓶梅》張竹坡評本的善本線裝書，寫了第一篇論文，發表在徐中玉師主編的名刊《文藝理論研究》。

1989 年 8 月，張國光先生力邀我出席在湖南張家界舉辦的「首屆金聖歎研討會」，會上成立了金聖歎研究會，作為中國《水滸》學會的二級學會，我被推選為副會長。張先生還安排我擔任《水滸爭鳴》的編委。

張國光先生在 1988 年到 2000 年的十餘年間，經常給我來電來信。在此期間他多次來上海，為舉辦金聖歎國際研討會而奔走。

2004 年 5 月 12 日至 15 日，由武漢大學哲學哲學學院、中國社會科學院哲學研究所、湖北省道教協會、四川大學道教與宗教文化研究所、武當山道教協會主辦海峽兩岸首屆當代道家研討會在武漢東湖賓館舉行。5 月 13 日上午在武漢大學珞珈山莊舉行開幕式後，我即給張國光先生去電，準備去看望他。張先生在電話中說，他正患病，不能見客。此後一直沒有他的信息了。

我於 2006 年出版《水滸傳》新概念連環畫冊（負責文字部分。國家十一五重點出版項目，上海錦繡文章出版社）。

2008 年 6 月受上海作家協會委派，在上海東方講壇做「《水滸傳》與人生智慧」講座（文化部圖書館司有上海徐匯區圖書館拍攝的現場錄像，分配給全國圖書館，免費提供讀者），講稿發表於《上海作家》2008 年第 6 期；後也在上海高校、文藝團體和企業的培訓班做《水滸》講座。

自 2008 年 9 月 5 日至 2012 年在上海《新民晚報》連載《水滸新說》（共發表 66 篇）。

2009 年出版拙編《金聖歎全集》增訂、導讀解讀本（小 16 開軟精裝 6 卷 7 冊，近 320 萬字），同時分別出版金聖歎各書，包括《貫華堂第五才子書水滸傳》（上下 2 冊，內有拙著「解讀」21 萬餘字）。

2010 年 1 月在香港城市大學中文系給研究生做「文學評點的最高峰金聖歎」講座等。

自出席首屆《水滸》全國研討會之後，我未出席以後的《水滸》歷屆研討會，直到 2010 年 10 月 16～19 日，我出席在山東省梁山縣舉辦的「中國（梁山）天下《水滸》論壇」（中國社會科學院中國古代小說研究中心、山東省水滸文化研究會主辦）。10 月 18 日上午我做了《〈水滸傳〉新論》的發言。浙江《水滸》學會會長馬成生先生說：「你的發言有深度。你的名字，在首屆《水滸》研討會時就知道了，你那時還是一個研究生吧。」另一位學者說，你的發言好。在這次會議上，我與中國《水滸》學會會長、湖北大學佘大平教授首次相見，他說張國光先生生前對他說，你一定要找到周錫山，與他聯繫上。我們相逢非常高興。這時我方知張先生已經去世了。

2013 年湖北大學張虹教授擔任中國《水滸》學會會長。

2016 年 6 月 11 至 13 日，我出席「鹽城與水滸學術研討會暨中國水滸文化高層論壇」，在大會作《〈水滸傳〉的偉大藝術成就新論》的發言。

2018 年 11 月 8～11 日出席武漢・全國《水滸》學研討會（中國《水滸》學會與湖北大學、湖北師範大學聯合主辦）做《〈水滸傳〉與人生智慧論綱》的大會發言。

2020 年 11 月 18 日，出席在江蘇興化舉辦的「施耐庵與水滸研討會」，我作《〈水滸傳〉反腐描寫的真實性和藝術性探討》的發言。

2023 年 11 月 25 日至 26 日，2023 全國水滸學術研討會在湖北大學召開，我作《劉再復〈雙典批判〉批判》的大會發言。

2023 年，中國《水滸》學會成立學術委員會，我擔任副主任。權威學者歐陽健先生為主任。

本書彙編了 1981 年首屆《水滸》研討會論文至 2023 全國水滸學術研討會的論文，1981～2023 年共 43 年中，我發表的《水滸傳》的論文和各類文章。感謝臺灣花木蘭文化出版公司給予出版。

周錫山

2024 年 3 月 19 日

於上海靜安九成齋